VINDOBONA

VERLAG SEIT 1946

AF151715

Nina Saro

Opfer der Schuld

VINDOBONA
VERLAG SEIT 1946

Bibliografische Information
der Deutschen Nationalbibliothek:

Die Deutsche Nationalbibliothek
verzeichnet diese Publikation in
der Deutschen Nationalbibliografie.
Detaillierte bibliografische Daten
sind im Internet über
http://www.d-nb.de abrufbar.

© 2021 Vindobona Verlag

Alle Rechte der Verbreitung,
auch durch Film, Funk und Fernsehen,
fotomechanische Wiedergabe,
Tonträger, elektronische Datenträger und
auszugsweisen Nachdruck,
sind vorbehalten.

www.vindobonaverlag.com

ISBN 978-3-949263-16-3
Umschlaggestaltung, Layout & Satz:
Nina Saro,
Vindobona Verlag

Gedruckt in der Europäischen Union
auf umweltfreundlichem, chlor- und
säurefrei gebleichtem Papier.

Du kannst tun und lassen was du willst, wenn das Leben dich zum Opfer machen möchte, wird es ihm gelingen.

„Mensch, Viv, nun bleib doch noch ein bisschen, was willst du denn zu Hause", Paul lehnte an der Laterne neben der Bushaltestelle und schnippte seine Zigarette in den Gully. „Was glaubst du, was hier heute noch passiert, außer dass es saukalt ist und meine Jacke so langsam aber sicher durchweicht".

„Stell dich nicht so an, wir warten noch auf Andi, der wollte den Wohnwagen seiner Oma klarmachen, dann hätten wir die perfekte Bude für den Winter". „Nee du, warte mal alleine mir ist kalt und außerdem muss ich mir noch mal Mathe angucken, Donnerstag hab ich Klausur". „Oh Mann, mit dir ist echt nichts los du Streber, ein Assi mit Abitur, meinst du das bringt dich weiter?"Paul lachte spöttisch und schaute in die andere Richtung, er wusste, wenn Vivian gehen wollte, dann ging sie, da half rein gar nichts. „Ok, dann sehen wir uns Morgen? Ich bin ab 5 wieder hier. Die anderen wollten Bier mitbringen, dann können wir uns zusammenhocken und hoffentlich auf den Wohnwagen anstoßen." Vivian zögerte, sie wollte Paul nicht schon wieder vor den Kopf stoßen, aber morgen schon wieder nutzlos abhängen und Bier trinken war nicht die optimale Freizeitgestaltung. Auf der anderen Seite, was sollte sie sonst tun. Zuhause hocken und ihrer Mutter zusehen, die den ganzen Tag in der Wohnung verbrachte und mit ihrem kleinen Halbgeschwister spielte. „Mal sehen", antwortete sie zögernd, „wahrscheinlich bin ich dabei.

„Na dann Ciao und viel Spaß beim Pauken".

Vivian warf ihren Rucksack über den Rücken und ging los. Es war November, zwar erst 18 Uhr, aber bereits stockdunkel. Sie ging durch die Straßen ohne auf ihre Umgebung zu achten und wie immer auf ihrem Weg nach Hause nahm sie einen Umweg.

Es war wie ein innerer Zwang, der sie immer wieder durch den Sommerweg laufen ließ, der Ort an dem sie wohnte, als die Welt noch in Ordnung gewesen war. Nette Einfamilienhäuser reihten sich aneinander und vor der Nr. 17 hielt sie kurz inne, um einen Blick ins Innere des Hauses zu erhaschen. Das Esszimmer war hell erleuchtet und anscheinend bereitete die Familie das Abendessen vor, sie sah Kinder durch die erleuchteten Fenster, die dabei waren den Tisch zu decken und den Rücken der Mutter, die wohl am Herd stand, um das Essen vorzubereiten. Pauls Worte hallten in ihrem Kopf nach „Ein Assi mit Abitur" und wütend stieß sie mit dem Fuß gegen einen Stein. Inzwischen war zu dem Nieselregen noch starker Wind aufgezogen und sie hörte im Garten des Hauses die Schaukel, die ihr Vater ihr zu ihrem 8. Geburtstag in die Kastanie gehängt hatte im Rausch des Windes knarren.

Sie blieb stehen und lauschte dem Geräusch, in ihrem Gedächtnis tauchte die Erinnerung auf, wie groß ihre Freude über das Geschenk ihres Vaters gewesen war und wie sich dieser Tag, ihr 8. Geburtstag zur Katastrophe entwickelt hatte.

„Schluss jetzt und auf nach Hause, es ist wie es ist und ich werde es allen zeigen, auch wer ganz unten ist, muss nicht dort bleiben." Sie wusste, dass die schlimmste Zeit überstanden war. Noch ein gutes halbes Jahr und ihr neues Leben würde beginnen.

Sie ließ das Haus hinter sich und duckte sich unter dem Regen um schnellen Schrittes nach Hause zu kommen. Sie ließ die

Straßen mit den netten Friesenhäusern hinter sich und schon bald erschienen die hässlichen Wohnblocks vor ihr, Bausünden aus den 70ern Jahren, damals wohl als moderne Baukunst gefeiert und heute als Sozialwohnungen vermietet. Sie betrat das hässliche Gebäude, der Flur lag stockdunkel vor ihr und vergeblich drückte sie auf den Lichtschalter, aber außer einem kurzen Zucken der Glühbirne tat sich nichts, so dass sie das dunkle Treppenhaus bis hinauf in den dritten Stock erklomm.

Sie läutete an der Wohnungstür, denn hier im Dunkeln mit dem Schlüssel rumzufummeln, war auch nicht unbedingt die einfachste Aufgabe. Naomi, ihre 3jährige Halbschwester, öffnete ihr die Tür und stürzte sich in ihre Arme. „Viv, endlich bist du da, ich muss dir was zeigen, guck mal, was wir im Kindergarten gemacht haben." Sie zog Viviane in die kleine Küche und auf dem Tisch stand ein undefinierbares Tier aus Kartoffeln und Zahnstochern. Stolz hob Naomi das Etwas in die Höhe und rief: „Schau, das ist der Esel Emil aus dem Kinderbuch, der sieht doch genauso aus, stimmt's?" Viviane musste lachen, wandte sich aber ernst an Naomi und lobte sie für ihre tolle Bastelarbeit.

Ihre Mutter, Karen, kam in die Küche, die lockigen Haare lässig zu einem unordentlichen Dutt zusammengesteckt und mit Jeans und Pulli bekleidet.

„Hallo Viv, schön dich zu sehen, ich dachte eigentlich du kommst früher und gehst mit der Kleinen noch mal raus, die war heute echt anstrengend." Viviane schluckte den Vorwurf ihrer Mutter herunter und zum tausendsten Male fragte sie sich, warum ihre Mutter nicht selbst mit ihrer Tochter nach draußen ging, da sie den ganzen Tag zuhause war und genügend Zeit dazu hatte.

„Ihr könnt den Tisch decken", wandte sich Karen an ihre Kinder, Viviane du holst die Teller und Gläser und Naomi Gabeln und Löffel, es gibt Spaghetti".

Naomi jubelte, sie liebte diese langen Nudeln, die man so herrlich durch die Zähne saugen konnte und machte sich mit Feuereifer an die Arbeit. Viviane schnitt sie ihr wenigstens einmal durch, denn sonst hätte auch die Tapete noch etwas von dem Genuss gehabt. Außer dem geräuschvollen Saugen der Spaghetti von Naomi wurde während des Essens nicht viel gesprochen, denn es gab wie jeden Tag nichts zu erzählen. Karen verließ das Haus nur für die notwendigsten Besorgungen, sie brachte Naomi in den Kindergarten und ab und zu suchte sie den Supermarkt auf, aber auch dies nur im Notfall, im Grunde genommen musste Viviane den Einkauf am Wochenende erledigen. Ein Arztbesuch stellte für Karen bereits ein großes Problem dar, sie selbst verzichtete wann immer es möglich war darauf nur mit Naomi ging sie regelmäßig zum Kinderarzt, aber dafür nahm sie auch den langen Weg aufs Festland auf sich, mit öffentlichen Verkehrsmitteln eine Herausforderung, aber hier auf der Insel ging sie nicht unter Menschen. Nicht, seitdem man sie so enttäuscht hatte.

Winter 2006

„Mama, mir ist so kalt", die kleine Viviane klapperte mit den Zähnen. Karen lachte „oh je, da muss sich jemand aber erst an das deutsche Wetter gewöhnen, aber das wird schon." Die junge Familie stand in Hamburg am Flughafen und wartete auf Kurt, Karens Schwiegervater, der sie abholen sollte, um sie in ihre neue Heimat Fehmarn zu bringen. Ihr Mann Markus war schon seit einer Woche vor Ort und hatte das Haus wohnungsfähig gestaltet. Die nächsten Wochen würden erfüllt sein mit Einkäufen und dem Einleben in einer völlig neuen Welt.

Viviane war 5 Jahre alt, geboren und aufgewachsen in Guinea, wo ihr Vater als Deutsch-, Musik- und Französischlehrer an der deutschen Schule Sainte Marie de Dixinn 6 Jahre lang unterrichtet hatte. Karen und Markus waren damals frisch verheiratet gewesen und hatten die Herausforderung angenommen, weit ab vom deutschen Leben eine Existenz aufzubauen. Es waren wundervolle Jahre gewesen. Bereits nach einem Jahr war die kleine Viviane geboren und zusammen mit den Kindern des Ortes aufgewachsen. Die Kleine sprach fließend französisch und kannte nichts anderes als das Leben in Afrika. Aber jetzt, da Viviane bald schulpflichtig wurde, war die Entscheidung gefallen nach Deutschland zurückzukehren und da Markus von der Insel Fehmarn kam und man zumindest das Leben am Meer nicht aufgeben wollte, war die Wahl auf die Insel gefallen. Markus hatte mit Hilfe seines Vaters ein Haus in Burg gefunden und gekauft, seine Eltern hatten sich soweit um alles gekümmert bis nun der große Tag da war, an dem die Familie das neue Domizil bezog.

Karen fror ebenfalls, dieses nasskalte Winterwetter hatte sie die letzten Jahre bestimmt nicht vermisst. Sie trat von einem Fuß auf den anderen und hielt nach ihrem Schwiegervater Ausschau. Ob er sich sehr verändert hatte. In den letzten 6

Jahren hatten sie sich nicht gesehen, das Verhältnis zwischen ihm und Markus war alles andere als gut und er hatte trotz der selbstverständlich ausgesprochenen Einladung nie den Weg nach Afrika gefunden. Er war Hobbylandwirt und Metzger, mit der Insel und den Leuten die dort wohnten verheiratet, noch nie über Hamburg hinausgekommen. Er kannte die Welt nur aus dem Fernsehen. Viviane quengelte, sie war müde und ihr war kalt, dazu kamen diese ganzen neuen Eindrücke. Sie sah aus wie ein Exot. Das blonde lockige halblange Haar passte so gar nicht zu ihrer braunen Haut. Die blauen Augen strahlten aus ihrem Gesicht. Sie war ein Engel. Karen beobachtete sie, wie sie so dastand, ein kleines Häufchen Elend und eine Welle der Liebe übermannte sie.

Ein großer alter Kombi kam um die Ecke und hielt direkt vor Karen an. Sie erkannte ihren Schwiegervater hinter dem Lenkrad, der sich in den letzten Jahren nicht wirklich verändert hatte. Er stieg aus und begrüßte sie mit Handschlag. In seinem karierten Hemd, der Arbeitshose mit Hosenträgern und den derben Schuhen sah er aus, als sei er gerade vom Feld gekommen und wahrscheinlich war es auch so. Sein Haar, ehemals blond jetzt eher gelblich grau war schütterer geworden, er war unrasiert und wirkte ungepflegt. „Ach das ist also meine Enkeltochter, wie heißt sie noch mal Vidane, oder wie, jedenfalls habe ich diesen komischen Namen noch nie gehört". „Viviane", klärte Karen ihn auf und schob die Kleine sanft auf ihren Großvater zu, um ihm hallo zu sagen. Schüchtern und mit großen Augen sah Viviane zu diesem Riesen, der ihr Großvater war auf und suchte ängstlich nach der Hand der Mutter.

„Na komm mal her, kleine Maus, brauchst keine Angst vor mir zu haben, ich kenn mich halt mit kleinen Kindern nicht aus, aber ich beiße nicht". Kurt beugte sich zu dem Kind herab und plötzlich hielt er einen Schokoriegel in der Hand, den Vivian neugierig musterte. „Nun komm, greif zu, der ist für dich, lass ihn dir schmecken, so was kennst du wahrscheinlich nicht wirklich. Und jetzt steigt ein, Markus erwartet euch schon." Kurt lud die Koffer in den Kombi und Karen und Viviane nahmen auf dem Rücksitz Platz. Sogar einen Kindersitz hatte Kurt besorgt und Vivian nahm erstaunt darin Platz. Kaum hatte sie ihren Schokoriegel aufgegessen, fielen ihr auch schon die Augen zu und das ruhige Motorengeräusch ließ sie in einen tiefen Schlaf fallen.

Karen lehnte sich entspannt zurück. Ihr Schwiegervater schwieg. Er war ein wortkarger Mann und schien in keinster Weise daran interessiert zu sein, ein Gespräch mit ihr zu führen. Das Schweigen war für Karen nicht unangenehm. Es spiegelte das Verhältnis zwischen ihr und Kurt wieder. Er war ein Fremder und würde es wahrscheinlich auch für immer bleiben. Sie freute sich jetzt darauf ihren Mann wiederzusehen. Er hatte vor einer Woche Guinea verlassen und wartete sicherlich schon gespannt auf ihre Ankunft. Sie blickte auf ihre schlafende Tochter und hatte Mitleid mit ihr. Herausgerissen aus der ihr bekannten Welt, hinein ins deutsche Leben, das für sie sicherlich schreckliche Klima, würde es sicherlich nicht einfach für die Kleine werden. Umso wichtiger war es für sie da zu sein und sie zu begleiten, dann würde es schon gehen. Die Müdigkeit übermannte auch Karen und die Augen fielen ihr zu. Nicht mehr lange und sie würde ihren Mann in die Arme schließen.

Markus stand mit seiner Mutter und Nils hinter dem Küchenfenster und hielt Ausschau nach dem Auto seines Vaters. Er freute sich auf seine Familie und er hoffte, dass Karen angesichts des sehr spartanisch eingerichteten Hauses nicht gleich wieder die Flucht ergreifen würde. Er hatte nur das Nötigste besorgt. Einige Möbel kamen noch aus Afrika, das konnte dauern, andere mussten noch besorgt werden, aber das wollte er mit seiner Familie gemeinsam erledigen. Fürs Erste musste es reichen, so wie es war.

Einzig das Kinderzimmer war liebevoll eingerichtet. Markus hatte schon bei seiner Abreise einen Koffer voll Vivianes Spielsachen mitgenommen, die sie nun auf dem neuen Regal erwarteten. Seine Mutter, Frieda, hatte den Raum farblich gestaltet und ein wenig afrikanisch dekoriert. Es war ein wunderschönes Kinderzimmer geworden und selbst das für Viviane vertraute Moskitonetz über dem Bett war angebracht.

In Markus war eine aufgeregte Unruhe, er freute sich auf das Leben hier in seiner alten Heimat mit seiner Familie, er freute sich auf seinen neuen Job und war sich absolut sicher bislang alles richtig gemacht zu haben.

„Da kommen sie", rief Frieda und ging zur Haustür. Im Gegensatz zu ihrem Mann war sie jedes Jahr für 3 Wochen in Afrika gewesen, das letzte Mal erst vor 4 Monaten, so dass Viviane ihre Oma kannte und sich sicherlich darüber freute sie zu sehen.

Markus eilte zum Auto und riss die Hintertür auf. Seine Frau stieg aus und mit einem Blick auf die immer noch schlafende Viviane begrüßten die beiden sich herzlich mit einer innigen Umarmung. „Wie schön, dich zu sehen", flüsterte Markus seiner Frau ins Ohr, ich habe dich verdammt vermisst." „Es war doch nur eine Woche, aber ich freue mich auch dich zu sehen. Komm wir wecken die Kleine und dann betreten wir gemeinsam unser neues Zuhause. Viviane rieb sich die Augen und kletterte noch etwas benommen von ihrem Kindersitz. Sie sprang ihrem Vater in die Arme und ließ sich herzhaft drücken. Dann erkannte sie ihre Oma und Nils und sprang von Markus Arm. „Oma, Oma, du bist ja auch da, das ist ja so schön. Und Nils du auch, das ist ja echt klasse." Karen ging auf Nils zu. Ein Strahlen lag auf ihrem Gesicht. „Komm her mein Großer, lass dich drücken, ist das schön dich zu sehen und zu wissen, dass wir uns so oft sehen können, wie wir wollen."

Frieda freute sich sichtlich über ihre Enkeltochter und schloss sie in ihre Arme. „Jetzt aber mal rein in die gute Stube, mal sehen, ob es euch gefällt", Markus schob seine Frau und seine Tochter in den Hausflur. Dann fiel sein Blick zurück zum Auto. Sein Vater stand am Kotflügel angelehnt und machte keine Anstalten mit ins Haus zu kommen. Markus schaute ihn fragend an. „Ich stell die Koffer vor die Tür und mach mich dann, hab heut Abend noch Stammtisch. Sag deiner Mutter, sie soll nicht so spät kommen, ich muss noch was essen, bevor ich in die Kneipe gehe". Markus schüttelte den Kopf, wer war dieser Mann, der da vor ihm stand und sein geregeltes Abendbrot über die Ankunft seiner Familie stellte. „Okay, mach ich und danke, dass du Karen und die Kleine abgeholt hast, wir sehen uns." Er schüttelte seinem Vater die Hand und wandte sich von ihm ab, jetzt war keine Zeit sich über das Verhalten des Alten zu ärgern.

Karen stand bereits in der Küche und lachte. „Wahnsinn hier wird ja Spartanismus neu erfunden. Ein Topf, eine Pfanne, drei Teller und Gläser. Genial. Das wird." Im Wohnzimmer sah es nicht viel anders aus, der neue Fernseher dominierte den Raum, davor befanden sich ein Couchtisch, ein Sofa und ein Sessel.

Viviane hatte inzwischen ihr Kinderzimmer entdeckt und war begeistert. Sie begrüßte ihre wiedergewonnenen Spielgefährten und bewunderte das neue Bett, das mit einer bunten Disneybettwäsche ausgestattet war. Dann lief sie mit Nils in den Garten und erforschte ihn.

In der Küche stand ein alter ausrangierter Tisch mit ebenso alten Stühlen seiner Eltern und die Familie nahm daran Platz. Inzwischen war es Abend und Zeit eine Mahlzeit einzunehmen, doch der Kühlschrank wies bis auf eine Grundausstattung für das erste Frühstück eine gähnende Leere auf. „Sag mal Mutter, gibt es noch Giovanni, mit der leckersten Pizza der Insel, dann können wir uns etwas bestellen. „Klar", antwortete Frieda und zog ihr Handy aus der Tasche, „jetzt sogar mit Lieferservice. Ihr könnt es euch also gemütlich machen und werdet versorgt. Ich ruf schnell an, wie immer Peperoniwurst mit viel Käse?" „Ja, nimm eine Familienpizza, dann werden wir alle satt und fertig ist der Lack." „Ok, aber ich kann nicht bleiben, du weißt doch, dein Vater. Lasst es euch schmecken, kommt erst mal an und wir sehen uns die Tage." Sie führte das kurze Telefonat und verabschiedete sich von ihrer Familie. „Schön, dass ihr wieder da seid und schlaft gut. Morgen sieht die Welt schon wieder ganz anders aus". Karen war glücklich. Hier saß sie nun in ihrem neuen Haus, mit ihrem Sohn und ihrer Tochter sowie dem besten Mann der Welt an ihrer Seite. Es konnte niemandem besser gehen als ihr.

Die Sonnenstrahlen kitzelten Viviane an der Nase und sie musste niesen. Oh je, schon wieder Zeit zum Aufstehen, hatte Mama schon gerufen? Sie war eine kleine Schlafmütze, aber heute hatte sie es eilig. Sie freute sich auf den Tag. Der Kindergarten wollte einen Ausflug zum Strand machen und was gab es schon schöneres als am Meer zu sein.

Seit einem halben Jahr lebte die Familie nun schon wieder in Deutschland und entgegen der elterlichen Erwartungen war Viviane der Umzug sehr leicht gefallen. Im Kindergarten hatte sie sich sofort eingelebt und in Marie sofort eine kleine beste Freundin gefunden. Auch Markus war an der Schule gut angekommen. Die Kollegen waren nett und die Schüler anstrengender als in Afrika, denn das was man dort als Privileg erachtete, war hier stumpfer Alltag und oftmals fehlte es den jungen Leuten eindeutig an Motivation. Aber Markus hatte eine mitreißende Art und besonders seine Musik AGs waren bei allen Schülern sehr beliebt. Auch Karen hatte Fuß gefasst und stand kurz vor der Eröffnung ihrer eigenen Physiopraxis. Im Untergeschoss des Eigenheims gab es eine Einliegerwohnung, die sie und Markus liebevoll in eine ansprechende Praxis verwandelt hatten. Heute sollten die Liegen kommen und am 01.07. würde sie Eröffnung feiern. Die Flyer waren verteilt und der Partyservice bestellt. Karen freute sich riesig darauf, denn nachdem sie vor ihrem Leben in Afrika ihre Ausbildung beendet hatte und im Angestelltenverhältnis tätig gewesen war, freute sie sich jetzt darauf endlich selbstständig zu werden. In Afrika hatte sie nicht offiziell gearbeitet, sich nur freundschaftlich um die Rückenschmerzen von Freunden und Bekannten gekümmert, aber jetzt würde sie endlich so richtig durchstarten.

Auch privat sah es gut aus, alte Bekannte von Markus zählten zu den neuen Freunden und durch das Kennenlernen von Vivianes Kindergartenkontakten war es zu netten Bekanntschaften gekommen. Das Haus war inzwischen vollständig eingerichtet und strahlte eine Atmosphäre aus, die man hier im norddeutschen Raum so nicht kannte. Allein durch die Farbgestaltung und die Wahl der Möbel und Dekoration hatte es einen leicht afrikanischen Flair, der bezaubernd wirkte. Alles war gut und dennoch hatte Karen das Gefühl, das irgendetwas nicht stimmte. Markus zeigte ihr täglich, wie sehr er sie liebte, er verwöhnte sie und die Kleine und nahm sich sehr oft Zeit mit seinen beiden Mädels etwas zu unternehmen. Und dennoch in letzter Zeit beobachtete sie an ihm eine unterschwellige Aggressivität und eine innere Unruhe, die sie so nicht kannte. Irgendetwas belastete ihn, aber so sehr sie auch grübelte, sie konnte keinen plausiblen Grund finden. Schon einige Male hatte sie versucht, ein Gespräch mit ihm zu führen, aber er wiegelte sie grundsätzlich ab und schlug ihre Bedenken in den Wind. Er liebte sie, das spürte sie und sein Verlangen nach ihr war ungebremst, so wie in der ersten Zeit ihrer Verliebtheit. Damals hatten sie keinen Halt gekannt, sie waren verrückt nacheinander gewesen, hatten sich geliebt an den verrücktesten Orten, gerne mit dem Nervenkitzel, ertappt werden zu können, fast täglich, sich immer wieder neu entdeckt und es genossen ihre Körper zu erforschen. Es gab keine Rücksicht auf Zeit und Raum, selbst wenn sie blutete, konnten sie nicht voneinander lassen und Markus genoss es und fühlte sich in keinster Weise abgestoßen. Dann war sie schwanger geworden und in der Schwangerschaft war ihre Lust auf ein Normalmaß geschrumpft. Markus hatte dies sichtlich bedauert, aber er hatte Verständnis und konnte damit umgehen, wenngleich er häufiger gereizt und fahrig war. Auch nach der Schwangerschaft war die Betreuung von Viviane wichtiger als Sex und Karen konnte es sich nicht mehr vorstellen während ihrer Regel mit ihrem Mann zu schlafen. Markus versuchte immer wieder sie davon zu überzeugen, dass es ihm nichts ausmachte und dass, wenn sie doch beide Lust hätten, es völlig nebensächlich sei, ob sie blutete oder nicht, aber Karen blieb bei ihrem klaren Nein. Markus schien es zu akzeptieren, aber irgendwie wurde Karen das Gefühl nicht los, dass es ihm fehlte, das es für ihn etwas ganz Besonderes gewesen war.

Auch jetzt gingen ihre Gedanken in diese Richtung, war ihr Sexleben nach nun fast 8jähriger Beziehung eingeschlafen, routiniert und langweilig. Gab es noch die spontanen Begegnungen beim Spaziergang im Gerstenfeld, im Mondlicht am Meer, zwischen Sand und Wellen, im Auto kurz vor dem Erreichen der Garageneinfahrt? Karen musste lächeln. Mit Kind dabei, nicht ganz so einfach, die meiste Zeit liebten sie sich im Bett, meistens dazu noch abends und wenn sie so richtig darüber nachdachte, war diese Entwicklung wirklich langweilig. Vielleicht lag hierin der Schlüssel zu einem ausgeglichenen Markus. Na gut, mein Freund, ich werde mich bemühen.

Karen ging einkaufen, Lebensmittel für ein leckeres Abendessen, eine gute Flasche Rotwein und ein leckeres Dessert. Sie schlenderte noch ein wenig durch die Innenstadt und blieb vor dem Schaufenster des Dessousladens stehen. Im Fenster war eine wunderschöne Kombination aus BH und Slip zu sehen, in einem Korallenrot und von leicht glänzender Qualität, das Körbchenteil des BHs aus Spitze gefertigt. Karen schaute auf das Preisschild und schluckte. War es wirklich so schön? Sie gab sich einen Ruck. Los auf, das muss es dir wert sein. Sie betrat den Laden und kam schon bald darauf mit einer kleinen Tüte bewaffnet wieder heraus. Karen hatte eine tolle Figur und statt des Slips hatte sie einen passenden String gewählt, der ihre wohlgeformten Pobacken sehr gut zur Geltung brachten. Jetzt noch schnell in den Drogeriemarkt und einen neuen roten Lippenstift und ab nach Hause. Markus liebte Rot, es stimulierte ihn, er liebte es, ihr die rote Unterwäsche auszuziehen und ihre roten Lippen zu küssen.

In freudiger Erwartung des Abends kochte Karen Markus seine Lieblingslasagne, bereitete einen leckeren Salat mit Sonnenblumenkernen und ließ den Rotwein geöffnet atmen. Sie deckte liebevoll den Tisch und ging dann ins Bad um sich zu duschen und umzuziehen. Beim Gang auf die Toilette erschrak sie. Sie wischte sich ab und erkannte, dass ihre Periode eingesetzt hatte. „Mist", dachte sie, „gerade heute, das passt ja." Sie hatte vor einiger Zeit die Pille abgesetzt, da Markus sich hatte sterilisieren lassen und nun war ihr Zyklus noch nicht ganz berechenbar. „Okay, da musst du jetzt mal durch. Markus wird es freuen und du wirst es überleben, ist ja noch nicht so schlimm." Sie ging zurück ins Wohnzimmer, die Laune war ihr ziemlich verdorben, aber jetzt wollte sie von ihrem Plan auch nicht mehr abweichen. Markus kam pünktlich von seiner Musik AG und brachte Viviane gleich mit, die den Nachmittag bei Marie verbracht hatte. Die beiden waren gut gelaunt und Viviane sprudelte nur so über um ihre ganzen Erlebnisse vom Strandtag zu erzählen. Erstaunt sah Markus den nett gedeckten Tisch auf dem 2 Kerzen standen und die Rotweingläser auf ihren Einsatz warteten. Er blickte seine Frau an und sah ihre rot geschminkten Lippen und lächelte sie an. Der Abend versprach gut zu werden. Karen lächelte zurück. In Markus machte sich eine frohe Erwartung breit und genussvoll goss er zwei Gläser Wein ein.

Das Abendessen verlief sehr harmonisch, die Lasagne war hervorragend und Viviane plauderte ohne Punkt und Komma über ihre Erlebnisse vom Strand und die Unverfrorenheit der Erzieherin sie nicht baden zu lassen, obwohl sie doch schon schwimmen konnte und das Wasser gar nicht kalt war. „Viviane, wir haben Ende Mai und die Ostsee höchstens 14 Grad, Miriam hat schon recht, wenn sie euch das Baden noch verbietet. Mit den Füßen durftet ihr doch rein, oder?" „Ja, Mama, aber trotzdem, ich wollte schwimmen." „Warte noch mal vier Wochen, dann gehen wir schwimmen an deinem Lieblingsstrand, der mit dem großen Stein, wo du immer meinst, der würde aussehen wie ein Schäfchen." Au ja, da freu ich mich, aber jetzt muss ich noch Jockel alles erzählen und ihm Salat geben und dann geh ich ins Bett, ich bin müde." Markus und Karen sahen sich überrascht an. Ihre Tochter ging freiwillig ins Bett. Sie bedankten sich insgeheim bei Miriam, dass sie dieses Wunder vollbracht hatte. Viviane versorgte ihr wuscheliges Meerschweinchen, herzte und drückte es noch einmal fest und ging dann mit Karen zusammen ins Bad, um sich bettfein zu machen. „Ab unter die Dusche, kleine Maus, ich kann den Sand ja überall knirschen hören, dann Zähne putzen und hopp ins Bettchen."

Bereits 20 min später lag Viviane in ihrer Dschungelbettwäsche und Markus las ihr noch eine kurze Gutenachtgeschichte vor. Das Ende bekam die Kleine nicht mehr mit, der Schlaf übermannte sie. Markus strich ihr sacht übers Haar. Er liebte dieses kleine Mädchen mehr als alles auf der Welt und er versprach ihr, immer für sie da zu sein.

„Na, ist das Wunder vollbracht und sie schläft?" Karen trat von hinten auf ihren Mann zu und umarmte ihn. „Eine Fügung des Schicksaals, oder wie siehst du das, als hätte sie geahnt, dass Mama und Papa ein wenig Zeit miteinander verbringen möchten." „So, meinst du, ich dachte der Krimi im Fernsehen sei heute Abend so spannend", Karen ging ins Wohnzimmer und nahm die Fernbedienung in die Hand. „Ich warne dich mein Schatz, ich glaube es gibt Schöneres, als in diesen blöden Kasten zu starren." Markus umarmte seine Frau und ihre Lippen fanden sich. Der Kuss war zart, fragend, aber auch fordernd und Karen erwiderte ihn mit einer aufkommenden Leidenschaft. Eng umschlungen, ohne ihren Kuss zu unterbrechen gingen sie ins Schlafzimmer. Markus hielt inne und schaute sie an. „Ich liebe dich mein Schatz, du bist das Beste was mir je passieren konnte. Sanft zog er ihr das T-Shirt über den Kopf. Er sah den neuen roten BH, die Brustwarzen schimmerten durch die seidige Spitze und ein erwartungsvolles Stöhnen kam aus seinem Mund. „Du machst mich wahn-

sinnig, aber lass es uns genießen, wir haben Zeit". Karen öffnete seine Jeans und zog, indem sie wie zufällig seine Genitalien berührte, die Hose zu Boden. Langsam, so als würde er ein Geschenk auspacken, befreite er Karen aus ihrer Jeans. Jetzt stand sie vor ihm in dieser herrlichen roten Unterwäsche und die Lust übermannte ihn vollständig. „Komm, Schatz leg dich hin, ich werde dir ein wenig den Rücken massieren, ich möchte nicht, dass es so schnell vorbei ist. Karen legte sich bäuchlings ins Bett und Markus setzte sich auf ihren Po. Seine kräftigen Hände massierten gefühlvoll ihren Rücken, mal sanft mal fordernd, sein Mund berührte jeden einzelnen Zentimeter ihrer Haut und Karen genoss es. In ihr stieg die Lust auf, sie wollte ihn in sich spüren, sie wollte kommen, explodieren, sich mit ihm vereinen und nicht länger warten. Sie wand sich unter ihm und drehte sich auf den Rücken. Markus hatte bereits ihren BH geöffnet und zog ihn ihr aus. Behutsam legte er ihn zur Seite, um sich dann ihren Brüsten zu widmen. Karen streichelte seine Hüften und berührte immer wieder wie zufällig sein erigiertes Glied, sie wusste dass ihn das wahnsinnig machte und genau das war das Ziel. Markus stöhnte: „Du machst mich verrückt, ich will dich, jetzt und hier". „Ja, Liebling, komm, ich freue mich auf dich": Zärtlich streifte er den String nach unten, seine Finger suchten ihre Mitte und zärtlich umkreiste er ihre Schamlippen. „Oh Gott, bist du feucht, ich halte es nicht mehr aus. Er zog die Hand zurück und sah, dass sie leicht blutete. „Karen, du weißt?" „Ja", hauchte sie, „ich weiß, aber jetzt ist es mir egal, wenn du es auch willst."
„Du weißt nicht wie", Markus stöhnte auf und drang in sie ein. Er nahm sie behutsam und vorsichtig, nur nicht zu schnell, nicht diesen wunderbaren Moment beenden, sondern genießen solange es geht. Er stieß sie und spürte wie sie sich ihm entgegenbog, dann ließ er wieder von ihr ab, schaute auf seinen blutigen Penis und eine Welle des Glücks überkam ihn. „Schatz, es tut mir leid, aber ich kann nicht mehr, du

machst mich wahnsinnig". Erneut drang er in sie ein, diesmal waren seine Stöße energischer. Er wusste, dass sie das liebte, er achtete auf sie, spürte wir auch in ihr der Vulkan zu brodeln begann, er schloss die Augen und führte sie beide zur Explosion. Erschöpft blieb er noch einen Moment auf seiner Frau liegen. Er spielte zärtlich mit einer Locke ihres halblangen blonden Haares und ein Lächeln umspielte seine Lippen.

„Danke, du wunderbare Frau, du hast mich gerade zum glücklichsten Mann der Welt gemacht."

Winter 1980

„Aufstehen", die Stimme von Kurt schallte durchs Haus, nicht liebevoll sondern in derbem Befehlston. „In drei Minuten bist du unten, oder es raucht." Kurt stand unten im Flur, aber Markus kam es vor, als stünde er direkt neben seinem Bett. Der siebenjährige rieb sich die Augen. Es war Samstag, der Digitalwecker neben seinem Bett, zeigte 6.30h, draußen war es stockdunkel. Was um Himmels willen wollte sein Vater. Markus kannte diesen Ton und er wusste, hier half nur Gehorchen. Also stand er auf und sprang in die Klamotten vom Vortag, die wild vor seinem Bett auf dem Boden verteilt waren. Auf einen Gang ins Bad verzichtete er, er musste die drei Minuten einhalten, sonst gab es Ärger, was immer sein Vater von ihm wollte.

Er ging nach unten in die Küche. Seine Mutter hatte den Frühstückstisch bereits liebevoll gedeckt. An seinem Platz lag ein großes Nutellabrot und in der Tasse befand sich warmer Kakao. „Guten Morgen, mein Liebling, setz dich, du sollst heute deinem Vater helfen." Sie betrachtete ihren Sohn mitleidig. Markus war für sein Alter sehr klein und zierlich, selbst in der Schule wurde er dafür gehänselt. Sein Vater dagegen, ein Mann wie ein Baum, mit groben großen Händen, dem man ansah, dass ihn körperliche Arbeit nicht abschreckte saß vor einer Tasse Kaffee und schmierte sich ein Butterbrot mit Käse. „So mein Jung, heute kommst du mit, es wird Zeit, dass du die Arbeit kennen lernst, vielleicht hilft dir das beim Wachsen. Bauer Hinrichs hat mich heute zum Schlachten einer Sau bestellt und da kann ich dich gut gebrauchen." Markus wurde blass. Er wusste, dass es der Job seines Vaters war, Tiere zu töten und auseinanderzunehmen, aber er wollte mit so etwas nichts zu tun haben und es auch nicht mit ansehen.

„Papa, nein, bitte nicht, ich kann doch Mama hier zu Hause helfen, wenn du nicht da bist, Holz rein holen und so, bitte ich möchte nicht dabei sein, wenn du schlachtest." „Vergiss es, wie ich deine Mutter kenne, holt sie das Holz selber und lässt dich auf deiner Gitarre rumklimpern, aber davon wirst du kein Mann, also los jetzt trink aus und komm!" Markus wusste, jeder Widerstand war zwecklos, hilflos blickte er seine Mutter an, aber auch sie hatte gegen ihren Mann keine Chance, auch wenn sie ihren Sohn gerne vor diesem Einsatz bewahrt hätte. „Du isst doch auch Schnitzel, also kannst du dir auch ansehen, wie aus einer Sau ein Schnitzel wird, das ist das Normalste der Welt. Also nimm deine Jacke und komm. „Papa, warte, ich muss noch mal ins Bad, nur einen kleinen Augenblick." Verkneif es dir, jetzt raus ins Auto, die Sau wartet. Markus nahm seine Jacke, Mütze und Handschuhe und ging nach draußen. Es war bitterkalt Dezember eben und in der Luft lag ein leichter Schneegriesel. „Los, rein jetzt und schnall dich an."Der Ton seines Vaters war laut und barsch. Markus setzte sich nach hinten und lehnte das Gesicht an die Scheibe, er fragte sich, ob er schon jemals ein liebevolles Wort aus dem Munde seines Vaters gehört hatte. Vielleicht würde er ja durch die Arbeit beim Schlachten etwas Anerkennung gewinnen, vielleicht würde sein Vater ihn irgendwann einmal in die Arme nehmen oder ihm über den Kopf streichen. Er biss die Zähne zusammen und nahm sich vor, das Beste dafür zu tun.

„Na, Kurt" hast dir ja Unterstützung mitgebracht, Bauer Hinrichs lachte, „was soll der Knilch denn hier bei echter Männerarbeit?" „Irgendwie muss ich doch einen Kerl aus ihm machen, wenn man's außen nicht sieht, dann setzen wir mal auf innere Härte", spottete Kurt und begrüßte seinen Kumpel mit Handschlag. „Dann wollen wir mal, ist der Tierarzt bestellt, zur Fleischbeschau, nicht dass ich hier wieder unnütz rumstehe, nur weil das studierte Pack nicht in die Pötte kommt."
„Alles erledigt, um 9.00 ist er hier. Also komm, holen wir mal die Sau. Kurt nahm das Bolzenschussgerät vom Beifahrersitz

und schob seinen Sohn vor sich her. „Los komm, Zwerg, gleich kannst du sehen, wie schnell ein Licht ausgeht. „So und jetzt zu deinem Einsatz, ich werde die Sau jetzt mit dem Bolzengerät töten und dann abstechen, dass das Blut rausläuft. Das fangen wir natürlich auf, hier in diesem großen Edelstahleimer, schließlich wollen wir noch leckere Blutwurst machen. Wichtig ist aber, dass das Blut nicht gerinnt, das heißt, es muss gerührt werden bis es kalt ist und zwar ständig und kräftig und genau das ist deine Aufgabe. Hast du mich verstanden?" Markus nickte, er war blass und fühlte schon jetzt Übelkeit in sich aufsteigen. Er konnte es sich nicht vorstellen, dieses arme Tier, was da im Stall fröhlich vor sich hingrunzte ausbluten zu sehen, er wollte das Blut weder sehen noch riechen.

„Papa, kann ich nicht…", „Ruhe, ich habe dir gesagt was zu tun ist und basta. Also komm, wir führen die Sau auf den Hof und machen dort Ende, nimm den Eimer und den Rührer, der steht daneben." Selbst der Eimer und der Rührer waren für Markus zu schwer, er musste seine Kraft zusammennehmen, um die beiden Gegenstände auf den Hof zu tragen, Er wollte sich nicht vorstellen, was wäre, wenn er die Arbeit nicht richtig machen würde, das Blut geronnen wäre, das durfte nicht passieren. In ihm war pure Angst und Verzweiflung, Kurt schob die Sau nach draußen, setzte den Bolzen an und schoss, direkt zwischen die Augen des Tieres. Es ging ein Zucken durch den Körper dann fiel das Schwein zur Seite. Unter ihm war eine Plane ausgebreitet. Die Männer befestigten Ketten an den Hinterbeinen und zogen es an einem Galgen nach oben. Der Kopf hing nach unten, so dass der Eimer direkt unter den Hals passte. „So, jetzt bist du dran, sobald der erste Tropfen im Eimer ist, fängst du an zu rühren und hörst nicht auf, bis ich es dir sage, verstanden?" Markus nickte, er konnte nicht mehr reden, zu grauenvoll war die Vorstellung dessen, was er jetzt zu tun hatte. Kurt nahm ein gewaltiges

Messer und stach in die Hauptschlagerader des Schweines, sofort lief das Blut in der Kälte dampfend aus dem Körper und Markus begann zu rühren. Der Geruch des warmen Blutes stieg ihm in die Nase, denn da er so klein war, konnte er keinen angemessenen Abstand zwischen sich und seine Arbeit bringen und es wurde ihm speiübel. Sein Kopf dröhnte und er zwang sich zu rühren, zu rühren, zu rühren. Es war das Schrecklichste, was er je in seinem Leben erlebt hatte, aber er wusste wenn er jetzt versagte, hatte er bei seinem Vater den letzten Pfennig verspielt. Der Eimer wurde immer voller und das Rühren immer anstrengender, aber Markus biss die Zähne zusammen und fasste den Rührer mit beiden Händen, um die Masse des Blutes in Bewegung zu halten. Er kniete über dem Eimer und der Geruch machte ihn fast schwindelig. Er hatte das Gefühl gar nicht mehr richtig bei sich zu sein, er war wie in Trance und plötzlich merkte er, wie seine Hose nass wurde. Erschrocken schaute er auf sich herunter, lief das Blut aus dem Eimer? Nein, das Blut war da wo es hingehörte, er hatte sich eingenässt, in die Hose gemacht, wie ein Baby. Markus war verzweifelt, er wollte nur noch weg hier nach Hause. Endlich nach einer gefühlten Ewigkeit kam sein Vater, blickte in den Eimer und hielt den Finger hinein. „Unglaublich, du hast es tatsächlich geschafft, du kannst aufhören. Hätte nicht gedacht, dass du auch mal was fertig bringst. Komm steh auf und wasch dich, dein ganzes Gesicht ist mit Blut gesprenkelt, hast es wohl sehr ernst genommen, das war auch richtig so." Markus erhob sich von den Knien, nach der langen Zeit in dieser Zwangshaltung war er steif und ungelenk, zudem die nasse Hose, die aufgrund der Kälte bereits zu frieren anfing. Sein Vater warf einen Blick auf ihn und fuhr ihn an. „Hast dir in die Hosen gepisst du kleiner Scheißer, ich glaubt's ja nicht. Mann oh Mann, du bist ja wirklich zu nichts zu gebrauchen. Aber das kriegen wir schon hin, wirst schon sehen. Jetzt kann ich dich auch noch nach Hause fahren, wenn ich dich mit der besudelten Hose hier lasse, und du krank wirst reißt mir Frieda den Kopf ab, also wieder 'ne halbe Stunde mehr Aufwand durch dich. Schöne Hilfe. Los rein ins Auto oder sollen die anderen noch sehen, was für ein Held du bist?" Zum ersten Mal an diesem Tag war Markus seinem Vater dankbar, wobei ihm bewusst war, dass er seine Situation auch durch das erfolgreiche Rühren nicht verbessert hatte.

Sein Vater fuhr ihn nach Hause und übergab ihn seiner Mutter mit den Worten „hier nimm ihn, das kleine Baby hat Pippi ins Höschen gemacht, vielleicht braucht er ja jetzt Mamis Titzchen, damit es ihm wieder besser geht." Frieda strich Markus liebevoll über das Haar, „komm rein mein Schatz, ich lass dir die Badewanne ein, hab dir auch schon deinen Kassettenrecorder ins Bad gestellt. Ein bisschen TKKG und die Welt sieht schon wieder ganz anders aus.

Marcus lag in der warmen Wanne, der Kassettenrecorder lief, aber Marcus nahm keinen Anteil. Er schämte sich so derart, ihm war immer noch schlecht und der Geruch des Blutes ging nicht aus seiner Nase. Er war wütend auf sich, wütend, weil er es seinem Vater nie recht machen konnte und heute, wo er es fast geschafft hatte, wieder versagte. Zudem gesellte sich Angst vor dem Abendbrot, sein Vater würde die Sache nicht auf sich beruhen lassen, er würde sie sich immer und immer wieder anhören müssen und er entschied nach dem Bad ins Bett zu gehen, essen konnte man auch Morgen. Es war erst früher Nachmittag, doch Markus verkroch sich in seinem Zimmer und legte sich ins Bett, die Scham erfüllte den kleinen Jungen und hätte er zu diesem Zeitpunkt gewusst, welcher Dämon in sein Leben getreten war, wäre es ihm noch schlechter gegangen.

Die Jahre gingen dahin, sein Vater kannte kein Erbarmen, immer und immer wieder musste Markus ihm beim Schlachten helfen, das Blut rühren, später die Sau von den Borsten befreien oder dem toten Tier die Füße abschneiden. Markus kämpfte immer wieder mit dem Ekel und das Einnässen entwickelte sich zu einem Ritual. Inzwischen war er schlauer geworden, nahm sich Binden seiner Mutter, die er in seine Unterhose stopfte um den Schaden nicht allzu offensichtlich sichtbar zu machen. Nie hörte er ein Lob seines Vaters, er konnte sich anstrengen wie er wollte, er machte ihm nie etwas recht. Er wusste nicht wie sein Vater roch, er kannte keine Berührungen von ihm, er war ein Fremder und Markus hasste ihn. Niemals hob der Vater die Hand gegen ihn, körperliche Gewalt gab es nicht, aber die psychische Gewalt hinterließ ihre Spuren. Seine Mutter war umso mehr bemüht, ihn zu verstehen, zu unterstützen und ihm die Kindheit so erträglich wie möglich zu machen. Markus war ein guter Schüler, er war sanft und äußerst musikalisch. Alles das was in den Augen seines Vaters völlig sinnlos war. Seine Mutter ermöglichte ihm den Gitarrenunterricht, später auch das Klavierspiel, sie nahm Putzstellen an, die sie ihrem Mann zum Teil verschwieg, um ihren Sohn zu fördern und ihm das Leben erträglich zu machen. Sie und Kurt,, eine Geschichte, die irgendwann aufgehört hatte zu existieren. Als sie jung war hatte Frieda diesen starken, fleißigen Mann geliebt, sie wusste, er würde für sie sorgen und immer für sie da sein. Sie hatten geheiratet und sich nichts sehnlicher als ein Kind gewünscht, aber es hatte einfach nicht klappen wollen. Viele Wege waren sie gegangen, viele Enttäuschungen hatten sie erlebt, bis dann endlich eine künstliche Befruchtung die ersehnte Schwangerschaft hervorbrachte und nach acht schwierigen Monaten hielten sie den winzigen zu früh geborenen Markus in ihren Armen. Ein Sohn, Frieda wusste, dass sich ihr Mann nichts sehnlicher gewünscht hatte und sie glaubte fest daran, dass nun alles gut werden würde. Doch der Kleine entwickelte sich zögerlich, er war sehr zart, häufig krank, benötigte Ergotherapie und motorisches Training und der Vater verlor das Interesse an seinem Kind. „Mein Gott, was für ein Weichei", waren seine

28

Worte als der vierjährige Markus weinend und zitternd am Strand stand und nicht in das kalte Wasser gehen wollte. „Komm her, du kleiner Waschlappen, ein kühles Bad hat noch keinem geschadet." Er nahm ihn an den Ärmchen und stellte ihn bauchtief in das aufgewühlte Meer. Die Wellen spülten ihm bis an die Lippen, er schmeckte das Salz und er fror fürchterlich. Er rannte zurück an den Strand und ließ sich von seiner Mutter in ein großes Badetuch wickeln, doch seine Zähne wollten nicht aufhören zu klappern. Nach diesem Erlebnis wurde der Junge krank und hatte zwei Wochen lang mit einer schweren fiebrigen Erkältung zu kämpfen. Schon jetzt begann Kurt den Glauben daran zu verlieren, aus ihm jemals einen Mann machen zu können. Seine weiteren Versuche gingen dahin, ihn mit zur Arbeit zu nehmen, ihm zu zeigen, was ein echter Mann tun muss, aber auch hier versagte der Junge, er nässte ein, sobald er Blut sah und der Vater gab die Hoffnung auf. Von da an interessierte er sich nicht mehr im Geringsten für das Wohlbefinden seines Sohnes. Er ignorierte, dass er ein sehr guter Schüler war, seine Musikalität war ihm ein Dorn im Auge und seiner Frau warf er vor das Kind zu verweichlichen. Doch Frieda ließ sich in dieser Hinsicht nicht von ihrem Mann beeinflussen, sie tat alles um das Defizit des fehlenden Vaters auszugleichen, zeigte ihrem Mann die Stirn und machte ihr eigenes Leben dadurch nicht einfacher.

Jetzt war Markus 13 Jahre alt, immer noch sehr dünn und eher blass, allein die Körpergröße hatte sich angepasst und seine Stimme begann sich zu verändern, der Stimmbruch war nahe.

„Geh heut Abend ja früh ins Bett, morgen ist wieder 'ne Sau dran", der Vater biss von seinem dick belegten Leberwurstbrot ab, „um 6 klingelt der Wecker, oder ich schmeiß dich raus:" Markus hatte aufgegeben zu widersprechen, er nickte stumm, doch das Abendessen war ihm verdorben.

Inzwischen war es Routine, wenn die Sau am Haken hing, nahm er sein Werkzeug, positionierte den Eimer unter dem Hals und wartete auf den Blutfluss und das Malheur zwischen seinen Beinen. Das Blut schoss aus dem Schwein, der widerliche Geruch zog ihm in die Nase und er begann zu rühren. In Erwartung, dass er sich gleich entleeren würde, hielt er die Luft an, aber irgendetwas war anders, dieses Gefühl, das in ihm aufstieg kannte er nicht, es war als würde Wasser in einem Topf anfangen zu kochen und so wie das Sprudeln eine Aussage darüber machte, dass der Siedepunkt erreicht war, lief eine Welle des Erschauerns durch seinen Körper. Er spürte, dass seine Hose feucht war, aber nicht nass und er konnte sich nicht erklären was soeben mit ihm geschehen war. Dieses Gefühl war der Wahnsinn gewesen, so etwas hatte er noch nie gefühlt und er wünschte sich, es immer wieder zu erleben. Zuhause kleidete er sich aus und inspizierte die Damenbinde in seiner Unterhose. Ein weißliches Sekret klebte daran und Markus ahnte, dass er jetzt zum Mann werden würde.

In der Küche hörte er seinen Vater poltern „Stell dir vor, Frieda ich hab's geschafft, 6 Jahre hat der Bengel gebraucht und heute das erste Mal nach was weiß ich wie vielen Säuen zum ersten Mal nicht in die Hose gepisst. Ich kann's nicht glauben, vielleicht besteht ja doch noch Hoffnung. Dafür darf er beim nächsten Mal die Sau abstechen, zugeguckt hat er nun lange genug." „Bitte, Kurt, übertreib es doch nicht, es reicht doch, wenn der Junge dir hilft, du weißt doch, dass das Schlachten nicht sein Ding ist." „Papperlapapp, da muss er durch. Vielleicht bringt ihm das ja mal etwas Farbe ins Gesicht." Er lachte und war sichtlich voll Stolz erfüllt, es schien ihm endlich gelungen, aus diesem Weichling einen ganzen Kerl zu machen.

Von diesem Tag an war es für Markus ein Vergnügen, das Blut rühren zu dürfen, er half bei jeder Schlachtung um dieses unsagbare Gefühl wieder und wieder zu erleben. Wenn er im

Bett mit Papiertaschentüchern bewaffnet onanierte, war das auch schön, aber dieses Gefühl sich nicht zu berühren und mit einer solchen Vehemenz zu kommen, konnte er hiermit nicht vergleichen. Der erste Sommer, der diesem Winter folgte, wurde zu einer harten Bewährungsprobe. In den Sommermonaten gab es keine Hausschlachtungen und im Schlachthof brauchten sie keinen Blutrührer, hier gab es Zentrifugen. Er sehnte sich nach dem Gefühl, wollte es wiedererleben und begann nach Alternativen zu suchen. Zuerst waren es Videos, aber diese zu beschaffen, war äußerst schwierig, da er noch keine 18 war und sich natürlich auch niemandem anvertrauen wollte. Der Vater seines Freundes hatte eine kleine Sammlung perverser Filme und ab und zu gelang es ihm bei einem seiner Besuche sich einen solchen auszuleihen. Es war gut, tat gut, aber es fehlte das echte Blut, der Geruch und der Kontakt. Er fing an Mäuse zu jagen und erfreute sich der winzigen Menge Blut, die aus den leblosen Körpern lief. Auch die Idee beim Metzger Schweineleber zu kaufen und diese zu pürieren war nicht schlecht, zumindest der Geruch war vergleichbar. Der nächste Winter kam und mit ihm die ungebremste Lust, doch Markus wurde älter und er begann zu verstehen, dass das was mit ihm geschah alles andere als gut war.

Mit 17 hatte er seine erste Freundin, sie waren in derselben Jahrgangsstufe und sehr verliebt. Das erste Mal schliefen sie nach einem Schulfest bei ihr zuhause zusammen. Markus war glücklich, endlich nicht mehr selbst Hand anlegen zu müssen und hoffte, dass jetzt alles gut werden würde. Die beiden hatten jede Menge Spaß miteinander und konnten nicht voneinander lassen, wann immer sich die Gelegenheit bot, kamen sie sich näher und genossen die Zweisamkeit. An einem Freitagabend waren sie mit Kumpels in der Disco gewesen und wollten bei Merle übernachten. Erwartungsvoll nahm Markus sie in den Arm und küsste sie stürmisch. Merle wehrte ihn ab und sagte „nee Schatz, lass mal, heute nicht, oder badet der Pirat auch im roten Meer?" „Was, du hast deine Tage?" in Markus begann sich eine Spannung aufzubauen. „Ja, seit gestern, und zwar ganz schön heftig , also lass uns lieber ein paar Tage warten." „Du, ich glaube, das macht mir nichts aus, wenn du nichts dagegen hast?" Hoffnungsvoll schaute Markus Merle an. „Mir macht das nichts aus, ich mach mich ja nicht voll." Markus nahm Merle zärtlich in den Arm, die nicht ahnte, wie glücklich sie ihn gerade machte. Sie liebten sich hingebungsvoll und als sie später schweißbedeckt nebeneinander lagen hauchte Merle: Oh Gott, diesen Piraten möchte ich immer in mir haben, das war ja unglaublich." „Daran soll es nicht scheitern, mein Schatz, ich bin immer für dich da."

In Markus machte sich allmählich Hoffnung breit. Dadurch, dass Merle ihm gestattete mit ihm während ihrer Regel zu schlafen, waren alle anderen Bemühungen unnötig geworden. Er konnte sich damit arrangieren, 4 Wochen warten zu müssen, um seine immense Gier zu befriedigen. Er war stolz auf sich und glaubte daran, diesen Fetisch besiegen zu können.

Die beiden machten Abitur und ihre Wege trennten sich. Markus ging nach Hamburg zum Lehramtsstudium und Merle für ein Jahr nach Australien. Sie wollte Erziehungswissenschaften studieren und vorher Erfahrungen als Au pair sammeln. Sie waren traurig, glaubten aber beide nicht an eine Fortführung der Beziehung über die Distanz, dazu hatte es in der letzten Zeit schon zu häufig gekriselt, so dass sie sich im Guten voneinander trennten und jeder seines Weges ging.

Für Markus hatte es nach den Erlebnissen mit seinem Vater schon lange nur den einen Wunsch gegeben. Er wollte pädagogisch arbeiten, Kindern helfen, wenn sie Schwächen hatten und Talente fördern. Dazu kam seine Begeisterung für die Musik, so dass ihm der Lehrerberuf am geeignetsten erschien, seine Belange unter einen Hut zu bekommen. Hinzu kam, dass er durch das Studium bedingt, endlich der Insel den Rücken kehren konnte, seinen Vater nicht mehr täglich zu ertragen hatte und endlich anfangen konnte, sein eigenes Leben zu leben. Sein Vater hatte wie nicht anders zu erwarten mit Zorn auf seine Pläne reagiert. „Was, studieren willst du, auch so ein akademischer Schnösel werden, hab ich dir nicht lange genug beigebracht, dass nur der der arbeitet ein ganzer Mann ist."

r Der Rede waren noch viele ungehobelte Vorwürfe gefolgt, aber Markus hatte irgendwann einfach aufgehört, seinem Vater auch nur zuzuhören. Natürlich war auch mit einer finanziellen Unterstützung von Seiten seiner Eltern nicht zu rechnen. Selbst wenn Kurt es könnte, würde er das Vorgehen seines Sohnes nicht unterstützen. Seine Mutter hatte ihm angeboten, ihm jeden Monat 200 Mark zukommen zu lassen, aber Markus hatte dankend abgelehnt. Sie hatte schon so viel für ihn getan. Er musste ihr aber versprechen, wenn gar nichts mehr ging, bei ihr vorzusprechen und das Geld anzunehmen und das tat er.

Er hatte Bafög beantragt, wohnte im Studentenwohnheim und begann sofort nach Studiumbeginn nach Locations zu suchen, die ihren Gästen ein wenig Livemusik bieten wollten. Das Konzept ging auf, denn egal ob Gitarre mit Gesang oder Klavier er konnte beides bedienen und so verbrachte er nahezu jeden Samstagabend in einer Kneipe. Natürlich blieb es hier nicht aus, immer wieder nette Mädels kennenzulernen und Markus nahm mit, was sich ihm bot. Ab und zu war ein Volltreffer dabei, und Markus genoss es. Die Beziehungen waren meist lose und unkompliziert und passten hervorragend in die neue Welt von Markus.

Er beendete sein Studium und ging zum Referendariat nach Bremen. Es war eine tolle Zeit und er genoss seine Unabhängigkeit in vollen Zügen. Im Alter von 24 Jahren schloss er sein Studium ab und begann sein Lehrerdasein in Hamburg. Es machte ihm Spaß, die jungen Leute zu unterrichten, sie teilweise auch aus der Reserve zu locken und ihnen ein wenig dabei zu helfen, ihren Weg zu finden. Er unterrichtete drei Fächer Deutsch, Französisch und Musik und leistete darüber hinaus viele Freiwilligendienste wie die Inszenierung einer Schulband und das Betreuen von Musik AGs. Er lebte seinen Beruf und brauchte den beruflichen Stress, um sein Defizit zu kompensieren. Die lockere Studienzeit war vorbei, in einer Stadt wie Hamburg konnte er als Lehrer nicht als Gigolo durch die Häuser ziehen, er musste seriöser werden. Sein Wunsch nach blutigem Sex war allzeit präsent, aber in dieser engagierten Phase schaffte er es den Drang zu besiegen und er schöpfte Hoffnung, einmal ein normales Leben führen zu können. Neben seinem schulischen Engagement faszinierte ihn ein Projekt der staatlichen Schule für Physiotherapie, die ihren Auszubildenden ein Konzept der Musiktherapie vorstellte. Markus hatte sich dort als Pianist beworben. Es ging darum, den Einfluss bestimmter Musik auf die Stimmung und das Befinden der Menschen zu erforschen und für ihn als Musiker bot sich hier die Chance ganz verschiedene Musikrichtungen interpretieren zu dürfen. Die Teilnehmer waren begeistert, wobei die Seminarleiter den Verdacht hatten, dass sich einige von ihnen eher für die dargebotene Musik als für den Hintergrund der Musiktherapie interessierten. An einem dieser Abende, Markus interpretierte Chopin, sah er sie. Blondes, leicht gelocktes Haar umrahmte ihr Gesicht. Es fiel bis zu den Schultern herab. Ihre rehbraunen Augen schienen riesig in dem schmalen Gesicht, welches von einem vollen Mund dominiert wurde. Als schön wollte er diese Frau nicht bezeichnen, aber ihr Aussehen hatte eine unbeschreibliche Anziehungskraft auf ihn. Sie war nicht sehr groß, ihr Körper schmal und eher jungenhaft. Sie wirkte zart und weckte einen Beschützerinstinkt in ihm. Er musste sie kennenlernen, unbedingt, er hatte bereits jetzt das Gefühl, sein Leben hinge davon ab. Er beendete sein Klavierspiel und die Diskussionsrunde begann. Eigentlich hätte er jetzt gehen können, aber die hübsche Blonde hielt ihn auf seinem Sitz, er musste sie einfach ansprechen. Die Runde diskutierte, welche Stimmung Chopin in ihnen ausgelöst hatte und es wurde erörtert, zu welcher Art von Physiotherapie man diese Musik unterstützend anwenden könnte. Die junge Blonde beteiligte sich nicht an der Diskussion, sie machte sich eifrig Notizen sagte aber kein Wort. Schade, dachte Markus, ich hätte doch gerne mal deine Stimme gehört. Nach einer guten Stunde war die Diskussion beendet und die Versammlung begann sich aufzulösen. Markus sprang auf. Er wollte als Erster an der Tür sein, denn dann hatte er Gelegenheit, die junge Frau anzusprechen. Er überlegte was er sagen sollte, als sie plötzlich vor ihm stand und ihn ansprach: „Hallo, wo um Himmels Willen hast du so Klavier spielen gelernt, es ist ja ein Traum dir zuzuhören." „Äh": Markus war ein wenig aus dem Konzept gebracht, denn schließlich hatte er vorgehabt sie anzusprechen, aber egal, jetzt war das erste Wort gesprochen. „Äh, also du wirst es nicht glauben, aber in Burg auf Fehmarn, eine alte Pianistin hat sich dort niedergelassen und gibt privaten Unterricht." „Einfach nur phantastisch, ich habe selten Musik so intensiv empfunden." Sie drehte sich um und war verschwunden. Markus schaute ihr nach, als sie durch die Tür verschwand. Er war fasziniert, Was für eine tolle Frau. Er musste sie wiedersehen und schon jetzt sehnte er sich nach der nächsten Stunde der Musiktherapie. Die Donnerstage wurden zu einem Fest in seinem Leben, er musste diese Frau einfach näher kennenlernen. Er spielte das Klavier, nur für sie, aber sie schien an einem Kennenlernen nicht interessiert. Er sah in ihren Augen die Begeisterung für seine Musik, aber es bot sich keine Gelegenheit mit ihr ins Gespräch zu kommen. Die Wochen vergingen, der Dezember hatte begonnen, draußen war es unangenehm und der Kurs näherte sich seinem Ende. Heute war der letzte Kurstag und wenn er es heute nicht schaffte, sie anzusprechen, würde sich ihre Spur wohl verlieren. Das konnte er nicht zulassen. Er beendete sein Klavierspiel und lauschte der Diskussion. Wie immer saß sie auf ihrem Platz und hörte zu, den Notizblock auf den Knien. Sie kam ihm nicht schüchtern vor, doch beteiligte sie sich nie an den Gesprächen. Er verließ seinen Platz am Piano und ging zur Tür. Hier musste sie vorbei und er würde die Gelegenheit nutzen und sie ansprechen. Nur wie, gleich mit einer Einladung zu einem gemeinsamen Drink oder eher unverfänglich, nach dem Motto, wie heißt du überhaupt. Der Kurs war beendet, die Teilnehmer bedankten sich bei den Initiatoren und die Gruppe begann sich aufzulösen. Plötzlich stand die junge Frau auf und rief: „Hey wartet mal, glaubt ihr nicht, wir sollten uns einmal bei unserem Pianisten bedanken. Er hat uns doch erst emotional dahin gebracht, Musik zu fühlen, oder. Das ist doch ein wesentlicher Beitrag dieser Veranstaltung, oder?" Die anderen stimmten ihr zu und applaudierten in Richtung von Markus. „Danke, danke", sagte dieser, „nicht nötig, es war mir ein Vergnügen." Er blieb an der Tür stehen und wartete, bis sie sich ihm näherte. „Vielen Dank, es hat mich sehr gefreut, dass du an mich gedacht hast, wie kann ich mich revanchieren?" „Brauchst du nicht, ich fand es nur angemessen, dir zu zeigen, wie toll du uns unterhalten hast." „Ja schon, aber hast du nicht vielleicht Lust, mit mir auf den Weihnachtsmarkt zu gehen und ein Glas Glühwein zu trinken, ich lade dich gerne ein." Markus schaute sie erwartungsvoll an. Sie blickte auf ihre Armbanduhr und überlegte kurz. „Ok, das ist ja nicht weit von hier, in einer Stunde muss ich nämlich zu Hause sein." „Super, dann komm, wir können zu Fuß gehen, sind ja nur 5 Minuten." Markus war glücklich und öffnete ihr die Tür, um sie vorgehen zu lassen. Er roch ihr leichtes Parfüm und folgte ihr. Eine Stunde später wusste er zumindest dass sie Karen hieß, dass sie im Sommer ihre Abschlussprüfung als Physiotherapeutin bestanden hatte, jetzt in einer der großen Praxen der Stadt angestellt war und noch bei ihren Eltern lebte. Im Grunde genommen war sie offen und sehr nett, aber Markus hatte das Gefühl, dass es ihr sehr schwer fiel, etwas von sich preiszugeben. Ein Handy besaß sie nicht, aber sie hatte zumindest seine Nummer notiert und nun musste er hoffen, dass es auch in ihr das Interesse gab ihn kennenzulernen. Zwei Wochen vergingen, das Weihnachtsfest stand vor der Tür und Markus musste dringend in die Stadt, um Geschenke für seine Eltern zu besorgen. Seiner Mutter ein Geschenk zu machen, fiel ihm nicht schwer, er liebte sie und war ihr dankbar, für alles was sie in seiner Jugend für ihn getan hatte. Mit seinem Vater sah es da schon anders aus. Es widerstrebte ihm diesem Mann ein Geschenk zu machen und er überlegte, ob er sich selbst treu bleiben sollte und keins zu besorgen. Aber das konnte er seiner Mutter nicht antun- Sie war diejenige, die den Familienfrieden wünschte, und er wollte ihr diese Illusion nicht nehmen. Er begab sich in die belebte Innenstadt und schwankte zwischen dem Kauf einer Flasche Rum oder Zigarren. In Gedanken stand er in der Spirituosenabteilung eines großen Supermarktes als Karen plötzlich mit einer Sektflasche in der Hand auf ihn zukam. „Hallo, Markus, grüße dich. Schön dich zu sehen." „Karen, du hier, das ist ja nett": Was für ein blöder Satz, aber ihre Nähe verunsicherte ihn und er überlegte wie es weitergehen könnte. „Ja, ich mache die letzten Besorgungen fürs Fest und muss auch schon weiter." „Warte doch mal, nicht so schnell, wollen wir nicht etwas zusammen essen gehen. Es ist doch schön, dass wir uns wiedersehen. Sie überlegte kurz, schaute wieder auf die Armbanduhr und nickte dann zustimmend. „Du hast Recht, ich habe seit dem Frühstück nichts mehr gegessen und merke jetzt erst, dass ich ganz schön hungrig bin." „Gut, dann komm, was magst du, hier in der City gibt es ja alles was das Herz begehrt, ich lade dich ein." „Du, ich habe nicht so viel Zeit, lass uns auf den Weihnachtsmarkt gehen und eine Bratwurst essen, das muss reichen. " Es war brechend voll und nach einer gefühlten Ewigkeit hielten sie endlich ihre Bratwürste, die noch gut und gerne 5 Minuten länger auf dem Grill geblieben wären in ihren Händen. Dichtgedrängt an den wenigen Stehtischen aßen sie schweigend. Markus überlegte wie er jetzt weiter vorgehen sollte, er wollte sie nicht erschrecken, aber sie auch nicht wieder einfach so ziehen lassen. „Karen, ich möchte jetzt einmal ganz ehrlich sein, ich möchte dich unbedingt näher kennenlernen, also wenn es dir auch so geht und du einmal mehr Zeit hast, würde ich dich sehr gerne zu einem richtigen Essen einladen. Was hältst du davon?" Karen blickte ihn verwundert an, aber seine Worte schienen sie erfreut zu haben. „Äh, ja, ich weiß nicht, ich habe nie viel Zeit, aber vielleicht zwischen den Jahren, da hab ich frei." „Super, dann lass uns doch den 29. festhalten, da bin ich auch zurück von meinen Eltern, also was magst du?" „Gerne griechisch, wenn du nichts dagegen hast, ich liebe Suvlaki." „Ja klar, ich bestelle eine Tisch im Akropolis am 29. um 20.00 Uhr." „Ok, ich bin da. Und jetzt muss ich los. Bis dann." Sie winkte ihm zu und verschwand durch die Menschenmassen. Glücklich blieb Markus zurück. Endlich war er ihr ein kleines bisschen näher gekommen, jetzt freute er sich auf Weihnachten und noch viel mehr auf den 29.

Das Essen verlief harmonisch, Karen wirkte gelöst und heiter und war sehr an seinem Leben interessiert. Jedes Lächeln, das sie ihm schenkte, verzauberte ihn mehr und er sehnte sich danach mehr von ihr zu erfahren. Doch bei aller Freundlichkeit blieb Karen sehr reserviert, was ihr eigenes Leben betraf und Markus war sich auch nach diesem Date nicht sicher, ob sie ein echtes Interesse an ihm hatte. Zumindest stimmte sie einer neuen Verabredung ins Kino zu und so ging Markus hoffnungsvoll nach Hause. Es war ungewöhnlich, dass eine Frau ihm gegenüber keine eindeutigen Signale abgab, normalerweise spürte er spätestens beim zweiten Treffen, ob sich etwas entwickeln konnte oder nicht. Mit Karen war das völlig anders, sie blieb geheimnisvoll, obwohl ihre Gesten und Blicke eine andere Sprache sprachen.

Der Frühling kam, es hatte das ein oder andere unverfängliche Treffen gegeben und Markus war sich inzwischen ziemlich sicher, dass er ihr etwas bedeutete, aber aus irgendeinem Grund ließ sie es nicht zu. Für heute hatten sie sich zu einem Strandspaziergang verabredet, sie wollten an die Küste fahren. Es war das erste Mal, dass er sie mit dem Auto abholte, und als er bei ihr vorfuhr, stand sie schon am Gartenzaun und erwartete ihn. Es war ein schöner kalter, aber sonniger Frühlingstag und sie fuhren mit einem Picknickkorb bewaffnet nach Bremerhaven. Sie schlenderten zwei Stunden am Meer entlang, der starke Wind machte es fast unmöglich ein Wort zu wechseln und suchten vergeblich nach einem geeigneten Picknickplatz. „Karen, hör zu, das wird nichts mit dem Picknick, wir wehen weg und nebenbei erfrieren wir noch. Lass uns einkehren, hier gibt es doch so herrliche Fischrestaurants." „Schade, aber ich glaube du hast Recht, ich habe mich echt auf das Picknick gefreut, aber ehrlich gesagt ist mir jetzt schon saukalt." Ok dann komm, da vorne kehren wir ein. Sie rannten die letzten Meter bis zu dem kleinen Fischlokal und betraten den gut geheizten Gastraum. Sie waren nicht die einzigen, die vor dem Wind geflüchtet waren, der Raum war brechend voll, doch der Kellner winkte ihnen und wies ihnen einen winzigen Tisch direkt am Kachelofen zu. „Wie genial ist das denn", freute sich Karen, „jetzt haben wir es aber richtig gemütlich." Der Tisch war so klein, dass kaum 2 Teller darauf passten, ihre Knie berührten sich unter dem Tisch und Markus konnte das Meer in Karens Haaren riechen. Sie bestellten sich einen leichten Weißwein und die Fischplatte des Hauses für zwei und ließen es sich schmecken. Es war so harmonisch und schön und Markus wollte diesen Moment für die Ewigkeit festhalten. „Karen"; er hob sein Glas und schaute ihr in die

Augen, „ ich weiß nicht, ob du weißt was ich für dich empfinde, aber ich muss es dir einfach sagen, ich habe mich in dich verliebt, und das am ersten Tag und ich möchte gerne wissen, was du darüber denkst: Ich liebe das Zusammensein mit dir, jede einzelne Kleinigkeit , ich liebe es zu sehen, wie du im Kino heimlich weinst, du dein Suvlaki genießt oder jetzt so herrlich hungrig den Seelachs vernascht. Bitte sei mir für meine Offenheit nicht böse, aber ich kann nach all den Monaten nicht so weiter machen, du sollst wissen, wie es um mich steht." Karen blickte ihn mit weit aufgerissenen Augen an. Sie schien erschrocken zu sein, nicht ganz die Reaktion die Markus erwartet hatte. Sie suchte nach Worten und Markus beschlich das Gefühl, dass er gleich die schmerzhafteste Abfuhr seines Lebens erfahren musste. „Ach Markus, du weißt doch nicht wer oder was ich bin, und wenn du es weißt, wirst du deine Worte sicherlich noch einmal überdenken." „Sag es mir doch einfach, dann kann ich selbst darüber entscheiden, was in deinem Leben ist so schlimm, dass es mich von dir trennen könnte?" „Schlimm ist sicherlich das falsche Wort, aber Markus, ich bin nicht allein." Markus erschrak. Sie hatte einen Partner, all ihre Verabredungen hatte sie unternommen, obwohl sie vergeben war, das konnte nicht sein. Karen sah seinen Blick und lächelte. „Nein, nein , es ist nicht das was du jetzt denkst, es gibt keinen anderen Mann in meinem Leben, außer einem kleinen. Ich habe ein Kind. Und zwar schon für mein Alter ein recht großes. Nils ist 7 Jahre alt. „Ein Kind ok, und was ist mit dem Vater?" „Jens und ich waren 16, du weißt schon, das erste Mal und so, passiert schon nichts, und dann war ich schwanger. Ich habe es noch nicht einmal gemerkt, hatte meine Regel immer unregelmäßig und habe mir keine Gedanken gemacht, bis dann irgendwann die Waage anfing Konsequenzen zu zeigen und ich mal nachrechnete, da war ich dann schon in der 16. Woche. Zu spät um sich zu entscheiden, wobei eine Abtreibung sowieso nicht in Frage gekommen wären, also hab ich das Kind bekommen, obwohl ich mit Jens eigentlich nie richtig zusammen war." „Und dann, wie hast du das alles geschafft, Schule, Ausbildung?" „Na ja, in der Schule habe ich ein Jahr wiederholt und dann ganz normal meine Ausbildung absolviert. Du kannst dir nicht vorstellen, wie toll meine Eltern sind, nach dem ersten Schock haben sie Nils in ihr Herz geschlossen, als wäre es ihr eigener Sohn. „Ach das ist auch der Grund, warum du noch zu Hause wohnst?" „Ja wir sind sozusagen ein Dreigenerationenhaus, wobei meine Eltern auch als Eltern von Nils durchgehen würden, meine Mutter war gerade mal 42 als er geboren wurde. Sie hat sich immer mehr um ihn gekümmert als ich und ich glaube wenn ich gehe, müsste ich ihn dalassen, er ist dort so behütet und geliebt, ich glaube er könnte eher auf mich als auf seine Großeltern verzichten. Er nennt sie Omama und Opapa. Trauer lag bei diesen Worten in ihrer Stimme und eine Welle des Mitleides übermannte ihn. „Er weiß natürlich, dass ich seine Mutter und Eva seine Großmutter ist, aber wenn er sich das Knie aufschlägt, läuft er zu ihr. Jens zahlt und besucht ihn monatlich, da kann ich mich nicht beschweren, aber sein eigentlicher Vater ist sein Großvater. Weißt du, ich bin meinen Eltern für das was sie tun wahnsinnig dankbar, aber manchmal denke ich, hätten sie mich rausgeschmissen, hätte ich mich alleine mit dem Kind durchschlagen müssen, wäre ich sicherlich jetzt nicht da wo ich bin, aber ICH hätte ein Kind." Tränen traten in ihre Augen und Markus konnte sie verstehen. Sacht berührte er ihr Haar und streichelte ihr über die Wange. „Ich habe seitdem keinen Freund gehabt, vielleicht komme ich dir deshalb so seltsam vor, aber ich bin es auch nicht gewohnt, dass sich jemand für mich interessiert. Ich habe mich auf meine Ausbildung konzentriert und bin immer noch nicht fertig. Ich möchte später auch Kleinkinder behandeln können und mache gerade die Bobath Ausbildung, denn irgendwann möchte ich mich selbstständig machen, das ich mein größter Traum." Markus saß still neben ihr. Er bewunderte diese junge Frau, die so zielstrebig ihren Weg ging und genau wusste, was sie im Leben erreichen wollte. Sanft nahm er ihre Hand und schaute in ihre Augen. „Du weißt, dass ich Lehrer bin und das setzt voraus, dass ich Kinder mag, ich habe zwar weder Erfahrungen als Bruder oder als Vater, aber wenn du es zulässt, dann möchte ich deinen Sohn gerne kennenlernen, dann kann er sich ein Bild von dem Typ machen, der mit seiner Mama zusammen sein möchte, es liegt ganz bei dir. Ich möchte dir beistehen, Karen, ich habe in meinem Leben noch niemals das Gefühl gehabt jemanden so nahe zu sein wie dir, und das ist wundervoll." Karen hatte noch immer Tränen in den Augen, aber sie lächelte. „Das ist wundervoll und ja Markus, auch ich möchte mehr mit dir zusammen sein und ich bin so froh, dass ich jetzt kein Geheimnis mehr vor dir habe." Sie drückte seine Hand und beugte sich leicht vor. Ihre Lippen berührten sich über den schmalen Tisch hinweg und ein erster zarter Kuss besiegelte die beginnende Freundschaft.

Ab diesem Moment war alles sehr einfach. Markus lernte Nils kennen, ein süßer, aufgeweckter 7jähriger, der aufgeschlossen auf ihn zuging und keine Berührungsängste hatte. Auch die Eltern von Karen waren wahnsinnig nett und nach den Erfahrungen mit seinem eigenen Vater beneidete er Karen um ihren Vater. Klaus war ein echter Kumpel. Zu Anfang spürte Markus zwar die Besorgnis und Skepsis, dass er es vielleicht nicht ernst meinen könnte und nur ein Abenteuer mit Karen suchte, aber diese Bedenken legten sich schnell und schon bald hatten die beiden Männer einen herzlichen Kontakt. Nachdem Karen keine Geheimnisse mehr vor Markus hatte, öffnete sie sich und alles was er neu an ihr erlebte und entdeckte faszinierte ihn. Sie war der Deckel auf seinem Topf und schon nach wenigen Monaten konnte er sich ein Leben ohne sie nicht mehr vorstellen. Sie konnten herrlich miteinander lachen, aber auch genauso gut streiten, Karen war sehr impulsiv und wenn ihr etwas nicht passte, stellte sie dies lautstark klar. Umso schöner waren die Versöhnungen. Sie konnten nicht genug voneinander bekommen, liebten sich wann und wo immer es ging, hatten beide einen leichten Hang zu außergewöhnlichen Orten und genossen ihre Zweisamkeit in vollen Zügen. Markus war verzaubert. Sein Problem existierte mit Karen nicht mehr, denn ihre Regel stellte für sie kein Hinderungsgrund da. Auch wurde ihr mit jedem Monat klarer dass aus dem guten Liebhaber Markus ein phantastischer Liebhaber wurde, wenn sie blutete. Er führte sie zu Höhepunkten, die unbeschreiblich waren und sie erlebten gemeinsame Momente der Ekstase, die sie nie mehr missen wollten. Sie machte sich hierüber keine Gedanken und genoss es einfach, genoss ihr Leben mit Markus und die Liebe und es war einfach wunderschön.

Nachdem sie ein Jahr zusammen waren, schenkte Markus Karen und Nils einen gemeinsamen Urlaub in den Osterferien. Sie flogen nach Teneriffa und Nils war völlig begeistert. Das erste Mal fliegen, bislang war er immer mit den Großeltern im Wohnmobil unterwegs gewesen, aber fliegen, das fand er mehr als phantastisch. Sie kamen in einer netten Ferienanlage unter und Nils begeisterte sich bereits am ersten Tag für den Kidsclub. Karen und Markus hatten unbeschwerte Tage und viel Zeit füreinander. Es war herrlich. Am letzten Abend, es war schon spät, sie hatten Nils ins Bett gebracht und er schlief selig, besuchten sie noch einmal die Animationsbühne auf der eine Liveband spielte und die Gäste zum Tanzen animierte. Markus verdrehte die Augen, als er die Musik hörte, denn das was die Band da zum Besten gab war alles andere als musikalisch wertvoll. Karen lachte: „Komm, Markus, stell dich nicht so an, lass mal den Musiker in dir zu Hause, genieß es einfach, man kann doch super dazu tanzen." Sie zerrte ihn auf die Tanzfläche und als hätte die Band geahnt, dass sie ein Liebespaar waren, wechselte der Sound und sie spielte sachten weichen Blues. Karen schlang ihre Arme um Nils Nacken und schmiegte sich an ihn. Sie bewegte sich sanft in seinen Armen und ihn überlief eine Welle der Liebe. „Karen, kannst du dir vorstellen, dass wir auch in 50 Jahren noch zusammen tanzen?" Seine Hand griff unter ihr Kinn und er suchte ihre Augen. „Auch in 100", flüsterte sie und küsste ihn. „Dann lass uns heiraten, Liebling, ich möchte dich immer an meiner Seite haben, jetzt und hier und in 100 Jahren. Bitte werde meine Frau, dann machst du mich zum glücklichsten Mann der Welt." Karen stockte und blieb auf der Tanzfläche stehen. „Wenn das wirklich dein Ernst ist, dann sage ich, nein dann schreie ich Ja ich will, denn du bist das Beste was mir je passiert ist." Markus hob sie hoch und schwenkte sie über die Tanzfläche, die anderen Gäste schauten irritiert, aber das war den beiden vollkommen egal. Sie gingen zurück zu ihrem Tisch und Markus bestellte 2 Gläser Champagner, er griff in die Hosentasche und hielt den Verlobungsring in der Hand. Karen lachte: „Aha, das war also alles geplant du Gauner, der ganze Urlaub, wolltest mich schön einlullen und dann einfangen." Okay, wenn du das so siehst, kannst du jetzt noch immer den Ring ablehnen, dann hebe ich ihn für die nächste auf." Markus lachte und Karen riss ihm den Ring aus der Hand und streifte ihn über. „Mein Gott, ist der schön, danke Markus und danke, dass du uns beide willst und jetzt ein ganzes gemeinsames Leben auf uns wartet.

Nach ihrer Rückkehr überbrachten sie Karens Eltern die frohe Nachricht und sahen Angst in den beiden aufleuchten. Sie fürchteten Nils zu verlieren, denn er war viel mehr für sie als ein normaler Enkel. Karen hatte eine kleine Einliegerwohnung im Hause ihrer Eltern und bislang hatte Markus mehr oder weniger dort gewohnt, aber immer noch seine eigene Wohnung gehabt. Jetzt löste er diese auf und zog vollständig zu Karen, so dass die Angst der Eltern erst einmal gebannt war.

Die Hochzeit feierten sie sehr familiär, mit einigen guten Freunden. Ein schönes nettes Fest, nach dem Standesamt genossen sie eine freie Trauung am Strand von Fehmarn. Es war August, herrliches Wetter, und Markus Mutter hatte sich um das Catering für die Gäste gekümmert. Am Strand war ein Zelt aufgebaut, zwei alte Kumpels von Markus machten Musik und die Gäste genossen die Meeresbrise und die Nähe zur Natur. „Es ist einfach wunderschön hier"; sagte Eva und machte sich daran, die Fackeln die rund um das Zelt im Sand steckten anzuzünden. Markus und Karen schauten glücklich auf ihre Gäste und freuten sich über ihr gelungenes Fest. Schwierig war es einzig und allein mit Kurt. Karen hatte versucht mit ihrem Schwiegervater ein Gespräch zu führen, aber dies war ihr weder bei ihren wenigen Besuchen auf der Insel gelungen noch heute am Tage ihrer Hochzeit. Markus hatte ihr im Groben von seiner schwierigen Beziehung zu seinem Vater berichtet, war aber nicht ins Detail gegangen. So wie Karen ihren Schwiegervater aber erlebte, war dies auch nicht nötig, er war auch für sie ein schrecklicher Mensch. Das einzige was sie an ihrem Hochzeitstag von ihm gehört hatte, war eine lautstarke Kritik an der freien Trauung, so was hätte es zu seiner Zeit nicht gegeben, neumodischer Unsinn, ordentliche Menschen würden sich in der Kirche das Jawort geben. Markus hatte sie von ihm weggeführt und ihr eingeprägt, sich sein Gemecker nicht zu Herzen zu nehmen. Denn heute war ihr Tag, und diesen würden sie sich sicherlich von diesem Griesgram vermiesen lassen. Karen bewunderte Frieda, ihre Schwiegermutter, wie um Himmel Willen hielt sie es mit diesem Ungetüm aus. Sie blickte zu ihr herüber. Frieda genoss den Abend sichtlich. Toll sah sie aus in ihrem wadenlangen dunkelblauen Kleid, das so perfekt zu ihren blonden Haaren passte. Sie unterhielt sich angeregt mit Eva und Klaus. Die drei hatten sich heute erst kennengelernt, aber die Wellenlänge schien zu stimmen, denn sie amüsierten sich köstlich.

Auch Nils fand die neue Oma super und da Frieda sich im Hintergrund um die Getränke und das Essen kümmerte, half er ihr eifrig. Nachts um 4 nahm das Fest sein Ende. Markus hatte einen Bus bestellt, der zuerst eine Tour über die Insel machte um alle in ihren Dörfern abzuladen und sich dann auf das Festland bewegte, um die Gäste wohlbehalten zu Hause abzuliefern. Markus machte sich ein wenig Gedanken um seine Mutter, denn sie war jetzt damit betraut, sich um den Abbau des Zeltes, das Entsorgen des Mülls und all die anderen Dinge die zu tun waren zu kümmern. Aber Frieda hatte Markus gesagt, dass ihr das überhaupt nichts ausmache, schließlich hätten sie nicht so viel Geld, sie könnten ihnen kein immens großes Geschenk zur Hochzeit machen, dann wäre das doch das Mindeste was sie für die beiden tun könnte. Markus war seiner Mutter sehr dankbar, denn er wusste an seinem Vater würde sie sicherlich keine Hilfe haben.

Das erste Jahr ihrer Ehe verlief himmlisch, die beiden genossen ihre Zweisamkeit und Nils fühlte sich zwischen den beiden sehr wohl. Doch Karen spürte nach einigen Monaten, dass ihr Mann von Woche zu Woche unzufriedener wurde, irgendetwas bewegte ihn und sie fragte sich was es sein könnte. Es war wieder kurz vor Ostern und die beiden machten einen Ausflug in das Lokal, in dem ihre Beziehung begonnen hatte. Sie bestellten die gleiche Fischplatte wie vor einem Jahr und genossen denselben Weißwein. „Schatz", suchte Karen das Gespräch, „was ist los mit dir. Mache ich dich nicht mehr glücklich. Du wirkst so unzufrieden, liegt es an mir?" Markus schaute sie erschrocken an. „Nein, Liebling, mit uns beiden ist alles gut, ich bin so glücklich, dich an meiner Seite zu haben. Es ist der Job, der mich unzufrieden macht, ich sehne mich nach einer Herausforderung und habe auch eine Idee, aber ich weiß nicht, wie du dazu stehst." „Das kann ich dir nur sagen, wenn du mich in deine Gedanken einweihst, also raus damit, dann werde ich dir meine Meinung dazu sagen." Markus zögerte: „Also weißt du, ich würde gerne noch mal etwas ganz anderes ausprobieren. Wenn ich mir vorstelle noch 35 Jahre das zu tun, was ich jetzt gerade mache, kommt mir das Grauen. Ich habe einfach das Gefühl, das kann es doch nicht gewesen sein, es muss doch mehr geben. Ich habe mich informiert wie es aussieht, wenn man als Lehrer an eine deutsche Schule in Afrika geht und erfahren, dass hier immer Bedarf ist und gerade im französisch sprechenden Teil Afrikas meine Fächerkombination genial passen würde. Ich kann die Landessprache und Deutsch unterrichten und nebenbei noch zur musikalischen Ausbildung der Kinder beitragen. Meine Wahl würde auf Guinea fallen, da gibt es eine deutsche Schule, ebenfalls am Meer und ehrlich gesagt würde ich sehr gerne ein paar Jahre dorthin gehen. Wenn ich mich bis zum 01.Mai entscheide, wäre dies schon ab September möglich, aber ich gehe diesen Schritt nur mit dir, denn für dich würde es einen großen Verzicht bedeuten." Karen schluckte. Sie war so eng verwachsen mit ihrer Heimat, ihren Eltern und natürlich mit Nils, was würde mit ihm werden, wenn sie diesen Schritt wagten? Auf der anderen Seite wollte sie, dass ihr Mann glücklich war und ihm nicht im Wege stehen. Die Idee für begrenzte Zeit Deutschland den Rücken zu kehren, weckte ihre Abenteuerlust. „Du hast vielleicht Ideen, das ist ja total irre, aber irgendwie auch toll, aber was wird mit Nils, was wird mit mir, denn ich muss meinen Job aufgeben und werde sicherlich in Afrika nicht arbeiten können. Was soll ich da tun? Auf dich warten und das Essen kochen, das bin ich nicht." „Ich weiß Schatz, aber ich hätte schon eine Idee, wie du deine Zeit verbringen könntest. Was ist, wenn wir aus zwei drei machen, ich möchte unbedingt ein Kind mit dir und du könntest dich ausnahmslos um das Kleine kümmern und müsstest dir keine Gedanken um Betreuung machen." „Ein Kind?" Karen lächelte, „das ist das Beste, was unserer Ehe noch fehlt, ein Kind ganz anders als Nils, das nur mir gehört, dessen ersten Zahn ich fühle und dessen erstes Wort ich höre." Karen schaute verträumt vor sich hin. „Ich denke darüber nach, und vor allen Dingen, muss ich mir darüber klar werden, wie es mit Nils weitergehen soll, macht es Sinn ihn hier heraus zu reißen, könnte ich aber auf der anderen Seite damit umgehen, ihn hier zu lassen, das ist eine schwierige Entscheidung. Ich werde mit meinen Eltern darüber sprechen und dann sehen wir weiter. „Ich weiß, mein Schatz, „es ist nicht einfach, überlege gut, und wenn du nicht willst, dann bekommen wir unser Kind hier und ich muss schauen, ob sich hier noch etwas Interessanteres für mich bietet." Sie genossen schweigend ihr Abendessen. Karen war irritiert und innerlich aufgewühlt, sie verstand Markus, fühlte sich aber jetzt in der Pflicht, ihm schon bald eine Entscheidung mitzuteilen und nahm sich vor, bereits am nächsten Tag mit ihren Eltern und Nils zu sprechen.

Der nächste Tag war ein Samstag. Karen wusste, dass ihre Eltern am Samstagnachmittag immer eine Tasse Kaffee und ein Stück Kuchen zu sich nahmen. Nils war mit einem Freund verabredet, die beiden hatten ihre Skateboards mitgenommen und waren in den Skateboardpark gegangen. Karen betrat das Wohnzimmer ihrer Eltern. „Hallo, Karen, das ist aber schön, dass du mal vorbeischaust, möchtest du auch eine Tasse Kaffee?" Ihre Mutter sprang auf. „Ja gerne, aber bleib doch sitzen, ich bediene mich schon selbst. Sie ging zum Kaffeevollautomaten und zapfte sich einen großen Kaffeebecher. „Na, Tochter, was gibt's?" fragte ihr Vater, der schon immer ihre Gedanken lesen konnte und wusste, dass ihr etwas auf der Seele brannte. Karen schilderte die Idee ihres Mannes. Ihre Mutter reagierte geschockt: „Und Nils?" war die einzige alles bestimmende Frage, die sie stellte. „Genau Mama, ich bin jetzt mal ganz ehrlich, würde es ihn nicht geben, hätte ich Markus bereits gestern Abend zugesagt, aber so wie es ist, wird es in jeder Hinsicht schwer. Nehme ich ihn mit, reiße ich ihn aus seinem ganzen gewohnten Umfeld, nehme ihn euch und ihm euch weg, er verliert seine Freunde und seine Schule und meine Vernunft in mir sagt, dass er dieses Opfer nicht bringen muss. Aber er ist mein Kind und ich kann mir ebenso wenig vorstellen jahrelang von ihm getrennt zu sein." Bereits bei dieser Vorstellung kamen Karen die Tränen. „Ich mache mir durchaus nichts vor, Omama und Opapa waren für ihn immer wichtiger als ich und ich glaube er würde mit der Trennung von mir gut umgehen können, aber ich?" Ihre Eltern schwiegen. Sie verstanden ihre Tochter, wenn sie ihren Sohn mitnehmen würde, müssten sie es akzeptieren, aber wie Karen schon sagte es käme einer Katastrophe gleich. „Karen", begann ihr Vater vorsichtig; „ich verstehe dich, aber es gibt doch Zwischenlösungen." „Zwischenlösungen, Papa, wie stellst du dir das vor. Auf eine Distanz von 5 bis 6000 km ist es nun mal nicht möglich, sich jedes Wochenende zu verabreden." „Das stimmt, Karen, aber was wäre, wenn Nils grundsätzlich alle Schulferien bei euch verbringen würde, dann hättest du ihn alle 10 Wochen für mindestens zwei im Sommer sogar für sechs Wochen ganz für dich allein und den Rest seines Lebens würde er hier in seinem gewohnten Umfeld verbringen." „Wie stellst du dir das vor, er ist noch nicht mal 9 Jahre alt, soll er alleine in ein Flugzeug steigen?" „Das ist doch heutzutage kein Problem mehr, es gibt Stewardessen, die extra dafür ausgebildet sind, allein reisende Kinder zu begleiten. Wir übergeben ihn direkt am Flughafen und du nimmst ihn dort in Empfang, verloren gehen ist unmöglich:" „Oh Papa, du sagst dass so, als wäre es das Normalste der Welt, aber allein die Vorstellung ihn alleine fliegen zu lassen, macht mir Angst." „Ihr könnt es doch ausprobieren, solltet ihr wirklich auswandern, wird das doch im Sommer zum Zeitpunkt der Sommerferien sein. Dann kann er doch gleich das erste Mal mitfliegen und kehrt dann alleine zurück. Außerdem würden wir euch ja auch einmal im Jahr besuchen, und er wäre wieder begleitet. Also das ist alles möglich." Ihr Vater schien sehr zuversichtlich. „Aber ihr, Papa und Mama, wollt ihr das wirklich, euch um ihn kümmern, die Schule betreuen und diese Verantwortung übernehmen." „Karen", ihre Mutter lächelte, „du weißt, er ist wie ein eigenes Kind, natürlich machen wir das und zwar sehr sehr gerne." Karens Zweifel blieben. Sie konnte sich zwar die von ihren Eltern angedachte Lösung vorstellen, aber was würde Nils dazu sagen. „Hört mal", sagte sie zu ihren Eltern, „soll ich alleine mit Nils sprechen, oder wollen wir das alle gemeinsam tun. Ich möchte nicht, dass er sich in die Enge getrieben fühlt und das Gefühl bekommt, er müsse sich zwischen uns entscheiden. Für ihn ist es das Normalste der Welt, uns immer alle um sich zu haben und diesen Zustand würde diese neue Entwicklung komplett zerstören. „Lasst uns gemeinsam mit ihm reden. Du weißt, er ist für sein Alter sehr pragmatisch, ganz der Opa"; sie lächelte ihren Mann an, „ er wird uns schon deutlich sagen, was er davon hält. „Ok, dann sehen wir uns heute Abend, er wollte um 18 Uhr zurücksein, stimmt's?" „Ja genau, also lasst uns doch alle zusammen zu Abend essen, dann fällt es gar nicht auf, das wir ein Attentat auf ihn vorhaben." „Gut, so machen wir es"; Karen erhob sich und ging nach unten. Markus lag auf der Couch, vertieft in ein Buch und Karen klärte ihn kurz über den Stand der Dinge auf. Am Abend sprachen sie mit ihrem Sohn und er reagierte, wie es seine Großmutter erwartet hatte. „Cool, dann pendele ich also zwischen Europa und Afrika hin und her, da können die anderen aber nicht mehr mithalten, die fahren höchstens mal ins Allgäu oder an den Gardasee." „Nils du weißt aber schon, dass du dann die meiste Zeit mit uns verbringst und deine Mutter und Markus nur in den Ferien siehst, kannst du dir das wirklich vorstellen?" Der Kleine überlegte kurz. „Mensch Omama, klar ich bin doch so gerne bei euch, und dann hab ich einen weniger, der mir was verbietet." Karen lächelte verkrampft. Was für einen großen kleinen Kerl hatte sie da in die Welt gesetzt. Sie wusste, er liebte seine Großeltern über alles, aber es gab ihr einen gewaltigen Stich, dass er so bereitwillig auf sie verzichten würde und sie fragte sich, ob es andersherum auch so einfach gewesen wäre. Nein, sagte sie sich, so darfst du nicht denken. Schließlich bist du es selbst, die die Trennung heraufbeschwört, und für ihn ist es wesentlich besser in seiner gewohnten Umgebung zu bleiben. Also liegt es einzig und allein an mir, ob ich das schaffe und wenn ja, dann kann ich Markus auf seinem Abenteuer begleiten. Den restlichen Abend verbrachte sie schweigend und in Gedanken versunken und als sie neben Markus im Bett lag, sah dieser sie liebevoll an. „Lass dir Zeit, mein Schatz, entscheide dich und mach dich frei von meinen Wünschen, ich werde jede deiner Entscheidungen akzeptieren." Karen wusste, dass Markus jedes seiner Worte ernst meinte und war ihm dankbar für sein Verständnis. Sie brauchte noch eine Woche, die sie intensiv nutzte, um mit ihrem Sohn Zeit zu verbringen, aber immer wieder wurde ihr deutlich, dass nicht sie sondern seine Großeltern sein Lebensmittelpunkt waren und so entschied sie sich für das Leben in Afrika.

Markus war überglücklich, als sie ihm ihre Entscheidung mitteilte und von da an nicht mehr zu bremsen. Er stürzte sich in die Vorbereitungen, nahm Kontakt zur Schulleitung in Afrika auf, klärte die Wohnsituation, flog schon einmal nach Guinea um die geeignete Wohnung zu finden und den Umzug vorzubereiten. Es war eine aufregende Zeit und die wenigen Monate bis zum Sommer vergingen wie im Flug. Karen hatte gekündigt und ihre Kolleginnen waren sehr traurig, dass sie sie verließ. Aber sie verstanden sie und manch eine von ihnen wünschte sich insgeheim auch einmal eine solche Chance zu erhalten. Dann ging es auch schon los, die wenigen Möbel, die sie mitnahmen und der Hausrat wurden in einen Container verpackt und reisten auf dem Seeweg nach Guinea. Sie selbst hatten nur vier Koffer dabei, die sie auf einem großen

Gepäckwagen durch den Flughaven manövrierten. „Meine Güte, bin ich aufgeregt. Ich fliege zu den Löwen und Tigern", Nils sprang nervös von einem Bein aufs andere. „Löwen ja, Tiger nein, mein Schatz, wir fliegen nach Afrika und nicht nach Indien. Affen, Giraffen, Elefanten und Gnus ja, aber eben keine Tiger." Ok, und laufen die da neben dem Haus rum, leben wir im Dschungel mit lauter Schwarzen um uns rum?" „Nein Nils, so großartig wird unser Abenteuer nun auch nicht, wir leben in einer Stadt, mit ganz normalen Straßen in einem ganz normalen Haus und Elefanten und Löwen werden sicherlich nicht unsere Nachbarn sein." Aber selbstverständlich werden unsere Nachbarn fast alle schwarz sein, Weiße wird es nur welche wie uns geben, entweder Menschen, die in der Entwicklungshilfe arbeiten, oder Lehrerfamilien so wie wir, denn ich bin ja nicht der einzige deutsche Lehrer, der dort arbeitet." „Ich bin ja so gespannt." „Das darfst du auch sein, mein Sohn und mir geht es genauso", Karen lachte, aber jetzt mal weiter, ich glaube da vorne der Schalter wird frei." Sie gaben ihr Gepäck auf und gingen auf einen letzten Burger zu McDonalds, denn das war für Nils schon fast genauso wichtig wie der gesamte Flug. Eva und Klaus waren bei ihnen und der Moment des Abschieds näherte sich. „Passt gut auf euch auf und wenn es nicht klappt, ihr wisst eure Wohnung ist immer für euch da. Meldet euch bitte wenn ihr angekommen seid." Eva schlang die Arme um ihre Tochter und verabschiedete sich dann von Markus. Nils sprang ihr in die Arme. „Tschüss Omama, in 4 Wochen bin ich wieder da, dann kann ich dir ganz viel erzählen." „Ja, mein Großer, ich freu mich schon drauf, mach's gut und pass auf Mama auf." „Klar, mach ich, bis bald ihr zwei, ich hab euch lieb." Er drückte seinem Opapa einen dicken Kuss auf die Wange und marschierte durch die Zollkontrolle. Noch einmal drehte er sich um, dann suchte er sich einen freien Platz in der Wartehalle. „Also dann, bis bald, ich hoffe bis Weihnachten haben wir alles arrangiert und ihr könnt uns besuchen. Das würde uns sehr freuen." Markus gab seinem Schwiegereltern die Hand. Umarmungen und körperlichen Kontakt war er nicht gewohnt, daran war das Verhältnis zu seinem Vater schuld, aber Eva und Klaus akzeptierten es, sie wussten, dass der Händedruck ernst gemeint war. „Ja, wir kommen Weihnachten und nun ab mit euch, der Flieger wartet nicht." Auch Markus und Karen gingen durch die Passkontrolle, nun fing das Abenteuer an. Sie schauten sich an und gaben sich einen Kuss.

Die ersten Wochen in Afrika vergingen wie im Flug. Es waren Ferien und die junge Familie war mit dem Einrichten des Hauses und der Erkundung der Umgebung beschäftigt. Das Haus stand auf dem weitläufigen Gelände der Schule, ein ca. 8 ha großes Areal, das ehemals ein Kloster gewesen war. Hier fühlten sie sich wohl und sicher. Ihre Nachbarn waren ebenfalls Lehrerfamilien und besonders angetan waren sie von Paul und Luisa, die einen 11jährigen Sohn und eine knapp einjährige Tochter hatten. Paul und Luisa waren schon seit einem Jahr hier ansässig und die Kleine war hier geboren. Tim, der Sohn, freute sich sehr in Nils einen kleinen Spielkameraden zu gewinnen, denn jetzt in den Ferien lag das Schulgelände verwaist und verlassen dar. Er selbst besuchte das College der Schule, sein Französisch war nach einem Jahr schon gut entwickelt und er fühlte sich sichtlich wohl hier. Paul und Luise zeigten Markus und Karen, wo man einkaufen konnte, sie halfen bei der Beschaffung von Handwerkern und entwickelten schnell eine freundschaftliche Beziehung zu den beiden. Markus und Karen fühlten sich wohl und geborgen und Nils hatte in Tim einen neuen großen Freund gefunden. Die beiden erkundeten Tag für Tag das großzügige Gelände der Schule und erlebten ihre Abenteuer in dem riesigen Garten. Auch der Strand und das Meer waren ein Traum. Markus und Karen kamen sich vor wie in einem besonders schönen Urlaub. Karen tat sich noch ein wenig schwer mit der französischen

Sprache, aber sie hatte in diesem Fach Abitur gemacht und mit jedem Tag kehrte ein wenig mehr ihres Schulwissens zurück. Sie waren glücklich. Die vier Wochen gingen viel zu schnell vorüber und schon bald mussten sie Nils zum Flughafen begleiten. Karen fiel der Abschied sehr schwer, denn gerade wenn sie Luisa und ihren Sohn Tim sah, fragte sie sich, ob ihre Entscheidung richtig gewesen war, ihren Sohn nicht mit hierher zu nehmen. Nils sah die ganze Angelegenheit wesentlich gelassener. „He Mama, sei doch nicht traurig. Schau mal im Oktober bin ich schon wieder da. Ich freu mich jetzt schon riesig auf euch und auf Tim. Dann können wir hier immer noch baden gehen, das ist so Mega und die dicke Jacke kann ich gleich in Hamburg in den Koffer packen." „Ja, mein Schatz, aber jetzt musst du erst mal wieder ein paar Wochen in Deutschland zur Schule gehen. Versprich mir, dass du Oma und Opa keinen Ärger machst und auf sie hörst, du weißt sie haben dich ganz toll lieb." „Klar Mama, das klappt schon, ich bin ja schon groß, schließlich kann ich schon ganz alleine nach Hause fliegen." Der kleine Mann war sehr aufgeregt, aber auch wahnsinnig stolz, als ihn Karen und Markus zum Zoll brachten und ihn eine freundliche Stewardess in Empfang nahm. Sie verabschiedeten sich herzlich und Karen nahm sich sehr zusammen, um nicht in Tränen auszubrechen. „Tschüss, mein Großer, ich hab dich lieb. Komm gut nach Hause und ruf bitte an, wenn du wieder daheim bist." „Das mach ich, macht's gut ihr zwei. Hab euch lieb." Er winkte und verschwand an der Hand der Stewardess. Schnell war er aus dem Blickfeld der beiden verschwunden. Karen stand da und es gab kein Halten mehr. Die Tränen stürzten über ihr Gesicht und ein Schluchzen ließ ihre Schultern zittern. Markus nahm sie liebevoll in den Arm und ließ sie gewähren. „Komm, Liebling, lass uns nach Hause fahren, alles ist gut. Weine nur, aber ich glaube, es ist trotzdem gut so wie es ist. Für Nils war es nicht schwer Abschied zu nehmen. Er weiß wie gut er es bei deinen Eltern hat, aber er weiß auch, dass er in gut 10 Wochen wieder hier sein kann. Dann habt ihr euch wieder. Komm, lass uns fahren." Auf dem Weg zurück nach Hause sprach Karen kein Wort. Sie haderte mit sich und ihrer Entscheidung und hoffte, dass der Schmerz schnell vergehen würde. In den nächsten Tagen gab sich Markus besondere Mühe, seine Frau abzulenken. Sie unternahmen Ausflüge in die nähere Umgebung, suchten afrikanische Restaurants auf und probierten Lebensmittel, die ihnen bislang völlig fremd gewesen waren. Er spürte schnell, dass er seiner Frau damit half, nach einer Woche sah sie erstaunt auf den Kalender und sagte: „ Jetzt sind es nur noch 9 Wochen bis Nils wiederkommt, das ist wirklich nicht mehr lange." Jede Woche schrieb sie ihm einen Brief, packte Fotos dazu und freute sich von Tag zu Tag mehr auf das baldige Wiedersehen.

Inzwischen war es September geworden und das neue Schuljahr hatte begonnen. Markus hatte sich mit Feuereifer in seine neue Arbeit gestürzt und war begeistert von der Lernbereitschaft und der Disziplin der Schüler. In ihrer Freizeit unternahmen sie viel mit Luisa und Paul, die ein paar Jahre älter waren als sie. Die vier schwammen auf einer Wellenlänge und hatten viel Spaß miteinander. Es war der 10 September als Karen erstaunt auf den Kalender blickte. Am 02.08. war ein kleines Kreuz eingezeichnet, dass den Beginn ihrer letzten Regel wiedergab. Jetzt war der 10 und die Regel blieb aus. Sollte sie schwanger sein, das wäre ein Traum. Sie wartete noch eine Woche, dann kramte sie den noch in Deutschland erworbenen Schwangerschaftstest aus ihrer Kulturtasche und ging zur Toilette. Markus war in der Schule und wenn es wirklich wahr wäre, hätten sie heute Abend einen Grund zu feiern. Voller Ungeduld wartete sie auf das Ergebnis und konnte ihr Glück nicht fassen, als das Ergebnis positiv war. Gleichzeitig bekam sie Angst. Eine Schwangerschaft in Afrika, wer würde sie betreuen, wo würde sie entbinden, was ist, wenn es

Schwierigkeiten gibt. Sie schob die schlechten Gedanken beiseite. Sie war bereits einmal schwanger gewesen, zwar war sie damals blutjung, aber sie hatte keinerlei Schwierigkeiten gehabt. Sie kannte keine Übelkeit oder andere Wehwehchen, sie war einfach nur schwanger gewesen. Nils war auf natürliche Weise geboren und alles war völlig normal verlaufen. Also warum sollte es diesmal anders sein. Sie bereitete ein nettes Abendessen vor, deckte den Tisch auf der Terrasse und freute sich auf die Heimkehr ihres Mannes. Neben seinen Teller legte sie den positiven Test. Er würde Augen machen. Sie freute sich auf seine Reaktion und schaute erwartungsvoll zur Uhr. Gerade heute hatte Markus noch eine Musik AG und kam erst um 18 Uhr und die Zeit bis dahin schien in Zeitlupe zu verstreichen. Dann endlich hörte sie die Haustür. „Schatz, rief er, bist du da, wo steckst du?" „Hier auf der Terrasse, Liebling, es ist so schönes Wetter, komm nach draußen." „Uff, bin ich froh, das Feierabend ist, dass mit meiner Musik AG muss ich noch mal überdenken. Es waren 50 interessierte Schüler da und bei aller Begeisterung, das ist unmöglich. Entweder muss ich die Gruppe teilen und das Ganze an 2 Nachmittagen anbieten, oder ein Kollege muss mich unterstützen, aber allein bekomme ich das nicht gestemmt. Hmm, was gibt es den Leckeres zu essen, du hast ja den Tisch so nett gedeckt." „Komm setz dich doch erst mal, dann hole ich gleich die Vorspeise. Ein Lächeln umspielte Karens Lippen. Markus war noch so gefangen von dem Interesse an seiner Musik-AG, das er ständig weiter erzählte und seinem Gedeck noch keine Beachtung schenkte. Karen holte ihm ein Glas Wein und goss sich Wasser ein, aber auch das registrierte er nicht, er war in seinem Element. Karen hörte ihm zwar aufmerksam zu, sagte aber selbst nichts. Sie ging in die Küche um den Salat zu holen. Als sie zur Terrasse zurückkehrte, hielt ihr Mann in der einen Hand das Glas Wein und in der anderen den Test. „Schatz, sag mir, dass das wirklich wahr ist, wir bekommen ein Kind. Das ist ja phantastisch. Er sprang auf und hob seine Frau in die Luft. Er drehte sich mit ihr und küsste sie begeistert. „Du machst mich zu glücklichsten Mann der Welt. Ich werde Vater." Der Stolz war in seinem Gesicht geschrieben und er fing an zu rechnen. „Also wenn du jetzt gerade schwanger bist, dann kommt das Kleine im Mai, richtig. Perfekt. Dann können wir auch später in Deutschland den Geburtstag im Garten feiern. Karen lachte. „Na du machst dir ja vielleicht Gedanken, jetzt lass den Zwerg erst mal in mir wachsen und dann auf die Welt kommen, dann sehen wir weiter." Markus war überglücklich. Er strahlte und wäre am liebsten in die Welt hinaus gelaufen, um allen zu erzählen, dass er Vater wurde. Erst später im Bett, Karen war schon eingeschlafen, schlichen sich ängstliche Gedanken in seinen Kopf. Schwanger, das bedeutete 9 Monate lang keine Regel, vielleicht sogar 9 Monate wenig bis gar keinen Sex. Er wusste, dass ihn dies vor ein großes Problem stellen würde, ein Problem, das er nur mit sich selbst ausmachte und von dem niemand etwas wissen durfte. Im Laufe der Jahre war es ihm gelungen, seine Gier nach blutigem Sex soweit in den Griff zu bekommen, dass er es einen Monat lang aushielt darauf zu verzichten. Dann aber begann sich sein Wesen zu verändern. Er wurde nervös und gereizt, eine ständige Erregung begleitete ihn und er brauchte den Anblick, den Geruch von Blut um sein Gleichgewicht wieder zu finden. Die Orgasmen, die er erlebte, wenn Karen blutete, waren unbeschreiblich intensiv, und allein der Gedanke daran, dies die nächsten 9 Monate nicht erleben zu können, machte ihm Angst. Es hatte immer Zeiten gegeben, in denen es keine Frau in seinem Leben gab, die die Vorliebe für blutigen Sex mit ihm teilte. Er hatte sich behelfen müssen mit blutigen Pornos, teilweise auch mit pürierter Schweineleber vom Metzger, in die er seine Hände tauchte, um dann zu onanieren. Obwohl er es brauchte, ekelte er sich danach vor sich selbst und fand es widerlich, doch je mehr er auch dagegen ankämpfte der Zwang blieb und spätestens alle 4 Wochen musste er ihn befriedigen. Aber jetzt war Karen schwanger, er hoffte, dass die Erwartung des Vaterwerdens vielleicht auch ihn verändern würde und er vielleicht endlich diese Perversität hinter sich lassen konnte. Sicher war er sich nicht, aber er würde daran arbeiten.

Die nächsten Wochen verliefen problemlos. Karen hatte keine Probleme in der frühen Schwangerschaft, von der morgendlichen Übelkeit blieb sie verschont und auch sonst fühlte sie sich rundherum wohl. Sie hatte Sorgen gehabt, wer sie durch die Schwangerschaft begleiten würde, aber auch diese waren überflüssig gewesen. Sie hatte mit Luisa gesprochen, die ja bereits die kleine Zoe hier entbunden hatte. Luisa hatte ihr den Kontakt zu Maria hergestellt, einer ca. 50jährigen einheimischen Hebamme, die sich um alle Schwangeren und Neugeborenen in der näheren Umgebung kümmerte. Mit ca. 600 Geburten im Jahr und das seit fast 30 Jahren verfügte Maria über einen enormen Erfahrungsschatz und aufgrund ihrer netten, vertrauensvollen Art fühlte sich Karen sehr gut bei ihr aufgehoben.

In den Herbstferien war Nils mit Karens Eltern zu Besuch gewesen. Es waren zwei herrliche Wochen, die viel zu schnell vorübergingen. Klaus und Eva hatten sich sehr darüber gefreut, wieder Großeltern zu werden und es nur bedauert, dass das kleine Enkelkind so weit von ihnen entfernt aufwachsen würde. „Sind doch nur die ersten Jahre", munterte Karen sie auf, „wenn das Kleine in die Schule kommt, sind wir sicherlich wieder in Deutschland. Und zwischendurch besucht ihr uns einfach öfters und genießt die Zeit im warmen Afrika." „Ja, du hast Recht, das ist sicherlich ein Grund mehr hierher zu kommen, Also du kannst mindestens 2x im Jahr mit uns rechnen." „Das ist kein Problem, wir freuen uns, da könnt ihr euch sicher sein." Sie saßen auf der Terrasse, Markus hatte den Grill mit leckeren Koteletts bestückt, und sie genossen die Dämmerung und den nahenden Sonnenuntergang. Bereits morgen würde der Flieger zurück nach Deutschland gehen und Karen musste sich erneut von ihrem Sohn trennen. Doch in gut 2 Monaten würde er schon wieder bei ihnen sein und das Weihnachtsfest mit ihnen verbringen. Schon jetzt eine Vorstellung, für die sich das Warten lohnte. Inzwischen war Karen sicher, die richtige Entscheidung bezüglich Nils getroffen zu haben, der Junge war sehr positiv und machte einen absolut ausgeglichenen zufriedenen Eindruck. Wenn er hier war, genoss er das Zusammensein mit seiner Mutter und Markus. Karen verspürte keine negative Veränderung in ihrer Beziehung, im Gegenteil, Nils war sehr interessiert an ihrem Leben und auch von sich erzählte er frei und unbefangen. Er war glücklich bei seinen Großeltern und fand es fantastisch viermal im Jahr nach Afrika fliegen zu können, um seine Mutter zu besuchen. Wer in der Schule, konnte schon mit einer solchen Situation aufwarten. Alles war gut.

Maria kümmerte sich liebevoll um Karen, schon bald hatten die beiden ein sehr freundschaftliches Verhältnis zueinander. Einmal pro Woche kam die Hebamme vorbei und erkundigte sich nach dem Befinden von Karen. Sie notierte das Gewicht und beobachtete den Bauchumfang, fragte nach Beeinträchtigungen und gab ihr Tipps zum Umgang mit der Wärme. Es gab keine Ultraschalluntersuchungen und so würde das Geschlecht des Kleinen bis zur Geburt ein Geheimnis bleiben, aber das störte Karen und Markus nicht. Sie waren glücklich über den positiven Verlauf der Schwangerschaft und freuten sich von Woche zu Woche mehr auf den Familienzuwachs.

Die Erwartungen und Hoffnungen Markus hatten sich leider nicht erfüllt. Zwar schlief Karen weiterhin mit ihm und genoss es auch, aber es war ein ruhiger, sensibler Sex geworden, weit entfernt von dem Sexleben, das die beiden vorher geführt hatten. Die Gier in Markus wuchs von Tag zu Tag, die Gedanken an Blut, die Gedanken an diese extreme Befriedigung seiner Lust mehrten sich Tag für Tag, sie ließen sich nicht unterdrücken, so sehr er es auch versuchte. Er wurde wortkarg und mürrisch und er wusste, es musste etwas passieren, bevor die Situation eskalierte und er seine Frau unglücklich machte. Sie hatte keine Schuld an seiner Misere und durfte nicht in Mitleidenschaft gezogen werden. Dafür liebte er sie zu sehr. Schon damals beim Kennenlernen war sie die erste Frau in seinem Leben gewesen, die er wirklich kennenlernen wollte. Es war ihm nie um Sex gegangen, wie bei all ihren Vorgängerinnen, er hatte sie, die Person Karen kennenlernen wollen. Er hatte in ihr sofort eine Partnerin gesehen und keine kurzweilige Aufbesserung seines Sexuallebens. Doch jetzt stand er vor diesem schier unlösbaren Problem und suchte verzweifelt nach einer Lösung. Pornos schieden aus. Er selbst fand es einfach widerlich und unter seinem Niveau, selbst wenn er aufgrund seiner Neigung über diesen Gedanken lachen musste. Es gab viele leichte Mädchen in der Stadt, aber hier jemanden zu finden, der mit ihm während der Regel Sex hatte, dazu ohne Kondom, schied ebenfalls aus. Das tat er seiner Frau nicht an. Weder wollte er sie betrügen, noch riskieren mit Aids oder anderen Geschlechtskrankheiten in Kontakt zu kommen. Er hatte versucht, die Farbe Rot als Ersatzfetisch zu benutzen, die Unterwäsche von Karen herausgesucht und sich von ihr umgeben befriedigt, aber es reichte nicht, der besondere Kick blieb aus. Er ging zu den Metzgern und schaute in die Auslagen und es fiel ihm auf, dass es hier in Afrika keine Blutwurst gab, also was geschah damit. Er fragte in einer kleinen privaten Schlachterei nach und tatsächlich teilte man ihm mit, dass das Blut komplett in den Abscheider kam und hier nicht verwendet wurde. Auf die Frage, ob er sich denn einen halben Liter holen dürfte, reagierten die Metzger mit Erstaunen, aber da es sich um ein reines Abfallprodukt handelte, hatte niemand etwas dagegen. Erregt und mit zittrigen Fingern nahm Markus den Plastikbeutel mit dem frischen Blut entgegen. Selbst durch den Beutel stieg der Geruch in seine Nase und erregte ihn sofort. Er erinnerte sich an seine Jugend, als er während des Rührens des Blutes kam, ohne auch nur einmal Hand an sich zu legen. Er stöhnte leicht. Er öffnete den Beutel und nahm den Geruch intensiv auf. Er hielt seinen Finger in das Blut und rührte es leicht. In seiner Hose begann das Feuer zu brennen, er war so erregt dass er es kaum aushielt. Er wollte das Jugenderlebnis wieder haben, er wollte kommen, explodieren, ohne sich zu berühren. Er wurde immer unkontrollierter. Inzwischen war seine ganze Hand in dem Beutel, er ließ das Blut zwischen seinen Fingern rinnen und atmete den Geruch ein. Er schloss die Augen und dann kam er gewaltig und exzessiv, ein Gefühl, das ihn beinahe ohnmächtig werden ließ. Der Schweiß stand ihm auf der Stirn und das Hemd klebte ihm auf der Haut. Aber er war glücklich, glücklich und entspannt. Jetzt konnte er nach Hause fahren und sein normales Leben weiterführen. Die nächsten Wochen waren gerettet. Nein, nicht nur die nächsten Wochen, die nächsten Monate, denn nun hatte er einen Weg gefunden, seinen Zwang zu befriedigen, ohne jemanden damit zu verletzen oder zu betrügen. Er war glücklich.

Die Monate vergingen, Karen wurde runder und runder ihre Bewegungen verlangsamten sich allmählich. In den Osterferien waren Nils und Frieda zu Besuch gewesen. Frieda hatte Karen den gesamten Haushalt abgenommen und Karen war ihr hierfür sehr dankbar. Überhaupt war der Kontakt zu ihrer Schwiegermutter sehr gut und obwohl Nils nicht ihr leiblicher Enkel war, ließ sie ihn das nie merken, sie liebte das Kind und verbrachte gerne Zeit mit ihm.

Der Mai kam und mit ihm näherte sich der Zeitpunkt der Entbindung. Karen sehnte sich danach, denn inzwischen war jede Bewegung anstrengend für sie und sie hoffte, dass die Geburt in den Abend- oder Nachtstunden beginnen würde, denn dann wäre Markus bei ihr. Maria kam inzwischen täglich bei ihr vorbei und gab ihr das Gefühl der Sicherheit. Das Baby lag richtig im Geburtskanal und nicht stand einer normalen Entbindung im Weg. Am 15. Mai war es dann endlich soweit. Schon morgens hatte Karen eine leichte Blutung, ein sicheres Indiz, dass das Baby nun den Weg ins Leben antreten würde. Sie schonte sich den ganzen Tag, machte nachmittags noch einen kleinen Spaziergang und bereitete das Abendessen bestehend aus einem leichten Salat und einem leckeren Baguette vor. Markus und sie genossen den Abend und Karen ging früh ins Bad um zu duschen und sich bettfertig zu machen. Sie stand unter der Dusche als sich die Fruchtblase öffnete und das Fruchtwasser an ihren Beinen herablief. Den Anweisungen von Maria folgend legte sie sich ins Bett und bat Markus Maria zu informieren. Die Wehen begannen leicht und Karen freute sich, dass sie in wenigen Stunden ihr Baby im Arm halten würde. Maria kam und ihr Muttermund hatte sich bereits um 5 Zentimeter geöffnet. Markus hielt ihre Hand, die Wehen wurden immer stärker und Maria sprach beruhigend auf sie ein. Karen fühlte sich sicher und gut aufgehoben und erwartete mit Spannung die Austreibungsphase. Es war unglaublich heiß, sie schwitzte und stöhnte unter den immer heftig werdenden Schmerzen und dann endlich um 2 Uhr morgens am 16.05.2001 hielt sie ihr kleines Mädchen in den Armen. Die Kleine war putzmunter und zog gierig an ihrer Brust. Markus und sie strahlten um die Wette und Maria beglückwünschte die beiden zu diesem kleinen Wunder. Sie gaben der Kleinen den Namen Viviane und nie zuvor hatte es einen glücklicheren Tag in ihrem Leben gegeben.

Viviane war ein aufgewecktes Baby, das den Eltern oft genug den Schlaf raubte, aber sie entwickelte sich prächtig und die Zeit flog nur so dahin. Karen fühlte sich jetzt mit dem Kind sehr ausgeglichen, ihr Alltag war erfüllt und sie war dankbar für ihren tollen Ehemann und Vater, der seinen beiden Frauen jeden Tag aufs Neue bewies, dass sie die wichtigsten Menschen in seinem Leben waren.

Als Viviane drei Jahre alt war besuchte sie die ecole maternelle, die der Schule angeschlossen war und lernte völlig rasch und unkompliziert die französische Sprache. Sie war der absolute Mittelpunkt im Leben ihrer Eltern und besonders ihr Vater zeigte ihr, dass es nichts Wichtigeres in seinem Leben gab als sie. Markus schwor sich seinem Kind immer der beste Vater zu sein. Er wollte sie auf ihrem Lebensweg begleiten, sie immer unterstützen und für sie da sein. Geprägt durch das schreckliche Verhältnis zu seinem Vater war es ihm das höchste Anliegen, seiner Tochter immer zur Seite zu stehen und sie auf ihrem Lebensweg zu begleiten. Wie oft strich er ihr zärtlich über das Gesicht, wenn sie müde nach einem langen aufregenden Tag in ihrem Bett lag und er ihr zum hundertsten Mal die Geschichte der kleinen Raupe Nimmersatt vorlas. Die Ehe mit Karen war schon immer die Erfüllung seines Lebens gewesen, aber jetzt mit dem Kind, dieser bedingungslosen Liebe zu diesem hilflosen Wesen nahm dieses Gefühl noch einmal eine andere Dimension an und er war glücklich und zufrieden mit seinem Leben. Immer weniger konnte er das Verhalten seines Vaters verstehen. Hatte dieser niemals diese Liebe zu seinem Kind empfunden, hatte er niemals das Gefühl gehabt diesem Wesen zu helfen, es sanft zu leiten, zu unterstützen und glücklich zu machen. Er kannte seinen Vater nur als harten unbarmherzigen Erzieher und er fragte sich zum wiederholten Male, ob es an ihm gelegen hatte, dass sein Vater ihn nicht lieben konnte. Er erinnerte sich daran, dass seine Mutter immer wieder versucht hatte, dieses Defizit auszugleichen und erst jetzt im Erwachsenenalter und in der Rolle des Vaters verstand er, wie sehr sie unter der häuslichen Situation gelitten haben mochte. Er war ihr unendlich dankbar und eine tiefe Zuneigung erfüllte ihn, wenn er an sie dachte. Karen lächelte oft über ihn und teilweise schimpfte sie auch mit ihm. Oft warf sie ihm vor zu großzügig zu sein, das Kind zu sehr zu verwöhnen, aber Markus war sich sicher alles richtig zu machen. Egal wie das Leben von Viviane später verlaufen würde. Er würde sie unterstützen und begleiten, ihre Fehlentscheidungen mittragen und ihr aus jeder Misere heraushelfen. Das und nichts anderes war ab sofort sein Lebensziel.

Der Zeitpunkt der Abreise aus Guinea kam immer näher. Viviane war nun 5 Jahre alt und Markus und Karen wollten, dass sie den Schulbeginn in Deutschland erlebte. Bewusst hatten sie sich für einen Umzug im Winter entschieden, somit hatte Viviane vor Schulantritt noch ausreichend Zeit sich an die neue Umgebung zu gewöhnen, ihre ersten Kontakte im Kindergarten zu knüpfen, um dann im folgenden Spätsommer den Schulalltag zu beginnen. Mit Rücksicht auf die Kleine waren sie in den letzten fünf Jahren nicht nach Deutschland geflogen. Sie wollten ihr den langen Flug und das veränderte Klima nicht zumuten. So war es auch für die beiden ein Aufbruch in eine neue und doch bekannte Welt und sicherlich eine Herausforderung an die ganze Familie. Mit Hilfe seiner Mutter hatte Markus das Haus in Burg gefunden. Sie hatte es besichtigt, einen Sachverständigen hinzugezogen und sie ausreichend mit Informationen und Fotos versorgt. Markus hatte das Haus gekauft, eine neue Stelle an der Inselschule in Burg erhalten und der Umzug konnte kommen. Ein neuer Abschnitt im Leben der kleinen Familie begann.

„Papa, Papa, schau mal, Mama und ich waren einkaufen." Viviane präsentierte stolz ihren pinken Schulranzen, den dazu passenden Turnbeutel und das bereits gut gefüllte Federmäppchen. „Mama hat gesagt, dass ich jetzt noch 3 Wochen in den Kindergarten gehe, dann noch fünf Wochen Ferien habe und am 10. August die Schule losgeht. Ich freu mich so. Und morgen wollen wir noch mal los, ich brauche noch unbedingt ein neues Kleid für die Einschulungsfeier." Markus lachte: „Na da will ich aber mit, das dürft ihr nicht alleine machen, ich möchte doch sehen, wie meine kleine Prinzessin aussieht." „Klar, morgen ist doch Samstag, da können wir doch zusammen nach Oldenburg fahren, da gibt es viel schönere Kaufhäuser als hier auf der Insel. Da finde ich bestimmt was." „Na das will ich hoffen, du kleine Diva, so schwer kann es ja nicht werden." „Ach Papa, Anna hat ein dunkelblaues Kleid und Lea eins mit Blumen, das scheidet also schon mal beides aus. Außerdem muss das Kleid zu meinem Ranzen passen, das sieht ja sonst blöd aus. Also du musst mir versprechen, dass du Geduld hast, sonst kannst du nämlich gleich zu Hause bleiben." „Okay, Chef, ich hab's verstanden", Markus lachte, „wir kaufen dir selbstverständlich nur das passendste Kleid und ich verspreche dir nicht zu meckern. Allerdings wenn es gar zu lange dauert, müssen wir zwischendurch mal 'nen Burger essen, aber ich denke, da hast du ja auch nichts dagegen." „Echt, Papa wir gehen zu McDonalds, supi, das wird der beste Tag in meinem Leben." Markus strich seiner Tochter zärtlich über den Kopf. „Weißt du Viviane, ich hoffe, dass ich diesen Satz noch öfters aus deinem Mund hören werde, denn das macht mich glücklich. Und was hältst du davon wenn wir Sonntag nach Katharinenhof zum Baden gehen, das Wetter ist so gut und wir waren schon lang nicht mehr da, wir müssen doch sehen, ob unser Stein noch da ist."

„Au ja, das ist super, aber dann müssen wir Morgen noch ein Aufblaskrokodil kaufen, du weißt doch mein Wal ist kaputt und jetzt möchte ich ein Krokodil. Oder ein Schlauchboot, dann können wir zusammen auf dem Meer rumpaddeln." „Nee mein Schatz, das Krokodil reicht, ich habe keine Lust gegen die Wellen zu paddeln und immer wieder am Strand anzukommen." Viviane machte einen Schmollmund. „Mensch, Papa, bist du schon soooo alt, dass du nicht mehr paddeln kannst, dann frage ich Mama, vielleicht möchte die auch lieber ein Schlauchboot." Karen hatte gerade die Küche betreten und den letzten Satz ihrer Tochter gehört. „Ich und Schlauchboot, du weißt doch, dass ich noch nicht einmal gerne ins Meer gehe, wenn ich nicht mehr stehen kann, fühle ich mich nicht wohl, also möchte ich auch nicht mit so einem luftgefüllten Ding übers Wasser schippern. Wir schauen nach einem Krokodil und damit muss es dann gut sein, ok mein Schatz?" „Ja ok, aber ich will nur ein hellgrünes, dunkelgrüne haben ja alle." Markus und Karen sahen sich lachend an. „Na das kann ja heiter werden", zwinkerte Markus Karen zu. Lasst uns früh schlafen gehen, dass wir diesen Einkaufsmarathon auch überstehen. Sie lachten und machten sich daran gemeinsam das Abendbrot zu bereiten.

Später, Viviane war längst eingeschlafen, gingen auch Markus und Karen zu Bett. Sie beide schliefen immer nackt, Nachtwäsche war ihnen ein Gräuel. Sie kuschelten sich aneinander, Karen wollte ihren Mann immer spüren, wenn sie einschlief und Markus liebte es, sie in seinen Armen zu halten. Heute begann er sanft ihren Rücken zu streicheln und Karen wusste, was das bedeutete. Sie drehte sich zu ihm und küsste ihn sanft. „Schatz, entschuldige aber ich bin wirklich nicht in Stimmung. Du weißt, ich habe heute den ganzen Tag in der Praxis gearbeitet, in drei Wochen ist Eröffnung und ich bin wirklich gestresst und müde, bitte lass mich schlafen." Markus strich ihr noch einmal sanft über den Rücken und ließ von ihr ab. Er war enttäuscht und es bereitete ihm Mühe seine Erregung zu verbergen. „Okay, Schatz, dann schlaf schön. Ich freue mich auf Morgen, die Krokodilsuche wird sicherlich anstrengend." Sie küssten sich noch einmal, dann wandte sich Markus von ihr ab und drehte sich zur Seite. Karen schlief augenblicklich ein und atmete tief und entspannt. Markus lag im Dunkeln und ein Gefühl der Hilflosigkeit überkam ihn. Der Umgang mit seiner Begierde nach Sex wurde immer schwieriger, seit dem sie wieder in Deutschland waren. Karen verweigerte sich ihm weiterhin, wenn sie ihre Tage hatte und auch der normale Sex war im Vergleich zu früher weniger geworden. Damit kam Markus klar, aber der zwanghafte Wunsch nach blutigem Sex tobte weiter in ihm und beherrschte sein Denken. Er ekelte sich vor sich selbst und wusste dass seine Neigung krankhaft war, aber er fand keinen Ausweg aus der Misere. Er hatte schon öfters darüber nachgedacht, eine Therapie zu beginnen, sein Trauma zu bearbeiten, aber er war Lehrer und somit eine Psychotherapie anzeigepflichtig und wie um Himmels Willen hätte er der angesehene und beliebte Lehrer, der immer auf der Seite seiner Schüler stand sich rechtfertigen können, dass er eine Therapie brauchte. Auch Karen hätte es nicht verstanden. Sie erlebte ihn als treusorgenden und liebevollen Ehemann und Vater, der niemals cholerisch wurde oder andere Abnormalitäten zeigte. Er hatte keine Panikattacken und keine Schlafstörungen, er schien ein rundum gesunder Mensch zu sein. Noch nie hatte er mit jemandem über sein Problem gesprochen. Es gehörte ihm ganz alleine und es quälte ihn. Doch er musste eine Lösung finden, eine Lösung, die ihm weiterhin die Chance gab, sein normales Leben führen zu können. Er erinnerte sich daran, dass Viviane sich vor zwei Wochen das Knie böse aufgeschlagen hatte. Sie war auf dem Spielplatz unsanft von der Wippe gefallen und mit dem Knie auf einem Stein aufgeschlagen. Es hatte geblutet und weinend war sie zu ihrem Papa gelaufen. Markus war es heiß und kalt geworden, als er das Blut sah und sofort war die Erregung über ihn gekommen. Panik stieg in ihm auf. Er musste sein Kind trösten, doch beim Anblick des Blutes geriet sein Körper außer Kontrolle, er spürte sein hartes Glied gegen seine Jeans pochen und es ekelte ihn vor sich selbst. Würde er vor dem weinenden Kind kommen? Er schob seine Tochter von sich und rief nach Karen, die zwei Bänke entfernt mit zwei Bekannten im Gespräch war. Karen hatte sich um ihre Tochter gekümmert, das Blut abgewischt und das Knie mit einem Pflaster versorgt. Markus hatte danebengestanden und mit seinem Zustand gekämpft. Er wusste, er brauchte jetzt ein paar Minuten für sich allein, um seine Erregung zu befriedigen. Unter dem Vorwand zur Tröstung der Kleinen ein Eis holen zu wollen, war er durch den kleinen Stadtpark zum Kiosk gegangen und hatte sich verdeckt von Bäumen und Büschen selbst befriedigt. Wie widerlich war das gewesen. Er war krank und es schien aussichtlos jemals alleine aus diesem Dilemma herauszukommen. Nach diesem Vorfall hatte er in der Zeitung eine Annonce gefunden, die sein Interesse geweckt hatte. Vier Mädels, Claire, Justine, Carla und Mila hatten ihre Dienste angeboten und obwohl die Anzeige harmlos formuliert war, war klar, was sie bedeutete.

Hallo, wir, Claire, Justine, Carla und Mila, sind vier aufgeweckte Mädels, die gerne Spaß haben und diesen mit euch teilen möchten. Angenehmes Ambiente und absolute Diskretion garantiert. Ruft an und habt Spaß wir freuen uns auf euch.

Angegeben war eine Handynummer. Markus hatte den Zeitungsabschnitt in seiner Arbeitstasche verstaut und sich bisher nicht getraut, dort anzurufen. Zum einen war er sich nicht sicher das zu finden, was er brauchte, zum anderen sträubte sich alles in ihm Karen mit einer anderen Frau zu betrügen, denn nichts anderes wäre es, wenn er sich auf eine Prostituierte einließ. Auf der anderen Seite war ihm klar, dass er auf lange Sicht gesehen nur durch einen solchen Betrug weiterhin sein gewohntes Leben leben konnte, denn die Gier nach Blut war durch nichts anderes zu stillen. Unruhig wälzte er sich von einer Seite auf die andere. Irgendwann schlief er ein und in seinen Träumen tötete er Schweine und schwamm in deren Blut.

Der Unterricht war beendet, Schüler und Lehrer verließen das Gebäude. Markus stand im Lehrerzimmer und beobachtete das Treiben. Er hatte noch Zeit. Es war 13.30 und für 14.00 Uhr hatte er sich mit Mila auf einen Kaffee im nahegelegenen Bistro verabredet. Er war aufgeregt und immer noch voller Zweifel, ob das was er tat, das Richtige war. Am Telefon hatte er Mila gehabt, der Stimme nach eine jüngere Frau, die sehr sympathisch geklungen hatte. Ein wenig erstaunt war sie gewesen, dass er um ein gemeinsames Kaffeetrinken gebeten hatte und nicht sofort einen Termin mit einer der vier Damen vereinbart hatte. Jetzt wusste er nicht wie er vorgehen sollte. Sollte er einer ihm Unbekannten gleich beim ersten Kontakt, seine Neigung darlegen und sie fragen, ob der blutige Sex für sie in Ordnung wäre? Vielleicht war sie überhaupt nicht sein Typ, vielleicht ließ sie sich auf so etwas nicht ein, vielleicht fragte sie nach dem Grund. Er gab sich einen Ruck. Jetzt hatte er den Stein ins Rollen gebracht, also musste er es auch durchstehen. Mehr als eine Absage konnte er nicht erhalten. Er machte sich auf in das Bistro und betrat pünktlich um 14.00 die kleine Gastronomie. Mila war bereits da, sie saß an einem der Fenster und trug ein bunt geblümtes Kleid, so wie sie es ihm gesagt hatte. Er ging zu ihrem Tisch. Sie war hübsch, eine junge Frau von maximal 30 Jahren. Das brünette Haar war schulterlang und fiel offen über ihre Schultern. Die Haut war von einer leichten Sommerbräune überzogen. Ihre Augen waren leicht betont, ansonsten trug sie kein Make-Up.

Niemals hätte man bei ihrem Anblick vermutet, dass sie eine Prostituierte war. „Hallo, ich bin Markus. Ich glaube wir beide wollen gemeinsam einen Kaffee trinken." „Ja, hallo, komm setz dich", sie lächelte ihn mit makellos weißen Zähnen an, und er dachte an die Szene aus Pretty Woman, in der Viviane die Zahnseide benutzte. Markus nahm Platz und der sympathische Eindruck aus dem Telefonat bestätigte sich. Die Kellnerin kam an den Tisch und sie bestellten zwei Cappuccini. „Was führt dich zu mir. Ich sehe du trägst einen Ehering, so schlimm?" „Nein, überhaupt nicht, meine Ehe ist völlig in Ordnung, aber meine Frau kann mir nicht geben, was ich brauche." „Oh je, du Armer", lachte Mila, „da kann ich bestimmt weiterhelfen." „Wir werden sehen", Markus blieb reserviert, „ erst einmal möchte ich ein wenig mehr über eure Arbeitsgemeinschaft erfahren." „Ok, das ist einfach. Wir vier haben uns über Facebook kennengelernt, eigentlich purer Zufall und dann noch herausbekommen, das wir zufällig alle aus Norddeutschland kommen. Wir sind keine Berufsnutten, sondern einfach 4 Mädels, die wahnsinnigen Spaß am Sex haben. Also haben wir uns überlegt, ob wir nicht ein gemeinsames Projekt starten sollen. Hier auf Fehmarn bot sich das an, da die Insel von Mai bis Oktober stark von Touristen besucht wird und wir somit immer wieder mit neuen Kunden rechnen können. Zudem haben wir hier eine Ferienwohnung gemietet, so dass wir unseren Kunden ein nettes Ambiente bieten können, sie sollen sich wohlfühlen und nicht wie bei einem Besuch eines Bordells. Am Anfang gab es Schwierigkeiten, denn wie du vielleicht weißt, ist es strikt verboten, eine Ferienwohnung ganzjährig an einen Mieter zu vermieten, aber wir haben eine Lösung gefunden. Jede von uns mietet die Wohnung für vier Wochen und so wechseln wir das ganze Jahr durch." „Raffiniert, schmunzelte Markus und euer Treiben fällt auch nicht unangenehm auf?" „Nein gar nicht. Die Wohnung gehört einem Mittfünfziger aus Hamburg. Er hat sie von seiner Mutter geerbt, die darin wohnte und wollte sie zu einer Ferienwohnung machen. Allerdings blieben die Urlauber aus, denn sie verfügt weder über einen Balkon noch einer Terrasse und liegt im dritten Stock, also nicht unbedingt das, was Urlauber suchen. Für uns ideal und für unseren Vermieter jetzt auch." „Er weiß, für was ihr die Wohnung nutzt?" „Ich denke, er ahnt es, gesprochen haben wir darüber nie, ich glaube er will es auch gar nicht wissen, dann muss er sich nicht damit auseinander setzen." „Stimmt". Sie tranken ihren Kaffee und schauten sich an. „So jetzt kennst du die Rahmenbedingungen, aber nun zu dir. Was erwartest du von mir? Was macht dir Spaß. Du kannst ganz offen sein, denn da wir zu viert sind, können wir so ziemlich alles erfüllen. Was eine nicht mag, mag die andere:" Mila lachte. Also wie bist du so drauf?" Markus fühlte sich überrumpelt, aber da Mila scheinbar keine Berührungsängste hatte und sie diesen Teil des Gespräches als geschäftlich ansah, sah er sich ermutigt mit der Wahrheit herauszurücken. „Also pass auf. Ich habe eine Frau, die ich über alles liebe und mit der ich auch regelmäßig guten Sex habe. Allerdings mag sie es nicht mit mir zu schlafen, wenn sie ihre Regel hat. Mir gibt dies aber den besonderen Kick und ich sehne mich danach. Ich suche also eine Sexpartnerin, die immer dann mit mir schläft, wenn sie blutet. Ich könnte also zu deinem Stammkunden werden und dich einmal im Monat besuchen. Voraussetzung ist allerdings ohne Gummi." Mila zog die Augenbraue hoch. „Okay, also das mit dem Blut ist kein Problem, du steckst ja in dem Schlamassel, das mit ohne Gummi natürlich nicht selbstverständlich. Ich versichere dir, dass ich niemals ohne Gummi mit einem anderen Mann als meinem Freund schlafe und solltest du das wünschen, erwarte ich, dass wir beide vor unserem ersten Zusammenkommen einen Aidstest machen. Ist dieser negativ, kann ich deine Bitte erfüllen. Macht dann allerdings 150 Euro pro Date. „Das ist kein Problem und mir auch mehr als recht, schließlich möchte ich auch keine Krankheit in meine Ehe tragen." Also abgemacht. Wir machen den Test und du gibst mir Bescheid, wann du soweit bist. Und bitte gib mir noch die Adresse, damit ich dich auch finde." Sie unterhielten sich noch eine Weile über Belangloses und der sympathische Eindruck von Mila verstärkte sich. Markus zahlte und machte sich auf den Heimweg. Er fühlte sich mehr als gut und war sich sicher nun die Lösung seines Problems gefunden zu haben.

Ihr erstes Treffen fand am 30. Juni statt. Einen Tag vor der Eröffnung von Karens Praxis. Markus hatte seiner Frau etwas von einem Elterngespräch wegen eines versetzungsgefährdeten Kindes erzählt und ihr mitgeteilt, dass er erst gegen 17.00 Uhr zu Hause sei. Karen war alles andere als begeistert gewesen. Sie steckte in den Vorbereitungen für die Eröffnungsfeier und hätte sich sehr darüber gefreut, seine Hilfe in Anspruch nehmen zu können. „Schatz, ich komme um 17 Uhr. Kümmere du dich um die Häppchen usw. ich stelle dann abends noch die Stehtische auf und besorge die Getränke" „Ja, gut, das klappt bestimmt, aber ich bin einfach ein bisschen nervös und hätte es gerne, wenn alles fertig ist." „Das klappt schon, mein Schatz, ich bin rechtzeitig da."
Markus parkte auf einem Supermarktparkplatz, der nicht weit von der ihm angegebenen Adresse entfernt lag. Den restlichen Weg ging er zu Fuß. Schnell fand er das etwas heruntergekommene Haus und läutete. Mila öffnete ihm und er stieg die drei Etagen empor. Mila hatte bereits die Tür geöffnet. Sie trug Shorts und T-Shirt und war barfuß. Die Wohnung war völlig normal eingerichtet. Ein hübsches helles Wohnzimmer, eine kleine Küche, die ebenfalls voll ausgestattet war. Die Tür zum Badezimmer stand offen und ließ den Blick auf ein WC, eine Dusche und ein Waschbecken frei. Am hinteren Ende des kleinen Flurs befand sich das Schlafzimmer, der größte Raum

der Wohnung. Ein sehr großes Bett beherrschte den Raum, aber auch die klassischen Einrichtungsgegenstände wie Kleiderschrank und Nachttische fehlten nicht. Es war eine ganz normale Einpersonenwohnung und nichts deutete darauf hin, dass hier mit Liebe gehandelt wurde. Alles was er sah, gefiel Markus. Nichts hätte ihn mehr gestört, als in einem Stundenhotel oder noch schlimmer Wohnwagen abzusteigen. Hier in dieser Umgebung fühlte er sich wohl. Alles war so herrlich normal. „Komm setz dich, möchtest du etwas trinken?" „Ja, ich nehm ein Wasser. Ich bin ein bisschen unsicher, ich habe meine Frau noch nie betrogen, war in meinem ganzen Leben noch nie bei einer Prostituierten und weiß ehrlich gesagt im Moment nicht wirklich, ob ich bleiben will". „Das ist normal, entspann dich, alles wird gut." Sie tauschten die Ergebnisse ihrer Aidstests aus und nahmen auf dem Sofa Platz. Mila setzte sich ihm gegenüber und berührte mit ihren Knien seine Beine. Ihre Hände legte sie auf seine Oberschenkel und begann behutsam diese zu streicheln. Markus ließ sich zurückfallen und begann die Berührungen zu genießen er schloss die Augen und ihm wuchs die Vorfreude auf das was kommen würde. Mila war sanft, sie berührte mit ihren Lippen seinen Hals und streichelte mit ihrer Zunge sein Ohr. Ihre Hände verließen seine Beine und schoben sich unter sein T-Shirt, sie streichelten seinen leicht behaarten Bauch und schienen immer wieder am Hosenbund hängen zu bleiben. Sie unterbrach kurz ihre Berührungen und zog ihr T-Shirt aus. Sie trug keinen BH und ihre kleinen festen Brüste erweckten Markus Interesse. Er berührte sie und spürte wie sich die Brustwarzen verhärteten. Es war schön, ein schönes Spiel, das die Hoffnung auf mehr in ihm wachsen ließ. Sanft zog Mila an seinem Arm und zeigte ihm den Weg ins Schlafzimmer. Er ließ sich aufs Bett fallen und Mila befreite ihn von Jeans und T-Shirt. Sie selbst zog die Shorts herunter und setzte sich auf ihn. Er sah, dass sie blutete, denn auf ihrem Slip zeichnete sich ein leichter roter Fleck ab. Markus stöhnte. Er freute sich auf das was kommen würde, bemühte sich aber Zeit zu gewinnen und zu genießen. Sanft streifte er das Höschen von ihr ab und streichelte sie. Sein Finger färbte sich rot und voller Lust drang er mit ihm in sie ein. Sie wand sich. Es gelang ihm auch in ihr die Lust zu wecken. Sie befreite ihn von seiner Boxershorts und küsste ihn. Er war verrückt nach ihr, wollte sie stoßen, wollte, dass sein Glied in ihrer blutigen Scheide ruhte. Sie spielte mit ihm, ließ ihn an sich heran, um ihn dann mit der Hand vorzubereiten. Markus war bereit, mehr als das, er hielt es kaum mehr aus und endlich, endlich durfte er sie nehmen. Er stieß sie sanft und ohne Hast, bedacht darauf, den Moment des Kommens so lange es ging herauszuzögern, er ließ wieder von ihr ab, sah auf seinen blutigen Penis und konnte nicht mehr an sich halten. Er drang erneut in sie ein, diesmal bereit bis ans Ende zu gehen. Ihre Bewegungen passten sich einander an und sie explodierten im selben Moment in einer Heftigkeit, die sie beide erschauern ließ. Erschöpft und zufrieden blieb Markus auf ihr liegen und Mila lächelte. „Oh Gott, ich kann deine Frau nicht verstehen, wie kann sie auf so etwas freiwillig verzichten. Das war phantastisch." Markus rollte sich zur Seite und lachte. „Du kannst das jetzt jeden Monat haben, es würde mich sehr glücklich machen, es liegt ganz an dir." „Ja, Markus, sehr, sehr gerne. Ich freue mich schon aufs nächste Mal." Markus stand auf und ging unter die Dusche. Zufrieden und glücklich wusch er sich die Spuren der letzten halben Stunde vom Körper. Er fühlte sich so wohl wie schon lange nicht mehr und wusste, dass er jetzt und hier die Möglichkeit bekommen hatte, sein normales Leben weiterführen zu können. Pünktlich um 17.00 Uhr war er zu Hause. Aufgeräumt und gut gelaunt half er Karen bei den letzten Vorbereitungen für ihre Eröffnungsparty. Er freute sich auf den nächsten Tag, den nächsten Monat und auf sein gesamtes weiteres Leben.

Von nun an besuchte er Mila alle vier Wochen. Sie hatte einen sehr regelmäßigen Zyklus, so dass er seine Abwesenheit von zu Hause frühzeitig planen konnte. Sein schlechtes Gewissen gegenüber seiner Frau hatte sich beruhigt. Er wusste, dass was er tat, diente seiner Ehe. Ja er schlief mit einer anderen, aber nicht weil er sie liebte, sondern weil sie ihm das gab, was er brauchte wie die Luft zum Atmen. Niemals küsste er Mila auf den Mund, das war Tabu. Diese Zone gehörte nur Karen und ihm. Er genoss es mit Mila zusammen zu sein und zwischen den beiden entwickelte sich eine echte Freundschaft.

An einem Freitag kurz vor dem Treffen mit Markus traf sich Mila mit ihren 3 Kolleginnen auf einen Kaffee und die vier unterhielten sich. Auch sie waren Freundinnen, Neid existierte nicht zwischen ihnen, jede kam auf ihre Kosten und sie genossen es. „Na Mila, hast du heute wieder ein Date mit bloody M?" fragte Justine. "Irgendwie ungerecht, unsereins hat jeden Monat eine Woche Zwangspause nur du machst dein bestes Geld wenn du dein Zeug hast. Aber ganz ehrlich, für mich wäre das nichts, hätte er mich gefragt, hätte ich ihn abgewiesen. Ein bisschen krank ist der doch der Gute.“ Claire lachte: „Na für 'ne Professionelle bist du aber ganz schön prüde. Was spricht denn gegen ein bisschen Blut in der Kiste. Ich finde es auch richtig Mist, jeden Monat aussetzen zu müssen, da hat es Mila echt besser. Und außerdem hab ich das Gefühl, der Typ scheint echt nett zu sein. Du erzählst zwar nicht viel, aber eine Abneigung gegen ihn, hast du sicherlich nicht, oder?“ „Na, schläfst du etwa mit jemandem, den du eklig findest“; mischte sich Claire ein, „wir machen das doch in erster Linie um Spaß zu haben, leben müssen wir ja davon nicht. Wenn mir einer blöd kommt, ungewaschen ist oder riecht, fliegt der raus, der kann von mir aus auf den Straßenstrich gehen, wo die Nutten genauso stinken wie er.“ „Ja, du hast Recht das Niveau muss stimmen. Trotzdem hab ich das Gefühl, dass bloody M etwas ganz besonderes für Mila ist, über niemanden spricht sie so wenig wie ihn. Und außerdem ist der ja auch der absolute Dauerkunde. Regelmäßig wie ein Uhrwerk kommt er alle vier Wochen zu ihr." Justine wandte sich an Mila. „Kannst uns ruhig auch mal was von ihm erzählen, wir tragen es auch nicht weiter." „Meine Güte, seid doch nicht so neugierig. Ich will doch auch nicht wissen, wie es bei euch läuft, eigentlich wisst ihr schon viel zu viel, aber das ließ sich ja aufgrund der besonderen Situation kaum vermeiden." Okay, dann genieße und schweige, ich gönn es dir." Die vier lachten und tranken ihren Kaffee aus. Mila blickte auf ihre Uhr. Es war Zeit zu gehen. Wie jeden Monat freute sie sich auf die Zeit mit Markus. Längst war aus dem reinen Geschlechtsakt mehr geworden. Markus hatte sich geöffnet und ihr den Grund für sein Verhalten erklärt. Sie wusste, dass sie der einzige Mensch war, mit dem er je darüber gesprochen hatte und das machte sie stolz. Niemals würde sie sein Vertrauen missbrauchen und die Information weiter geben. Er tat ihr unendlich leid. Dieser Vater durfte sich wirklich nicht Vater nennen. Er sollte bestraft werden für das was er seinem Sohn angetan hatte. Sie mochte Markus und sie wusste, dass sie inzwischen in seinem Leben eine wesentliche Rolle spielte auf die sie aber nicht mehr verzichten wollte.

„Schatz, bist du fertig. Du weißt wir haben etwas länger zu fahren und es ist schon halb sieben." Markus stand in der Diele und hielt den Autoschlüssel in der Hand. Es war ihr Jahrestag und wie immer wollten sie das Fischrestaurant in Bremerhaven aufsuchen, in dem ihre gemeinsame Zukunft begonnen hatte. „Sofort", rief Karen, „ich stelle nur noch die Schnittchen für Viviane und deine Mutter auf den Tisch, die haben bestimmt Hunger, wenn sie gleich kommen." „Ja und sie werden sie nicht finden, wenn du sie in der Küche stehen lässt", Markus lachte, „komm du Übermutti, Frieda kümmert sich schon." „Hast ja recht, ich bin schon unterwegs." Karen zog Mantel und Schal von der Garderobe und schlüpfte in ihre Schuhe. „So, fertig, wir können." „Na dann los, ich habe auch schon Hunger." Die beiden hielten sich an den Händen und gingen zum Auto. Wie in jedem Jahr freuten sie sich auf diesen Abend, auf das leckere Essen und die Erinnerungen, die sie immer wieder überfielen, wenn sie in ihrem Restaurant saßen. Sie ließen Viviane selten in der Obhut der Großmutter und gingen selten aus, aber heute musste es sein und sie wussten dass sie damit Frieda und Viviane eine große Freude gemacht hatten. Die beiden liebten sich, konnten stundenlang zusammen spielen und begeistert lauschte Viviane den Geschichten ihrer Großmutter. Nein, ein schlechtes Gewissen mussten Markus und Karen nicht haben, sie konnten sich unbeschwert auf ihren Abend freuen. Die Autofahrt verlief problemlos, es regnete und war nasskalt, aber es war nur mäßiger Verkehr und sie kamen gut voran. Schon bald hatten sie ihr Ziel erreicht und huschten schnell unter dem Regen hinweg ins Gasthaus. Das Restaurant war gut besucht, doch Markus hatte wie immer ihren Tisch bestellt und sie nahmen zufrieden Platz. Eine Kerze erhellte den kleinen Tisch, sonst war alles wie immer eher spartanisch und rustikal. Auf dem Tisch stand ein Krug in dem die Servietten und das Besteck verstaut waren und auf ihren Plätzen lagen Sets auf dem blanken Holztisch. Ihnen gefiel die Atmosphäre und wie in jedem Jahr bestellten sie dieselben Getränke und dasselbe Essen. Karen sah Markus verliebt an. „Weißt du, dass das eine herrliche Tradition ist, die wir hoffentlich noch in 30 Jahren einhalten werden." „Na ja, das wird schwierig, Schatz, in 30 Jahren wird es diese Speisekarte nicht mehr geben, wenn es überhaupt das Restaurant noch gibt, schau dir mal den Wirt an, der ist bestimmt schon 70." „Oh, du hast Recht, aber so gut wie der Laden läuft, gibt es bestimmt einen Nachfolger.

Darauf setze ich." Der Wein kam und sie stießen miteinander an. Markus schaute seine Frau ernst an. Er liebt sie wie am ersten Tag. Er erinnerte sich, wie erschrocken er gewesen war als Karen ihm hier erzählte, dass sie nicht alleine war. Er hatte das schlimmste befürchtet, einen anderen Mann, der zwischen ihnen stehen würde und dann war es ihr Sohn gewesen; Nils, mit dem er sich heute blendend verstand und der ihm sehr ans Herz gewachsen war. Ihr Leben war so toll verlaufen. Ihre glückliche Liebe, ihr tolles Leben in Afrika, die Krönung ihres Glückes durch Viviane. Er konnte nein er musste mehr als glücklich sein. Doch gerade jetzt und hier quälte ihn das schlechte Gewissen. Noch vor wenigen Stunden war er bei Mila gewesen, hatte mir ihr geschlafen, ihr Blut gerochen und gespürt, es hatte ihn berauscht und wahnsinnig gemacht. Er schüttelte sich innerlich. Was war er für ein Schwein. Er betrog seine Frau regelmäßig und rechtfertigte sein Vorgehen damit, dass er nur dadurch ein ausgeglichenes und zufriedenes Leben führen konnte. Wie widerlich. Warum konnte er nicht mit Karen reden, ihr erklären, wie es um ihn stand, mit ihr zusammen Wege aus der Misere finden, endlich eine Therapie machen, frei werden von diesem elenden Dämon. Er war feige, ging den Weg des geringsten Widerstandes, suchte sich sein Ventil, hatte Mila gefunden und saß hier mit seiner Frau um ihren Jahrestag zu feiern. Er konnte ihre Welt nicht zerstören, er konnte ihr nicht sagen mit was für einem Perversen sie ihr Leben teilte, er hatte Angst sie zu verlieren, Angst vor ihrer Reaktion, Angst vor ihrem erschrockenen Blick, wenn sie die Wahrheit erfahren würde. Nein, es musste alles so bleiben wie es war. Niemals würde Karen von Mila erfahren, aber Mila würde immer dafür sorgen, dass es ihm gut ging. So war es und so würde es bleiben. Karen schaute ihn an. „Schatz, wo bist du denn gerade, du schaust mich zwar an, aber irgendwie durch mit durch, was geht dir denn gerade im Kopf rum?" „Ach Liebling, mir gingen nur gerade so ein paar Stationen unseres Lebens durch den Kopf und ich muss sagen, sie waren alle auf ihre Art toll und ich bin einfach nur froh und glücklich wie unser Leben verläuft. Diese Art wie wir beide uns allen Widrigkeiten stellen und aus allem etwas Positives machen, unser Kind, das wirklich die Krönung unserer Liebe darstellt, alles ist manchmal fast schon unwirklich, so dass es einem beinahe Angst machen kann. Ich liebe dich." „Ich dich doch auch und ich danke dir, dass du mich so unterstützt. Die Idee mit meiner eigenen Praxis sah ja am Anfang wirklich nicht so gut aus, aber du hast an mich geglaubt und inzwischen glaube ich auch an mich selbst. Für die nächsten drei Wochen bin ich komplett gebucht. Ich habe jeden Tag 10 Patienten. Mehr geht nicht, denn wenn Viviane aus der Schule kommt, möchte ich fertig sein und nicht mehr arbeiten. Ich verbringe den Nachmittag so gerne mit ihr. Sie gibt mir einfach so viel und es macht so viel Spaß etwas mit ihr zu unternehmen. Ich weiß nicht, woher sie die Begeisterung für alles Mögliche hernimmt, aber sie kann dir sogar über einen schnöden Kieselstein eine Geschichte erzählen. Und wie sie das Meer liebt, am liebsten würde sie schon jetzt schwimmen gehen, jedes Mal wenn wir am Strand sind, zieht sie Schuhe und Strümpfe aus und plantscht durchs Wasser. Selbst im Januar konnte ich sie nicht davon abhalten. Sie musste ja unbedingt auf euren Schäfchenstein klettern und ins Wasser hüpfen. Der Stein hat wirklich eine besondere Bedeutung für sie. Ich glaube, wenn sie mal groß ist und Liebeskummer hat, werden wir sie dort finden. Er und die Nähe des Meeres werden ihr die Kraft geben im Leben klar zu kommen. Das glaube ich sicher." „Ja, das glaube ich auch. Sie ist ein wahnsinnig intelligentes Kind und manchmal kann ich gar nicht glauben, dass sie wirklich erst sieben Jahre alt wird." Beide schauten verträumt und dachten an ihre Tochter. Sie machte sie stolz. Sie unterhielten sich noch lange, machten Pläne für den kommenden Sommer und genossen den leckeren Fisch. Am späten Abend machten sie sich auf den Heimweg, im Auto schwiegen sie und Karen lehnte ihren Kopf auf Markus Schulter. Ihr Haus lag im Dunkeln. Nur aus dem Wohnzimmer drang ein schwacher Lichtschein. „Schau, meine Mutter spart wieder Strom, sie hat nur die kleine Stehlampe an. Das bekommst du nie aus ihr heraus. Sie ist wirklich der sparsamste Mensch der Welt." „Da hast du sicher recht, aber ohne diese Sparsamkeit könntest du nicht so gut Klavier spielen, mein Lieber, denn den Unterricht, hat sie sich wirklich vom Munde abgespart. Dein Vater hätte dafür keinen Pfennig ausgegeben." „Das weiß ich und dafür werde ich ihr immer dankbar sein, ihr allein habe ich es zu verdanken, dass aus mir ein halbwegs vernünftiger Mensch geworden ist, mein Vater hätte mich wahrscheinlich in den Wahnsinn getrieben." Noch immer war der Kontakt zu seinem Vater Kurt mehr als sporadisch. Zu Weihnachten und Geburtstagen sah man sich, aber es wollte einfach kein positiver Kontakt entstehen. Viviane hatte immer noch ein wenig Angst vor diesem grobschlächtigen Mann und er bemühte sich auch nicht, ihr diese zu nehmen. Zwar war er für seine Verhältnisse liebevoller zu ihr, als er jemals zu seinem Sohn gewesen war, aber eben nur für seine Verhältnisse. Für Außenstehende war sein Verhalten immer noch kalt und abweisend. Oma Frieda war da ganz anders. Sie liebte ihre Enkelin und traf sie regelmäßig, aber nicht bei sich zu Hause. Sie trafen sich auf dem Spielplatz, gingen zusammen ins Hallenbad oder ein Eis essen, oder aber Oma kam zu Viviane nach Hause und trank mit der Familie Kaffee. Karen mochte Frieda besonders auch, weil sie auch Nils als ihren Enkel sah und der Junge häufig mit anwesend war, wenn Oma Frieda zu Besuch kam. Das Leben von Nils war abwechslungsreich. Die Woche über lebte er weiterhin bei seinen Großeltern in Hamburg, aber an den Wochenende besuchte er seine Mutter auf der Insel. Er war inzwischen 17 und würde im nächsten Jahr sein Abitur machen. Danach wollte er in Hamburg studieren. Er war ein hübscher Teenie. Die Mädchen liefen ihm hinterher, aber er wollte noch keine Freundin, er war begeisterter Sportler und im Ruderverein. Hier schlug sein Herz und er trainierte mehrmals in der Woche. Mit Markus verstand er sich prächtig und oft diskutierten die beiden über die berufliche Zukunft von Nils. Er wollte in die IT Branche und Informatik studieren, seinen Bachelor, vielleicht seinen Master machen und dann weiterhin in Hamburg leben, in einem großen Unternehmen Fuß fassen und hoffentlich viel Geld verdienen. Ja der Junge hatte Ziele und Markus war sich sicher, dass er sie erreichen würde. Nils liebte seine kleine Schwester über alles und so manchen Sonntag verbrachten die beiden gemeinsam. Er nahm sie mit zu den Ruderwettbewerben und Viviane saß begeistert am Ufer und feuerte ihren Bruder an. Auch heute hatte Viviane den Nachmittag mit Nils verbracht. Er war surfen gewesen, neben dem Rudern seine zweite Leidenschaft. Jetzt brachte er seine Schwester nach Hause. Sie wollten noch gemeinsam zu Abend essen, danach würde sie Nils zum Bahnhof bringen, so dass er nach Hamburg zurückkehren konnte. Auf dem Heimweg vom Bahnhof besprachen sie den Rest des Abends. „Lust auf Musik", fragte Markus seine Tochter, „wir haben schon länger nicht mehr geübt, wie sieht es aus." „Au ja, Papa, total gerne. Komm schnell nach Hause." Viviane hatte das musikalische Talent ihres Vaters geerbt und Markus hatte ihr zum 6. Geburtstag eine Gitarre in Kindergröße geschenkt. Viviane war begeistert. Er hatte ihr die ersten Griffe gezeigt und Viviane übte begeistert. Auch Noten waren für sie kein Problem. Markus hatte ihr gelernt einen Notenschlüssel zu malen und ihr die Bedeutung der einzelnen Noten erklärt. Für Viviane war das alles logisch und sehr schnell gelang es ihr der Gitarre saubere Töne zu entlocken. Zudem sang sie noch sehr gerne. Markus genoss es, seiner Tochter Unterricht zu geben und ihrer kindlichen Stimme zu lauschen, wenn sie ihr Gitarrenspiel mit Gesang begleitete. „Hallo ihr Zwei, Schluss jetzt", Karen betrat das Kinderzimmer. „es ist gleich halb neun und Morgen ist Schule, also Zeit für dich ins Bett zu gehen, mein Liebling." „Och, schade, Mama, ich bin noch gar nicht müde und Papa hat mir gerade was erklärt, was ich unbedingt üben muss." „Das kannst du ja auch gerne Morgen tun, aber jetzt ist Schluss, ab mit dir ins Bad. Willst du noch eine Geschichte hören, oder lieber selber lesen." Viviane war seit acht Monaten in der Schule, aber das Lesen klappte schon erstaunlich gut und Karen hatte ihr das ein oder andere Buch für Leseanfänger gekauft. „Ne, Papa soll mir vorlesen. Das Buch vom Ponyhof, das ist so spannend." „Ok", Markus lachte, „ aber nur ein Kapitel und dann wird geschlafen. „Ja, ja, aber wenn ich mal Kinder habe, dürfen die immer selbst entscheiden, wann sie ins Bett wollen. Man merkt doch schließlich selbst, wann man müde ist." „Sei nicht so altklug, kleines Fräulein und nun hopp, auf ins Bad". Sie gab Viviane einen Klaps auf den Po und dirigierte sie in Richtung Badezimmer. Eine Viertelstunde später lag die Kleine im Bett und Markus las ihr aus ihrem derzeitigen Lieblingsbuch vor. Die Augen fielen ihr zu und Markus strich ihr liebevoll über das Gesicht und deckte sie ordentlich zu. Eine Welle der Liebe übermannte ihn. Dieser kleine Mensch war wirklich das Allerwichtigste in seinem Leben und zum hundertsten Mal nahm er sich vor, ihr immer ein guter Vater zu sein. Markus schloss leise die Tür und ging ins Wohnzimmer. Karen hatte es sich auf der Couch gemütlich gemacht und war in ein Buch vertieft. Er setzte sich neben sie und nahm ihr das Buch aus der Hand. Er nahm sie in den Arm und lächelte glücklich. „Weißt du eigentlich mein Schatz, wie gut es uns geht. Ich habe das Gefühl, alles in unserem Leben richtig gemacht zu haben und manchmal macht mir dieses Glück tatsächlich ein wenig Angst und ich hoffe einfach nur, dass wir es immer bewahren können." Ja, Schatz, du hast

Recht, es geht uns gut und dieses wunderbare Kind macht unser Leben erst perfekt.

In solchen Momenten vergaß Markus den anderen Teil seines Lebens, Mila und alles was ihn mit ihr verband, rückten in weite Ferne. Er genoss einfach sein Glück mit seiner kleiner Familie.

In den Osterferien verbrachte er die meiste Zeit mit Viviane, denn Karen musste arbeiten, sie konnte sich den Luxus eines Lehrers und einer Schülerin nicht leisten. Er fuhr eine Woche mit Nils und Viviane in die Berge zum Skifahren. Viviane liebte den Schnee und zusammen mit ihrem Bruder und ihrem Vater eroberte sie jede Piste. Nichts war ihr zu steil oder zu schmal, sie liebte die Geschwindigkeit und so manches Mal musste Markus sie ein wenig in ihrem Übermut zügeln. Markus war immer wieder erstaunt, wie schnell die Zeit verging. Schon im nächsten Monat wurde Viviane sieben Jahre alt, das erste Schuljahr war fast geschafft und die Kleine entwickelte sich prächtig.

15.Mai 2009

Claire, Justine und Carla saßen im Cafe und warteten auf Mila. Sie hatten sich seit vier Wochen nicht gesehen und unterhielten sich angeregt. „Mensch, wo steckt denn Mila, am Telefon hat sie mir gesagt, dass sie heute wieder ein Date mit bloody M hat und es Schwierigkeiten gäbe, sie wollte mit uns darüber reden. Ehrlich gesagt bin ich ziemlich neugierig was los ist, also hoffentlich taucht sie bald auf." Claire wandte sich an die beiden anderen. „Habt ihr was gehört, um was es geht?" Die beiden anderen schüttelten die Köpfe. „Ne, keine Ahnung, aber da kommt sie ja, dann wissen wir es gleich." Justine zeigte in Richtung Tür und alle schauten auf Mila, die verkrampft lächelnd den Raum betrat. „Upps, wie siehst du denn aus. Bist du krank, geht es dir nicht gut?" Justine war besorgt. Mila war blass und sah müde aus, aber sie winkte ab. „Nein, soweit alles ok, aber ich muss dringend mit euch reden. Sie lächelte geheimnisvoll. Die drei anderen blickten sie erwartungsvoll an. „Na, mach's mal nicht so spannend, was ist los, willst du aussteigen?" Carla sah sie neugierig an. „Ja, das werde ich, bloody M ist heute mein letzter Kunde. Ich bin schwanger. Ihr wisst ja, dass Bernd und ich schon länger ein Kind möchten und jetzt hat es überraschenderweise geklappt. Wir sind total happy, aber damit ist mein Job hier auf alle Zeit beendet. Ab jetzt gehöre ich Bernd allein." „Na mal sehen wie lange du das aushältst. Aber ich denke als Mama will man ja auch keine Freier mehr bedienen, das hat irgendwie einen komischen Nachgeschmack." „Stimmt, es war eine tolle Zeit, die mir echt Spaß gemacht hat, aber jetzt kommt etwas Neues, auf das ich mich sehr freue." „Aber du siehst nicht gut aus, wenn ich das sagen darf, bekommt dir die Schwangerschaft nicht?" Carla sah Mila besorgt an. „Doch, doch die Schwangerschaft ist es nicht. Aber ihr wisst doch, ich habe doch eine extreme Pollenallergie und jetzt da ich weiß das ich schwanger bin, traue ich mich nicht irgendwelche Medikamente dagegen zu nehmen. Ich habe Morgen einen Termin beim Hausarzt und werde es abklären. Ich möchte ja auf keinen Fall dem Baby schaden. Da ich aber ab und zu so richtige asthmatische Anfälle bekomme, wird es wohl ohne Medikamente nicht gehen. Bevor ich aber irgendwas einschmeiße, will ich sicher sein, dass ich dem Baby auch nicht schade. Bis Morgen werde ich es noch aushalten, aber dann muss was passieren." „Ich freu mich für dich", Justine lächelte, „Mensch wenn ich doch auch einen so tollen Kerl finden würde, ich könnte mir auch vorstellen, Mutter zu werden." „Du, und Mutter, Claire lachte, „du bist der größte Chaot den ich kenne, ich glaube du wärst ein wenig überfordert." Claire knuffte Justine freundschaftlich in die Seite. „"Aber ein bisschen neidisch bin ich auch. Ich gratuliere dir." „Danke euch, aber jetzt zu meinem Problem. Ihr wisst, dass bloody M seit nunmehr fast zwei Jahren alle vier Wochen zu mir kommt und zwar immer nur wenn ich blute. Das ist jetzt vorbei und ich werde die Dates beenden. Ich treffe ihn nachher noch einmal und werde es ihm erklären. Ich weiß aber, und auf die Hintergründe werde ich hier und jetzt nicht eingehen, dass ihm diese Dates sehr wichtig sind und ich frage jetzt euch, ob eine von euch diesen Job übernehmen möchte. Er ist wirklich ein ganz Netter, der Sex mit ihm Mega, er zahlt gut und ist immer freundlich und aufmerksam. Also ein echter Volltreffer. Was meint ihr?" Mila blickte erwartungsvoll in die Runde. Justine hob abwehrend die Hände. „Also ich bin raus, mit mir hätte der Gute keinen Spaß, ich blute so wenig, dass er auf seinen Genuss verzichten müsste." Milas Blick ging zu Claire. „Ne, ich auch nicht, ich habe keine Lust auf die Sauerei und bin eigentlich immer ganz froh, mal eine Woche im Monat nicht zur Verfügung zu stehen." „Ok, dann bleibst nur noch du, Carla, was meinst du?" „Na ja, vorstellen kann ich mir das schon. Und der Typ ist wirklich nett? Du erzählst ja so wenig von ihm, und ich möchte schon wissen auf was ich mich da einlasse." Mila war erleichtert. „Er ist echt total in Ordnung, er verlangt nichts von dir, was du nicht willst, das Einzige ist, dass er nur ohne Gummi mit dir verkehren möchte. Wir haben einen Aids-Test gemacht, bevor ich mich darauf eingelassen habe. Er hat nur noch Kontakt zu seiner Frau, andere Bettgeschichten gibt es nicht und er ist absolut sauber." „Ok, dann kannst du ihm sagen, dass ich deinen Job übernehme, wenn er es möchte. Du kannst ihm dann meine Nummer geben, und er kann sich bei mir melden." „Sehr gut, das macht es mir leichter, ich treffe ihn gleich und bin gespannt wie er reagiert." Sie tranken ihren Kaffee aus und Mila machte sich auf den Weg in die Wohnung. In einer halben Stunde würde sie Markus treffen.

Markus blickte erwartungsvoll auf die Uhr. Noch eine Stunde, dann würde er endlich bei Mila sein. In ihm tobte die Ungeduld, er stand unter Stress und konnte seine Anspannung kaum noch verbergen. Morgen war Vivianes Geburtstag und er musste noch schnell im Spielzeugladen vorbei, um ihr Geschenk abzuholen. Eine große massive Schaukel, die er in dem alten Kirschbaum aufhängen wollte und mit der sie, wie sie es sich wünschte in den Himmel fliegen wollte. Heute Abend, wenn sie im Bett lag, würde er die Schaukel anbringen, so dass sie sie Morgen gleich ausprobieren konnte. Ihr Geburtstag fiel dieses Jahr auf einen Samstag und für den Nachmittag waren ihre kleinen Freundinnen sowie die Familie zu einem kleinen Gartenfest eingeladen. Das Wetter war phantastisch und es würde sicherlich ein toller Tag werden. Markus freute sich darauf und Morgen würde er endlich wieder entspannt sein und sich seiner Familie voll widmen können. Im April war er auf Klassenfahrt gewesen und hatte somit den Besuch bei Mila verpasst. Seit 8 Wochen hatte er kein Blut gesehen und er spürte, dass es höchste Zeit war, seine Gier zu befriedigen. Eine Viertelstunde vor der vereinbarten

Zeit klingelte er bei Mila. Sie öffnete ihm und Markus erschrak. Sie war blass und sah kränklich aus, ihre Augen waren gerötet. „He, was ist los, du siehst nicht gut aus. Geht es dir schlecht?" „Nein, eigentlich nicht, aber komm doch erst mal rein, möchtest du einen Kaffee?" Sie nahmen in der kleinen Küche Platz. Auf dem Tisch standen Kekse und eine Thermoskanne mit Kaffee. „Ja gerne", Markus wirkte fahrig. Er wollte kein Vorgeplänkel, heute nicht, er wollte seine Lust befriedigen und sehnte sich danach, ihre blutige Scheide zu sehen. „Markus, wir müssen reden." Markus schaute sie irritiert an. Was war los? „Ich kann dir heute nicht geben was du brauchst, ich blute nicht, denn ich bin schwanger." „Du bist was?" Markus wurde blass und der Boden schien unter seinen Füßen zu verschwinden. „Das heißt, es gibt keine Dates mehr, du kannst mir nicht mehr geben, was ich brauche?" Er war panisch und Entsetzen spiegelte sich in seinem Blick. „Ja, so ist es. Aber du musst dir keine Sorgen machen. Ich habe mit meinen Freundinnen gesprochen und Carla wird meinen Job übernehmen, wenn du damit einverstanden bist:" „Deinen Job?" Markus spürte Wut in sich aufsteigen, „das ist doch inzwischen viel mehr zwischen uns, du bist mein Hafen, an dem ich immer wieder auftanken kann, um mein normales Leben zu führen, du bist nicht einfach austauschbar durch eine andere blutende Punze. Sein Sprachgebrauch wurde ordinär, er hatte keine Zeit, sich dafür zu schämen, er war aufgebracht und seine mühsam errichtete Welt schien in sich zusammenzustürzen. „Und du willst das Kind, sicher?" „Ja, Bernd und ich wünschen uns schon länger ein Kind und jetzt hat es geklappt, worüber wir sehr glücklich sind. Das bedeutet natürlich das Ende meines Nebenjobs, denn ab jetzt werde ich nur noch für meine Familie da sein." „Das kannst du mir nicht antun", Markus war verzweifelt. Er dachte an seine Frau, an sein Kind an den bevorstehenden Geburtstag und hatte keine Ahnung wie er diesen überstehen sollte, wenn er heute nicht bekam was er brauchte. Er zitterte. Er spürte eine Aggressivität in sich aufsteigen, die er so nicht kannte. „Und jetzt, soll ich wieder gehen, soll ich mir ein Kilo Schweineleber kaufen und mich damit einreiben und mir einen runterholen. Ich hasse das. Jahrelang musste ich solche Perversitäten betreiben und ich habe keinen Bock mehr darauf. Es kotzt mich an." Mila war erschrocken. So hatte sie Markus noch nie erlebt. Sie stand auf und stellte sich neben ihn. Sie strich ihm über das Haar. „Markus, du kannst mir glauben, es tut mir ehrlich leid für dich, aber es ist mein Leben und ich werde es führen, so wie ich es für richtig halte. Für dich ist hierin in Zukunft kein Platz mehr." „Du machst es dir ganz schön einfach. Lässt mich hier am ausgestreckten Arm verhungern. Vor 8 Wochen war ich das letzte Mal hier, weißt du wie es in mir kocht. Schläfst du jetzt wenigstens noch einmal mit mir, so zum Abschied oder schickst du mich gleich nach Hause?" Entgegen ihres eigentlichen Vorhabens sagte Mila: „Markus, bitte, ich hatte nicht vor, noch einmal einen anderen Mann in meinen Körper zu lassen, in dem ein Baby wächst, aber du tust mir leid und ich ahne, was ich dir antue, also ja, wir können noch einmal miteinander schlafen." Sie erhoben sich und gingen ins Schlafzimmer. Markus war aufgebracht. Er riss sich die Kleidung vom Leib und stand nackt mit einem steil aufgerichteten Penis vor ihr. Sein gesamter Körper strahlte Verzweiflung aus, in seinen Augen brodelte die Wut. „Dann zieh dich endlich aus und leg dich hin, ich kann nicht mehr warten:" Das erste Mal, seitdem sie sich kannten, behandelte er Mila wie eine Nutte, die zu tun hatte, was der Freier verlangte. Mila war verunsichert. Sie zog sich aus. Von der Schwangerschaft war noch nichts zu sehen, außer dass ihre Brüste etwas größer schienen. Markus blickte in ihren Schoss in der Hoffnung, das ersehnte Blut zu sehen, aber da war nichts. Er legte sich auf sie und wollte in sie eindringen. Aber sie war trocken und es gelang ihm nicht. Alles war anders und nichts fühlte sich richtig an. Wütend rollte er zur Seite und spürte den Zorn immer mehr in sich aufsteigen. Er ging er in die Küche, zapfte sich ein Glas Wasser und trank es in einem Zug. Er stellte das Glas auf der Spüle ab und sein Blick streifte den Messerblock, der auf der Anrichte stand. Wie von Sinnen griff er nach einem scharfen Fleischmesser und ging zurück ins Schlafzimmer. Mila lag noch immer auf dem Bett und ihr Blick fiel erschrocken auf das Messer in seiner Hand. „Markus, was hast du vor, um Himmels Willen, komm doch zur Besinnung. „Schnauze"; raunte Markus legte sich neben sie und hielt ihr mit einer Hand den Mund zu. Dann begann er mit dem Messer ihre Genitalien zu ritzen, erst sanft, dann als sich der ersehnte Erfolg nicht einstellte, fester, bis endlich Blut aus den offenen Schamlippen lief. Mila krümmte sich vor Schmerz, sie wollte schreien, aber Markus Hand nahm ihr jede Möglichkeit. Markus nahm ein Kissen und drückte es auf Milas Gesicht. Jetzt, wo das Blut lief, war sie feucht genug, er drang in sie ein und nahm sie mit einer Brutalität, die ihm selbst fremd war. Er stieß sie bis er kam und erschöpft und verschwitzt blieb er auf ihr liegen. Im selben Moment verschwand die Wut aus seinem Körper und Markus erschrak vor sich selbst. Er blickte auf das blutige Messer, das jetzt neben dem Bett lag und alles was in den letzten 15 Minuten stattgefunden hatte, schien ihm total irrational. Er sprang auf. Das Kissen lag noch immer auf Milas Gesicht. Er zog es von ihr herab. Sie röchelte. Er blickte auf die Szene, die sich ihm bot und Panik erfasste ihn. Er suchte seine Kleidungsstücke zusammen und zog sich in Windeseile an. Hektisch fiel sein Blick auf das blutige Laken, Noch immer tropfte frisches Blut auf das Tuch. Was hatte er getan? Er war fassungslos. Bevor er ging, warf er noch das Geld auf das Bett, dann verließ er die Wohnung. Gehetzt erreichte er sein Auto, noch immer nicht in der Lage klar zu denken. Er setzte sich hinter das Steuer und startete mit zitternden Händen den Motor. Er konnte jetzt unmöglich nach

Hause fahren und seiner Frau und seinem Kind in die Augen blicken. Sein Weg führte ihn an den Strand. Jetzt Mitte Mai und schon fast 18.00 Uhr lag dieser einsam und verlassen vor ihm. Er ging ans Ufer und riss sich die Klamotten vom Körper. Nur mit der Boxershorts begleitet ging er zu dem Schäfchenstein und setzte sich darauf. Die Füße wurden vom kühlen Meerwasser umspült. Tränen liefen über sein Gesicht, noch immer zitterte er am ganzen Körper. Was war nur in ihn gefahren. Wie um alles in der Welt konnte er so die Kontrolle verlieren. Was hatte er getan? Wie sollte er Mila jemals wieder in die Augen blicken, wie würde sie reagieren, wenn sie aufwachte. Würde sie ihn anzeigen, dann war er erledigt, würde sie das Gespräch mit ihm suchen? Er wusste es nicht. Er ahnte, dass er eine Katastrophe heraufbeschworen hatte, die nicht mehr zu reparieren war. Er sprang ins Wasser und wusch sich mit den Händen den blutigen Bauch und Unterleib ab. Das kalte Wasser brachte etwas Ruhe in ihn. Er musste jetzt wieder zu Sinnen kommen. Morgen war Vivianes Geburtstag. Er hatte versprochen Karen noch ein wenig bei den Vorbereitungen zu helfen und die Tische im Garten aufzustellen. Später musste er noch die Schaukel in den Baum hängen. Er ließ sich vom kühlen Wind trocknen. Er fror. Er zog sich an und ging zu seinem Auto. Die vergangene Stunde schien ihm so weit entfernt, so unwirklich, das alles konnte einfach nicht stattgefunden haben. Er wollte jetzt nicht an die Folgen denken, er hoffte, dass Mila nicht schwer verletzt war, vielleicht war sie jetzt schon wieder wach. Er überlegte, ob er eine andere der drei Damen anrufen sollte, verwarf den Gedanken aber wieder, er brauchte keine Mitwisser, er wollte zuerst die Reaktion von Mila abwarten. Vielleicht würde sie ihn sogar verstehen. Sie kannte sein Problem, wusste wie sehr ihn sein Verlangen quälte. Aber er hatte sie absichtlich verletzt. Der sexuelle Akt kam einer Vergewaltigung gleich, da brauchte er sich nichts vormachen. Aber sie war eine Professionelle, vielleicht ging sie anders damit um als normale Frauen. Es half nichts. Er musste abwarten.

Er fuhr nach Hause. Karen erwartete ihn bereits. „Hallo, Schatz, du bist aber spät. Ich würde gerne noch vor dem Essen den Garten herrichten. Stellst du mir bitte schon mal die Tische und Stühle auf, dann kann ich eindecken. Der runde ist für die Kids, sie sind zu sechst und an dem anderen brauchen wir sieben Stühle. Ich kann dann eindecken, es soll ja nicht regnen und was gemacht ist gemacht." „Ja, mach ich", Markus war dankbar um die Normalität der Situation, das lenkte ihn ab und brachte ihn zurück in seine normale Welt. Viviane kam aufgeregt hinzu. „Mama, Papa, ich will euch helfen. Ist ja schließlich mein Geburtstag, da kann ich auch was tun." „Ja, prima, dann blas schon mal die Luftballons auf und häng deine Happy Birthday Girlande über deinen Platz." Die Familie arbeitete noch eine halbe Stunde gemeinsam, dann gingen sie nach drinnen um zu Abend zu essen. Viviane war schon ziemlich aufgeregt und plapperte den ganzen Abend. Karen und Markus waren froh als sie im Bett lag, denn manchmal konnte ihr ständiges Geplapper ganz schön anstrengend sein. „Puh, das wäre geschafft. Ich hoffe sie schläft gut. Ich geh jetzt noch raus und häng die Schaukel in den Baum, dann kann sie Morgen früh gleich loslegen und etwas Energie los werden." „Okay, und ich decke schon mal den Frühstückstisch und stecke die Kerzen auf den Kuchen." Karen hatte einen kleinen Schokoladengugelhupf gebacken, den Lieblingskuchen ihrer Tochter. Jetzt steckte sie acht Geburtstagskerzen darauf. Neben den Teller legte sie eine kleine Schmuckschatulle. Darin befand sich eine Silberkette mit dem Unendlichkeitszeichen. Darauf waren Mama, Papa und Viviane eingraviert. Sie wusste, das Viviane Schmuck liebte und sicherlich würde sie sich sehr darüber freuen. Markus legte noch einen Umschlag dazu. Es war ein Gutschein über 10 Klavierstunden. Viviane hatte schon länger danach gefragt, ein Tasteninstrument spielen zu wollen. Karen und Markus blickten sich liebevoll an. „Ist es nicht wundervoll einen solchen Tisch vorzubereiten", Karen rückte die Serviette gerade. „Acht Jahre haben wir unseren Liebling nun schon und es ist gar nicht mehr vorstellbar, wie das Leben ohne sie war." „Das stimmt, sie ist wirklich der größte Schatz in unserem Leben und ich will sie immer glücklich sehen.".

Am frühen Nachmittag des nächsten Tages trudelten die Gäste ein. Die Sonne schien von einem makellos blauen Himmel und die Temperatur war angenehm. Der Feier im Garten stand nichts im Weg. Die kleinen Freundinnen von Viviane wurden gebracht. Alle waren in hübschen Kleidchen gekleidet und tobten jetzt im Garten umher und begutachteten die neue Schaukel, mit der man wirklich bis in den Himmel schaukeln konnte. Viviane war glücklich. Oma Eva und Opa Klaus waren auch schon da. Sie hatten Nils mitgebracht, der ihr ein Schlauchboot geschenkt hatte und somit der Held des Tages war. Opa Kurt und Oma Frieda kamen auch. Oma Frieda hatte einen wunderschönen Strauß von Frühlingsblumen aus dem Garten dabei und das herrliche rosefarbene T-Shirt, das Viviane beim letzten Bummel mit Oma Frieda im Kaufhaus gesehen hatte. „Oh danke, Oma, das ist so schön. Das zieh ich gleich Montag in der Schule an. Danke, danke, danke." Ihren Opa würdigte Viviane kaum eines Blickes. Kurt wirkte immer wie ein Fremdkörper inmitten der Familie. Sie setzten sich alle an den nett gedeckten Geburtstagstisch und Karen servierte ihre selbstgebackenen Kuchen. Es war ein netter Nachmittag. Kurt saß am Rand und beteiligte sich wenig bis gar nicht an den Gesprächen. Er aß seinen Kuchen und es schien ihm zu schmecken, denn er hatte inzwischen das dritte Stück auf seinem Teller. Eine Anerkennung an Karen gab es allerdings nicht. Für die anderen war sein Verhalten inzwischen als normal bekannt und sie störten sich nicht mehr daran. Sie unterhielten sich angeregt und besprachen die Vorhaben des bevorstehenden Sommers. Markus war nicht bei der Sache. Er hatte noch nichts von Mila gehört, seine Versuche sie anzurufen, waren ins Leere gelaufen. Was war da los. Egal wie sie reagieren würde, er wollte wissen, wie es weiterging, diese Ungewissheit machte ihn fertig. Er war bemüht, sich nichts anmerken zu lassen, spielte mit den Kindern Dosenwerfen und war froh als es 17.30 h war und Karen ihn bat, den Grill anzuzünden. Gerade als er im hinteren Teil des Gartens die Kohle auf den Grill legte, sah er das noch weitere Personen die Terrasse betreten hatten. Ein Mann in Zivil und zwei Polizeibeamte in Uniform waren anwesend. Er erschrak. Mila hatte ihn angezeigt, jetzt platzte die Bombe. Sein Blick fiel auf Viviane, die schon wieder schaukelte. Was habe ich dir versprochen. Immer wieder. Jeden Tag deines Lebens. Das ich dir der beste Vater sein würde, den du dir wünschen kannst, der dich behütet und dich durch Leben trägst und jetzt? Jetzt mache ich alles kaputt, für was ich jemals gelebt habe. „Herr Markus Schindler?" Der Mann in zivil näherte sich ihm. Seine gesamte Familie stand auf der Terrasse und blickte zu ihm herüber. Nur Kurt saß weiterhin auf seinem Stuhl und nippte an seinem Getränk. „Ja, der bin ich. Was führt sie zu mir?" „Sie stehen in dem dringenden Verdacht für den Tod an Mila Kranz verantwortlich zu sein und ich bin hier um Sie festzunehmen." Tot, Markus meinte nicht richtig gehört zu haben. Mila war doch nicht tot. Sie hatte gelebt, als er gegangen war, das musste ein Irrtum sein. Er schaute erschrocken auf den Polizisten. Die beiden anderen näherten sich und hatten Handschellen in der Hand. „Sie geben zu, gestern Nachmittag mit Mila Kranz in deren Wohnung gewesen zu sein. Leugnen ist ziemlich sinnlos. Zum einen gibt es Zeugen, zum anderen reicht ein einfacher DNA Abgleich um zu bestätigen, dass Sie es waren. Ich darf Sie also bitten mit zu kommen. Markus war leichenblass. Noch immer hielt er die Kohlenschaufel in der Hand. Viviane hatte aufgehört zu schaukeln und blickte gespannt auf die Szene. Sie konnte nicht hören, was die Männer sagten, aber sie ahnte dass etwas ganz und gar nicht in Ordnung war. Ein Uniformierter näherte sich Markus und wollte ihm die Handschellen anlegen. „ Nein, bitte nicht, ich komme mit, bitte führen Sie mich nicht vor meinem Kind wie einen Verbrecher ab." „In Ordnung, der Mann in zivil wies den Uniformierten an, zurückzutreten, „dann gehen wir. Gehen Sie vor, wir folgen ihnen. Und keine Dummheiten, das macht alles nur noch schlimmer." „Ja, ich komme." Markus ging vor den Polizisten zur Terrasse. Seine Familie stand dort. In Karens Gesicht zeigte sich Fassungslosigkeit und Entsetzen. Was war hier los. Warum wurde ihr Mann am Geburtstag ihrer Tochter von der Kriminalpolizei verhaftet. Was hatte er getan? Karen verstand nichts und suchte hilfesuchend Markus Blick. Er schaffte es nicht ihr in die Augen zu sehen. Mit gesenktem Kopf ging er an ihr vorbei. Karen zog einen der uniformierten Beamten am Arm: „Was ist los, warum nehmen Sie meinen Mann mit. Kann mich vielleicht irgendjemand aufklären?" Ihre Stimme überschlug sich fast. In ihrem Gesicht stand die blanke Angst. „Nein jetzt nicht, Frau Schindler, bitte kommen Sie heute Abend aufs Präsidium, dort können wir Ihnen alles erklären. Für's Erste sind wir hier fertig." Er schob Markus vor sich her. Der Streifenwagen parkte vor der Tür. Markus nahm hinten Platz und der Wagen fuhr davon. „Mama, wo ist Papa hin?" Viviane kam zu ihrer Mutter auf die Terrasse und lehnte sich an sie. Karen strich ihr über den Kopf. „Ich weiß es nicht mein Schatz, ich verstehe im Moment überhaupt nichts. Ich kann es dir leider nicht erklären." Viviane liefen die Tränen über das Gesicht. Frieda näherte sich der Kleinen und nahm sie auf den Arm. „Komm, mein Schatz, du wirst doch nicht weinen, heute ist doch dein Geburtstag, komm wir gehen zu den anderen Kindern und machen einen Schaukelwettbewerb. Der der mit

10 Schwüngen am höchsten fliegt, bekommt einen Lutscher, ok?" „Ok", Oma, aber du machst auch mit." Die beiden gingen in den Garten. Karen war ihrer Schwiegermutter sehr dankbar. Die anderen Personen auf der Terrasse sahen sich schweigend an. Eva und Klaus nahmen ihre Tochter in den Arm. „Warte es erst mal ab, Karen, das ist bestimmt ein Missverständnis, was um Himmels Willen soll dein Markus getan haben, dass eine Verhaftung rechtfertigt. Ich kann mir das beim besten Willen nicht vorstellen. Da muss eine Verwechselung vorliegen." „Nils bitte kümmere dich um den Grill. Die Kleinen sollen wenigstens noch ihre Bratwurst haben, bevor sie abgeholt werden, ich glaube uns allen ist der Appetit vergangen." Klaus wandte sich Kurt zu. „Hast du vielleicht auch mal was zu sagen, oder fällt dir überhaupt nichts ein?" „Der Kerl hat noch nie was getaugt, hatte schon als Kind nicht mehr alle Tassen im Schrank, jetzt hat er bestimmt was ausgefressen und euch immer vorgemacht, was für ein toller Kerl er ist." Kurt lachte hämisch. „Bei dem war schon immer Hopfen und Malz verloren." Karen wandte sich angewidert ab. Wie konnte ein Vater nur so über seinen Sohn sprechen. Nachdem die Kinder zu Abend gegessen hatten, kamen ihre Eltern um sie abzuholen. Aufgeregt erzählten sie ihnen, dass die Polizei dagewesen war und Markus mitgenommen hatten. In ihrer kindlichen Unbefangenheit dachten sie sich nichts dabei, doch die Eltern reagierten pikiert und verabschiedeten sich schnell. Frieda und Kurt waren ebenfalls bereits nach Hause gefahren. Frieda hatte Karen inständig gebeten sie auf dem Laufenden zu halten. Eva und Klaus boten Karen an, Viviane für den Rest des Wochenendes mit nach Hamburg zu nehmen. Sie sollte erst einmal in Ruhe die Gelegenheit haben, Licht ins Dunkel zu bringen. Nils blieb bei seiner Mutter. Er wollte mit ihr gemeinsam aufs Präsidium gehen und sie unterstützen. „Ruf an, wenn du was weißt, egal was es ist, wir helfen euch. Also bitte melde dich, egal wie spät es ist, hast

du verstanden?" „Ja, ja mach ich, ich fahre jetzt gleich los. Und bitte drückt mir die Daumen, dass das alles nur ein schlechter Traum ist." „Das machen wir. Wir sehen uns Morgen Abend, dann bringen wir dir Viviane zurück. Also bis Morgen." „Bis Morgen und danke. Es hilft mir sehr, dass die Kleine jetzt nicht hier ist." „Ist doch selbstverständlich und pass auf dich auf.".

Die drei fuhren los und auch Karen und Nils machten sich auf den Weg ins Präsidium. Der Kommissar, der am Nachmittag in Zivil bei ihnen gewesen war, empfing sie. „Guten Abend, Frau Schindler", darf ich Ihnen einen Kaffee anbieten?" „Nein, danke, ich bin nicht zum Kaffeetrinken hier, ich möchte wissen, warum sie meinen Mann verhaftet haben:" Der Kommissar räusperte sich: „Darf ich fragen, wer Ihre Begleitung ist?" „Das ist mein Sohn, Nils, und ich möchte, dass er bei mir bleibt." „In Ordnung. Also Frau Schindler, ich denke das was ich Ihnen jetzt erzähle, wird ihnen völlig unbekannt sein und ich bitte Sie mir zu glauben, dass alles was ich erzähle die Wahrheit ist und es keinen Zweifel an der Verantwortung Ihres Mannes gibt. Inwieweit man von Schuld reden kann, wird sich im Verfahren klären. Ihr Mann hat am gestrigen Tag, den 15.Mai eine Prostituierte aufgesucht. Wie wir von ihren Kolleginnen wissen, tat er das alle 4 Wochen. Er hatte bei den Damen den Rufnamen bloody M, weil er die Prostituierte nur aufsuchte, wenn sie ihre Regel hatte. So ging er auch gestern von dieser Tatsache aus. Frau Kranz teilte ihm aber gestern mit, dass sie nicht blutete, da sie schwanger war und ihm somit in Zukunft nicht mehr zur Verfügung stehen konnte. Als ihr Mann das hörte, muss er durchgedreht sein. Im Moment verweigert er noch die Aussage, so dass alles was ich Ihnen jetzt sage, spekulativ ist. Auf jeden Fall hat er Frau Kranz im Genitalbereich mit einem Messer so lange geritzt, bis sie stark blutete und sich dann an ihr vergangen. Ob Frau Kranz dem gestrigen Geschlechtsverkehr grundsätzlich zugestimmt hat, wissen wir nicht. Frau Kranz hat sicherlich vor Schmerzen geschrien, doch ihr Mann hat ihr ein Kissen auf das Gesicht gedrückt. Die Spurensicherung arbeitet noch daran, aber ich denke, dieser Tatbestand ist eindeutig nachweisbar. Nach der Tat hat er den Tatort fluchtartig verlassen. Das Kissen hat er dem Opfer vom Kopf gezogen. Ob Frau Kranz zum Zeitpunkt des Verlassens noch lebte ist unklar, wir warten auf die Aussage Ihres Mannes. Auf jeden Fall hat Ihr Mann Frau Kranz in ihrem Blut liegen lassen und die Wohnung fluchtartig verlassen. Er hat sich nicht bemüht, Spuren zu beseitigen. Ein DNA Schnelltest hat eindeutig ergeben, dass das Sperma von ihm stammt und seine Fingerabdrücke auf dem Messer, das neben dem Bett lag, sprechen für sich. Ihr Mann, Frau Schindler, ist verantwortlich für den Tod von Frau Kranz, daran besteht kein Zweifel.

Ihre Kollegin, die heute Vormittag einen Kunden hatte, ist in die Wohnung gekommen und hat Frau Kranz tot aufgefunden. Da sie wusste, mit wem sich Frau Kranz am gestrigen Tag treffen wollte, hat sie uns verständigt und somit war es ein leichtes Ihren Mann festzunehmen. Ich muss zugeben, auch ich verstehe den Sachverhalt nicht ganz. Denn hätte ihr Mann dieses Verbrechen wissentlich begangen, hätte er doch sicherlich die eindeutigen Spuren verwischen wollen. Ich gehe davon aus, dass er glaubte Frau Kranz wäre weiterhin am Leben, anders kann ich mir sein Verhalten nicht erklären."

Karen hatte aufmerksam zugehört. In ihrem Kopf dröhnte es. Sprach dieser Mann wirklich von ihrem Markus. Markus, der zu einer Prostituierten ging, Markus, der eine schwangere Frau mit einem Messer ritzte und sie dann halbtot oder vielleicht tot in ihrem Blut liegen ließ. Der danach in freudiger Erwartung des Geburtstages seiner Tochter, Tische rückte und Girlanden aufhängte. Das konnte doch alles gar nicht sein, das ergab doch gar keinen Sinn. Sie musste unbedingt mit Markus reden. Er sollte ihr erklären, was da vorgefallen war. Aus seinem Mund wollte sie hören, wie sich alles zugetragen hatte und vor allen Dingen warum. „Kann ich zu meinem Mann", es war diese einzige Frage, die Karen stellen konnte, ansonsten versagte ihr die Stimme. „Das tut mir leid, heute nicht mehr. Morgen wird ihr Mann dem Haftrichter vorgeführt. Aber aufgrund der Beweislage ist sicher, dass er in Untersuchungshaft verbleibt. Gehen Sie nach Hause, Morgen können Sie einen Besuchsantrag stellen. Ich kann Ihnen nur den Rat geben, kümmern Sie sich um einen guten Strafverteidiger, denn es handelt sich hier wirklich um eine schwere Straftat. Frau Kranz war schwanger und das kommt noch erschwerend hinzu."

Karen erhob sich. Sie hatte genug gehört. Ihr Kopf dröhnte. Sie wandte sich an Nils. „Komm lass uns gehen. Ich muss hier raus." Sie war blass und ihre ganze Körperhaltung drückte Verzweiflung aus. „Ok, Mum, komm ich fahr dich." „Frau Schindler, es tut mir ausgesprochen leid, dass ich im Moment nicht mehr für sie tun kann, aber bitte kümmern Sie sich so schnell es geht um einen Anwalt und kommen Sie Morgen wieder, damit Sie den Besuchsantrag stellen können. Im Moment kann ich Ihnen leider auch nicht mehr sagen. Ich hoffe, dass Ihr Mann nach Rücksprache mit seinem Anwalt sein Schweigen brechen wird, dann erfahren wir sicherlich mehr."

„Ja, bis Morgen, ich werde da sein." Karen wandte sich ab und verließ das Präsidium. Der Boden schien unter ihr zu schwanken und Tränen liefen ihr über das Gesicht. Nils nahm sie am Arm und führte sie zum Auto. Er nahm hinter dem Steuer Platz, Karen war zwar nicht als Begleitperson für sein begleitetes Fahren eingetragen, aber das spielte jetzt auch keine Rolle. „Lass uns nach Hause fahren und noch einmal in Ruhe über alles nachdenken. Vielleicht fällt uns noch etwas ein, was wir übersehen haben." Er startete den Motor und fuhr sicher nach Hause. Zuhause war alles wie immer. Mechanisch machte sich Karen ans Aufräumen. Sie beseitigte alle Spuren der Geburtstagsfeier. Nils half ihr und räumte Tische und Stühle an ihre Plätze. Sie sprachen nicht. Als sie fertig waren gingen sie gemeinsam ins Wohnzimmer. Draußen wurde es langsam dunkel. Sie setzten sich an den Esstisch und Nils blickte Karen fragend an. Direkt nach ihrer Heimkehr hatte Karen Mike angerufen. Er war ein alter Schulkollege von Markus, mit dem er immer noch Kontakt hatte und arbeitete als Strafverteidiger. Mike wollte nicht glauben, was ihm Karen erzählte, doch er sagte seine Unterstützung zu und sie verabredeten sich für den kommenden Vormittag auf dem Präsidium. „Nils, sag mir, dass das alles nicht wahr ist oder hilf mir zumindest zu verstehen, was hier passiert ist. Mein Mann, Markus, der kein Blut sehen kann, hat einer Frau den Unterleib aufgeritzt, sie dann genommen und letztendlich, warum auch immer sterben lassen. Mein Mann Markus hat eine Prostituierte aufgesucht, um mit ihr zu schlafen? Derselbe Markus, der ein so sanfter Vater und angenehmer Partner ist? Hier läuft doch was falsch. Ich verstehe nichts." Karen weinte wieder. Eine Strähne ihres halblangen Haares hing ihr ins Gesicht. Sie machte sich nicht die Mühe, sie zur Seite zu schieben. „Mum, du musst Morgen abwarten. Vielleicht kann Mike mehr erfahren. Wir kennen keine Hintergründe. Ich weiß doch auch nicht." Die beiden saßen noch lange im Dunkeln, jeder hing seinen Gedanken nach. Karen sah ihr Leben an sich vorbeiziehen. Sie suchte nach irgendwelchen Anzeichen, nach Verhaltensauffälligkeiten, nach Ungereimtheiten. Das einzige was ihr einfiel, war die Tatsache, dass Markus es schon immer geliebt hatte mit ihr zu schlafen, wenn sie blutete. Sie erinnerte sich, dass ihr das in ihrer Jugend nichts ausgemacht hatte, dass sie es aber später ab Beginn der Schwangerschaft nicht mehr mochte. Markus hatte es akzeptiert und sie hatte keine Veränderung in ihrer Beziehung bemerkt. Es schien ihm aber so wichtig zu sein, dass er sich den Kick bei einer anderen holte. Sie musste unbedingt herausfinden, wie lange das schon ging. „Komm, Nils, lass uns ins Bett gehen. Ich glaube zwar nicht, dass ich schlafen kann, aber hier rumzusitzen, bringt uns ja auch nicht weiter." „Ok, gute Nacht, Mama, und bitte versuch zu schlafen, Morgen werden wir sicherlich mehr erfahren." Karen gab Nils einen Kuss auf die Wange, „danke, dass du da bist, mein Sohn." „Gerne, gute Nacht." Karen ging ins Bad und stellte sich unter die Dusche. Nach und nach stellte sie den Wasserstrahl immer kälter. Das kalte Wasser ließ ihre Gedanken einfrieren und das Karussell in ihrem Kopf hörte für einen Moment auf sich zu drehen. Sie rubbelte sich ab, ihre Haut war krebsrot und sie fror. Schnell putzte sie ihre Zähne und ging dann zu Bett. Die Tränen schossen ihr in die Augen, als sie die leere Bettseite ihres Mannes sah. Ein Weinkrampf schüttelte sie. Sie war verzweifelt und fühlte sich fürchterlich einsam.

Am nächsten Morgen fuhren sie schon gegen neun Uhr ins Präsidium. Mike war bei Ihnen vorbeigekommen und hatte sie abgeholt. Auf der Fahrt wollte er noch einmal alles wissen, was die Beiden wussten. Karen schilderte ihm die wenigen Details, konnte ihm aber keine Hintergrundinformationen geben. Auch Mike war geschockt. Er kannte Markus nur als aufrichtigen eher sanftmütigen Mann, dem Gewalt fremd war, der, vielleicht auch gerade durch seinen Beruf als Lehrer, immer darauf bedacht war miteinander zu reden, nicht zu streiten und schon gar nicht gewalttätig zu werden.

Sie erreichten das Präsidium und der Kommissar erwartete sie bereits. „Guten Morgen, Frau und Herr Schindler, guten Morgen Herr von Walz." „Guten Morgen", antwortete Mike.

„Frau Schindler hat mir bereits die ihr bekannten Details erzählt, kann ich von Ihnen mehr erfahren? Ansonsten wünsche ich natürlich das Gespräch mit meinem Mandanten." Der Kommissar berichtete ihm, was ihm an Fakten bekannt war. Inzwischen hatte die Spurensicherung eindeutig nachgewiesen, dass Markus Mila das Kissen auf das Gesicht gedrückt hatte, denn an dem Kissen waren Hautpartikel, Haare und Speichel der Verstorbenen. „Wir können so ziemlich genau nachstellen, was sich in dieser Wohnung zugetragen hat, aber wir erkennen kein Motiv. Hier kann uns nur Herr Schindler helfen. Vielleicht gelingt es ja ihnen, sein Schweigen zu brechen." Der Kommissar nickte dem Anwalt zu. „Sie, Frau Schindler, können Ihren Mann heute leider nicht sehen, hier ist der Besuchsantrag, füllen Sie ihn gleich aus, dann werde ich sehen, was ich für Sie tun kann. Ich denke am Dienstag müsste es einen Besuchstermin geben." „Herr Kommissar, Sie sagten gestern, dass Mila von einer Kollegin gefunden wurde. Können Sie mir nicht den Namen dieser Frau sagen. Ich möchte gerne mit ihr sprechen." „Nein, das tut mir leid. Im Rahmen der derzeitigen Ermittlungen kann ich das nicht tun." „Dann sagen Sie mir noch bitte wenigstens die Adresse, wo die Tote aufgefunden wurde, das würde mir schon weiter helfen." „OK, das kann ich machen." Der Kommissar nannte ihr Straße und Hausnummer.

Mike bekam die Gelegenheit mit Markus zu sprechen, kam aber mit sorgenvollem Gesicht aus dem Besprechungszimmer zurück. „Was ist, was hat er gesagt? Kannst du mir mehr Informationen geben?" Karen stürzte sich förmlich auf Mike. „Karen, es tut mir leid, er sagt nichts. Er will nur mit dir reden. Er ist am Ende. Ich konnte ihn nicht weiter bedrängen. Wir müssen den Besuchstermin am Dienstag abwarten, danach sehen wir weiter. Ich habe ihm erklärt, dass es wichtig ist, mit mir zu reden, aber er hat komplett blockiert." In Karen kam Mitleid auf. Sie ahnte, dass egal was passiert war, Markus niemals gewollt hatte, dass ein Mensch starb. Nie im Leben, nicht ihr Markus.

Mike fuhr die Beiden nach Hause. Als er weg war, griff Karen erneut zum Autoschlüssel. „Wo willst du hin, Mama?" „Ich fahre zum Tatort, vielleicht treffe ich die Kollegin von Mila, die sie gefunden hat, ich brauche einfach mehr Infos." „Soll ich mitkommen?" „Nein, Nils, bitte sei nicht böse, aber das möchte ich gerne alleine machen." „Das verstehe ich, aber bitte pass auf dich auf." „Klar, mein Großer, bis bald." Karen fuhr zu der angegebenen Adresse und läutete. Ein Bordell war das hier nicht, so viel war sicher. Eher ein ganz normales Wohnhaus. Sie hatte Glück. Eine hübsche schwarzhaarige Frau mit einem interessanten Kurzhaarschnitt öffnete ihr. „Guten Tag, kann ich Ihnen helfen?" „Ich hoffe", Karen lächelte verkrampft, „ich bin Karen Schindler, die Ehefrau von Markus und wie Sie sich sicher vorstellen können, seit gestern in einem Alptraum gelandet. Mein Mann spricht nicht und die Details der Polizei geben einfach kein fertiges Bild ab, so dass ich hoffe, Sie können mir weiter helfen." „Kommen Sie doch bitte herein, viel kann ich Ihnen sicherlich auch nicht sagen, aber vielleicht hilft Ihnen ja das Wenige was ich weiß schon weiter." Carla bot Karen einen Platz an. „Darf ich Ihnen eine Tasse Kaffee" anbieten. „ "Ja, gerne, mit Milch bitte." Karen schaute sich um. Es war eine nette kleine Wohnung und nichts deutete darauf hin zu welchen Zwecken sie genutzt wurde. Dankbar nahm sie den Kaffee entgegen und schaute Carla erwartungsvoll an. „Carla räusperte sich: „Also wir sind, oder besser waren vier Frauen, die sich hier sozusagen ein Nebengewerbe aufgebaut haben. Wir haben alle normale Jobs und ein völlig normales Leben, haben aber alle mehr Spaß am Sex als andere und uns gedacht, warum nicht ein wenig Geld damit verdienen. Wir haben uns über Facebook kennengelernt und dann diese Gemeinschaft gegründet. Wir haben gemeinsam diese Wohnung angemietet und sprechen uns mit unseren Dates ab, so dass jede von uns hier arbeiten kann. Mila hatte in unseren Augen ja den besten Job. Wir alle müssen ja jeden Monat eine Pause einlegen, wenn wir unsere Tage haben, nur Mila hatte dann immer ihren zahlungsfreudigsten Kunden. Ihren Mann. Er kam einmal im Monat immer wenn sie blutete:" „Wissen Sie seit wann das so ist?" „Ja, das sind jetzt ungefähr zwei Jahre, noch nicht ganz, aber so um den Dreh. Er war etwas ganz besonderes für Mila, sie sprach nicht viel über ihn, aber die beiden hatten ein angenehmes Verhältnis. Keine Liebesbeziehung, das sicher nicht, aber doch deutlich mehr als ein reines Hure/Freier Verhältnis. Ich weiß, dass sie sich bei ihm nie als Prostituierte fühlte, ich weiß, dass er alle vier Wochen zu ihr kam, ich weiß, dass sie persönliche Gespräche führten, aber über was und wieso, das kann ich Ihnen leider nicht sagen. Wir haben eine stille Übereinkunft, dass wir immer voneinander wissen, mit wem die ein oder andere von uns verkehrt, besonders, wenn es sich um Stammkunden handelt, deshalb kannten wir auch den Namen Ihres Mannes, aber sonst kann ich Ihnen leider nicht viel sagen. Es tut mir wirklich leid." „Aber warum wusstet ihr, dass mein Mann am Freitag bei Mila war, wieso habt ihr die Polizei gleich auf ihn angesetzt?" „Das war einfach. Bevor Mila am Freitag in die Wohnung ging, haben wir uns alle auf einen Cafe vorne am Eck getroffen. Wir hatten uns länger nicht gesehen und wunderten uns, dass Mila echt schlecht aussah, aber trotzdem glücklich wirkte. Sie berichtete uns, dass sie schwanger sei, aber sehr unter ihrer Pollenallergie litt, gegen die sie aufgrund ihrer frühen Schwangerschaft derzeit keine Medikamente einnahm, das wollte sie erst mit ihrem Hausarzt abklären. Sie erklärte uns, dass sie die Beziehung mit Markus beenden müsse und fragte, ob eine von uns ihre Stelle einnehmen wolle. Da sie versicherte, dass Markus ein absolut angenehmer Kunde sei, sagte ich ihr zu. Ich habe keine Ahnung, was hier vorgefallen ist, und ich glaube für uns alle ist damit die Lust auf bezahlten Sex vom Tisch." „Also Markus kam wirklich alle vier Wochen, immer wenn Mila blutete und auch nur dann und ihr wisst alle nicht warum?" „Ja genau, so ist es. Mila könnte es uns sicherlich erklären, aber dafür ist es zu spät."Tränen traten Carla in die Augen und sie wischte sich mit der Hand über die Augen. „Ich könnte jetzt sagen, so ein perverses Schwein, aber ich glaube nicht daran, Mila hatte eine gute Menschenkenntnis und hätte sich niemals auf einen abartigen Typen eingelassen. Da bin ich mir sicher." „Ich danke Ihnen, ein bisschen, wenn auch nicht viel haben Sie mir weitergeholfen. Ich hoffe, dass ich Dienstag einen Besuchstermin bei meinem Mann bekomme und er sich zumindest mir gegenüber öffnet, denn der Polizei gegenüber hüllt er sich in Schweigen. Ich habe ihn seit der Verhaftung nicht gesehen, aber ich muss wissen, was da los ist. Ich verstehe im Moment überhaupt nichts." Carla näherte sich zögernd Karen. Sie nahm sie vorsichtig in den Arm. Die beiden Frauen weinten. Sie hielten sich stumm in den Armen und hingen ihren Gedanken nach.

Wenig später fuhr Karen nach Hause. In ihrem Kopf schwirrte es. Seit fast zwei Jahren fuhr Markus regelmäßig zu einer Prostituierten und sie hatte nichts davon gemerkt. Hätte sie es merken müssen? Hatte sich ihr Mann in irgendeiner Weise verändert? Nein, sie waren zusammen im Urlaub gewesen, hatten Pläne gemacht und Freunde besucht, alles gut. Wenn Sie zurückdachte, hatte es eher in den davorliegenden Jahren Phasen gegeben, in denen Markus unausgeglichen gewirkt hatte, in denen er fahrig gewesen war und sich sogar manchmal seiner über alles geliebten Tochter gegenüber ungerecht verhielt. Gab es hier einen Zusammenhang? Sie wusste es nicht, und die Antwort hierauf konnte ihr nur Markus geben, wenn er dazu bereit war.

Karen schloss die Haustür auf und blickte auf die Uhr. Es war 15 Uhr. Sie hatte noch nichts gegessen und verspürte auch keinen Appetit. Noch drei Stunden dann würden ihre Eltern Viviane zurückbringen. Was nur sollte sie dem Kind sagen, zum einen verstand sie selbst noch nicht was genau geschehen war, zum anderen war ihre Tochter acht Jahre alt. Sicherlich nicht das richtige Alter um sie über Sexualverbrechen aufzuklären.

Nils empfing seine Mutter im Wohnzimmer. Er hatte Kaffee gekocht und Kuchen vom Bäcker besorgt. „Komm, Mama, setz dich und erzähl, was hast du herausbekommen?" Nicht viel, Nils, alles ist weiterhin im Dunkeln und ich denke nur Markus kann uns weiterhelfen. Ich erwarte mit Spannung den Dienstag." Sie setzte sich und trank mit Begierde eine Tasse schwarzen Kaffee. Sie berichtete ihrem Sohn von dem Gespräch mit Carla, aber auch er konnte sich keinen Reim darauf machen. Den Kuchen kaute sie ohne seinen Geschmack zu spüren. Sie saßen noch lange im Wohnzimmer, jeder in seine Gedanken vertieft, aber es herrschte ein angenehmes Schweigen zwischen ihnen. „Ich geh jetzt mal hoch und hole meine Sachen. Wie ich Omama und Opapa kenne, kommen sie eh wieder früher. Da will ich alles fertig haben." „Ok mach das, ich schau mal in der Küche, was ich noch zum Abendessen auf den Tisch bringen kann, Hunger habe ich nicht, aber es lenkt mich ab." Wie Nils vermutet hatte, trafen Klaus und Eva um 17.30 Uhr ein. Viviane kam aufgeregt ins Wohnzimmer gerannt und umarmte ihre Mutter stürmisch. „Hallo Mama, wo ist Papa, haben ihn die Polizisten wieder nach Hause gebracht?" „Nein, mein Schatz, er muss noch dableiben, die Polizisten haben noch ganz viele Fragen an ihn und du weißt ja es ist Sonntag, da wird nicht gearbeitet. Morgen werden sie ihn erneut fragen und dann erfahren auch wir mehr. Aber komm jetzt, du kannst mir helfen den Tisch zu decken, denn bevor Oma und Opa mit Nils wieder nach Hamburg fahren, können sie noch eine Kleinigkeit essen. Sie aßen gemeinsam und Viviane unterhielt alle, so wie immer plapperte sie die ganze Zeit und erzählte ihrer Mama alles, was sie am vergangenen Tag mit Oma und Opa unternommen hatte. Nach dem Essen ging Nils mit seiner Schwester in den Garten, Viviane wollte unbedingt einen Schaukelwettbewerb mit ihm machen. Die Erwachsenen nutzten die Gelegenheit sich auszutauschen. Karen berichtete von ihren Gesprächen mit der

Polizei und Carla. Ihre Eltern hörten aufmerksam zu. Auch sie hatten Markus nur als aufrichtigen, ruhigen und intelligenten Mann kennen gelernt, dem eine solche Tat absolut nicht zuzutrauen war. „Irgendetwas ist da, was wir nicht wissen"; mutmaßte Klaus, „ich hoffe Markus wird dir gegenüber sein Schweigen brechen, das ist er dir schuldig. Wir müssen abwarten, so schwer es uns auch fällt, es bleibt uns nichts anderes übrig." „Du hast Recht, Papa, aber Fakt ist, er ist schuld am Tod dieser Frau und wird nicht nach Hause kommen. Wahrscheinlich wird er für Jahre ins Gefängnis kommen, was wird dann nur aus uns?" Karen weinte hemmungslos. Sie war verzweifelt. „Kind, du musst jetzt stark sein, allein schon Viviane zuliebe, wie soll das Kind verstehen was passiert ist. Du musst jetzt ganz für sie da sein", ihre Mutter nahm sie in den Arm, „wir können das Geschehene nicht rückgängig machen, jetzt müssen wir einen Weg finden damit klarzukommen. Du bist stark und du schaffst das. Denk an dein Kind und halte durch. Ich kann dir leider nichts anderes sagen, wir sind bei dir und werden dir egal was kommt beistehen, mehr können wir leider nicht für dich tun." „Ich weiß, Mama, und ich danke euch. Aber mir fehlt im Moment der Boden unter den Füßen. Ich erwarte so viel von Dienstag damit ich wenigstens verstehen kann was passiert ist, das würde schon ein bisschen helfen." „Das glaube ich gerne, bitte halte uns weiter auf dem Laufenden, wir denken an dich." Die beiden erhoben sich. „Jetzt fahren wir erst einmal zurück. Melde dich, sobald du was weißt." „Mach ich", mit gesenkten Schultern stand Karen vor ihren Eltern. „Jetzt bringe ich erst mal mein Kind ins Bett, Morgen ist Schule und es wird Zeit für sie. Kommt gut nach Hause und versprochen, ich melde mich." Sie umarmten sich und die Eltern gingen über die Terrasse zu ihrem Wagen. Sie verabschiedeten sich herzlich von Viviane und versprachen ihr, sie am nächsten Wochenende wieder nach Hamburg zu holen. „Oh super, Mama, hast du gehört, ich darf schon wieder nach Hamburg, dann geh ich wieder mit Nils zum Rudern." „Na klar, du bist doch mein Maskottchen, also Schwesterchen mach es gut bis Freitag." „Tschüs, bis bald"; Viviane winkte dem Auto hinterher. Karen sah die Rücklichter verschwinden und in ihr machte sich eine unsägliche Leere breit. „Komm, mein Schatz, ab ins Bad, dann müssen wir noch den Ranzen fertig machen und dann husch, husch ins Körbchen." Wie immer maulte Viviane, sie sei noch gar nicht müde, aber bereits eine Viertelstunde später schaffte sie es nicht mehr der Gutenachtgeschichte zuzuhören, sie war tief und fest eingeschlafen. Karen zog behutsam die Tür zu. Sie setzte sich ins dunkle Wohnzimmer und starrte ins Leere. Sie wusste ihr Leben war vorbei und sie hatte Angst vor dem was ihr bevorstand.

Am nächsten Morgen brachte sie Viviane zur Schule. Sie selbst arbeitete nicht, Nils hatte die Termine für diese Woche alle telefonisch abgesagt. Zudem hing sie einen Zettel mit dem Vermerk „Wegen Krankheit geschlossen" an die Eingangstür ihrer Praxis. Am Mittag holte sie Viviane von der Schule ab. Sie wollte ein wenig mit ihr bummeln gehen und sich und das Kind von den Problemen ablenken. Viviane stand alleine am Bordsteinrand. Ihre Augen waren gerötet, sie hatte offensichtlich geweint. „Was ist los mein Schatz, warum hast du geweint." „Mama, die sagen alle so schlimme Dinge, mein Papa sei ein ganz böser Mensch, der jetzt im Gefängnis sitzt und ich dürfte da nie hin, und ich würde ihn nicht wiedersehen." „Komm her, mein Schatz, die wissen doch gar nicht wovon sie reden. Wahrscheinlich haben sie zu viel Fernsehen geguckt. Natürlich siehst du Papa wieder. Morgen treffe ich mich mit ihm und dann sehen wir weiter. Komm, wir gehen ein Eis essen, auf was hast du Lust?" „Ne, Mama, ich will nach Hause in mein Zimmer, ich habe jetzt keine Lust auf Eis." „Ok, dann komm wir fahren nach Hause, vielleicht können wir uns ja nach den Hausaufgaben eine DVD ansehen, hast du dazu

Lust?" „Ja, König der Löwen, bitte, bitte Mama, ich liebe diesen Film." „Na klar, das machen wir, also los, steig ein und ab nach Hause.

Karen machte sich große Sorgen. Das war erst der Anfang. Wie sehr würde Viviane leiden müssen, wenn herauskam, was ihr Vater, der angesehene und beliebte Lehrer, verbrochen hatte. Kinder konnten so grausam sein, wenn dann die Phantasie noch hinzukam, war die Katastrophe vorprogrammiert. In ihr stieg Wut auf. Wut auf ihren Mann, der nicht nur sein sondern auch ihr Leben zu zerstören schien.

Endlich Dienstag. Karen hatte so gut wie nicht geschlafen. Ihre Gedanken ließen sie keinen Schlaf finden. Sie wünschte sich den Termin mit Markus herbei, hatte aber gleichzeitig Angst vor dem was sie erfahren musste. Sie brachte Viviane zur Schule. „Hör zu mein Schatz, ich fahre jetzt zu Papa und da ich nicht weiß, wie lange es dort dauert, holt dich heute Oma Frieda ab. Ich glaube sie will mit dir an den Strand, das Wetter ist ja super. Aber bitte mach erst deine Hausaufgaben, dann bist du fertig, wenn ich dich heute Abend abhole, ok?" „Klar, Mama, das mach ich und gib Papa einen ganz dicken Kuss von mir und sag ihm, er soll ganz schnell wieder nach Hause kommen, ich will mit ihm zum Schäfchenstein." „Das mach ich mein Schatz, ich wünsch dir einen schönen Tag und lass dich nicht ärgern und bitte bestell der Oma einen ganz lieben Gruß von mir." Mach ich, mach's gut Mama." Die Kleine sprang aus dem Auto und lief auf das Schultor zu. Kam es ihr nur so vor, oder hatte das Mädchen schon an Energie verloren, der sonst so freudige Gang zur Schule wirkte etwas verhalten. Karen seufzte. Sie startete den Wagen und machte sich auf den Weg zum Untersuchungsgefängnis. Ihr Besuchstermin war um 10.00 Uhr, sie hatte noch genügend Zeit einen Kaffee trinken zu gehen, doch ihr war nicht nach Gesellschaft und so verbrachte sie die Zeit wartend im Auto. Um 9.50 Uhr betrat sie das Gebäude. Sie war aufgeregt. Noch nie hatte sie ein Gefängnis von innen betreten und nie im Leben wäre sie darauf gekommen ausgerechnet ihren Mann hier zu besuchen. Der freundliche Beamte überprüfte ihre Personalien und untersuchte ihre Taschen, dann öffnete er die Tür zum Besucherraum und betrat diesen hinter ihr. An der Tür blieb er stehen. Markus war schon da. Er stand vor dem Tisch und schien um Jahre gealtert. Seine Haut war grau, er hatte Ringe unter den Augen. Seine gesamte Körperhaltung drückte Verzweiflung aus. „Hallo Karen", er flüsterte die Worte beinahe, „schön das du da bist." Tränen schimmerten in seinen Augen und Karen überkam eine Welle des Mitleids. Nein, das hast du nicht verdient, schon gar nicht bevor ich weiß, was hier wirklich passiert ist. „Hallo Markus", mehr brachte sie nicht heraus. Sie setzten sich an den Tisch gegenüber. Markus Hände lagen auf dem Tisch, Karen hingegen hielt ihre verkrampft auf den Oberschenkeln fest. Sie schaute ihn erwartungsvoll an. Er erwiderte ihren Blick und senkte die Lider. Er begann zu sprechen. Leise, seine Stimme war voller Scham und zitterte leicht. „Karen, ich habe unser Leben vernichtet, meins, das ist klar, denn das was ich getan habe ist unentschuldbar, aber auch deins und das unseres Kindes und das kann ich mir nie verzeihen. Ich alleine bin schuld, durch meine Feigheit, die mich bereits mein ganzes Leben begleitet, ist es zu dieser Tat gekommen." Karen schaute ihn fragend an. „Ich werde dir jetzt alles erzählen, ich hätte das schon viel früher, vor Jahren tun müssen, dann wäre uns das alles hier erspart geblieben." Und dann erzählte er alles. Er berichtete von dem Verlangen seines Vaters ihm beim Schlachten zu helfen, von seiner körperlichen Reaktion und deren Veränderung im jugendlichen Alter. Er erzählte, wie er sich über die Jahre hinweg immer wieder andere Möglichkeiten suchen musste, um seine Gier zu befriedigen. Erzählte, dass zu Beginn ihrer Beziehung alles in Ordnung gewesen sei, da auch Karen nichts gegen den Sex während ihrer Periode gehabt hatte. Dann die Schwangerschaft und das damit verbundene Aus. Die erneute Suche nach Ersatz, die Hoffnung, dass Karen nach der Schwangerschaft wieder bereit sei, immer mit ihm zu schlafen. Die Enttäuschung darüber, dass es nicht so war. Er habe dafür vollstes Verständnis gehabt, sie konnte ja nicht ahnen, was es für ihn bedeutete. Dann das Kennenlernen von Mila. „Mit dieser Frau waren alle meine Probleme gelöst. Ich wusste zu jeder Zeit, dass mein Trieb mich nicht belasten würde. Ich konnte mein Leben mit euch genießen. Ich war völlig frei und unbesorgt. Mila gab mir was ich brauchte. Ich hatte meinen Hafen gefunden. Ich musste nicht mehr nach Ersatzbefriedigungen suchen. Alles war auf einmal so einfach. Ich besuchte sie einmal im Monat und konnte der Markus sein, der ich sein wollte. Nicht mehr und nicht weniger. Darüber hinaus war sie ein sehr netter Mensch und der erste und einzige mit dem ich über meine Probleme redete. Ich habe dich nie mit ihr betrogen, das musst du mir glauben, ich habe mit ihr geschlafen, um dir der Markus sein zu können, der ich sein wollte. Mila hat dafür gesorgt, dass ich ausgeglichen und glücklich war. Dieses Gefühl konnte ich an euch weitergeben und alles war gut. Das einzige was mich aus dem Konzept brachte, war wenn ich Blut sah, erinnerst du dich, als sich Viviane auf dem Spielplatz das Knie aufgeschlagen hat. Blut löst bei mir sofort eine Erektion aus und das ist das letzte was ich brauche, wenn mein Kind verletzt vor mir steht."

Karen sah ihn direkt an: „Warum, warum hast du nie mit mir darüber gesprochen? Warum hast du all dies, seit du 13 Jahre alt bist allein mit dir herumgetragen? Es gibt Therapien, es gibt Behandlungsmöglichkeiten, hast du nie in Erwägung gezogen, dich von dieser Abnormalität zu befreien?" „Du hast Recht, das weiß ich jetzt auch. Aber ich dachte immer, ich kriege das irgendwann in den Griff, hatte Angst davor als Lehrer in eine psychologische Behandlung zu gehen, du weißt, dass das angezeigt werden muss. Ja, ich war feige und ich weiß jetzt, dass es falsch war. Aber es ist zu spät."

Karen legte ihre Hände auf den Tisch. „Markus, ich verstehe jetzt mehr als vorher, aber immer noch nicht wie es zu dieser Tat kam, was hattest du für ein Motiv?"

Markus fasste nach ihren Händen und begann erneut zu sprechen. Karen spürte die warme Berührung, aber sie schauderte. Schnell zog sie die Hände zurück und legte sie erneut auf ihren Oberschenkeln ab.

„Ich ging am vergangenen Freitag zu Mila. Ich war so geladen, innerlich total im Eimer, ich musste meinen Trieb befriedigen.

Du weißt, dass ich im April auf Klassenfahrt war, es hatte also kein Date gegeben und acht Wochen sind für einen Junkie wie mich eine gnadenlos lange Zeit. Also ging ich voller Vorfreude zu ihr. Doch sie eröffnete mir, dass sie schwanger sei und nicht mehr blutete. Für mich brach eine Welt zusammen. Ich wusste nicht, wie ich Vivianes Geburtstag mit der Anwesenheit meines Vaters überstehen sollte, wenn ich jetzt nicht auf meine Kosten kam. Mila sagte mir sogar, dass sie mit ihren Kolleginnen gesprochen hatte und dass Carla ihren Part übernehmen wollte. Ich war nicht in der Lage das anzuerkennen. In mir war eine völlige Leere, ich wollte nur Blut sehen. Ich wurde brutal und ungerecht, behandelte Mila schlecht, aber sie gestattete mir wenigstens noch einmal mit ihr zu schlafen. Ich kann dir nicht sagen, was mit mir los war, ich bin total durchgedreht, ich schäme mich in Grund und Boden, wenn ich über mein Verhalten nachdenke. Du musst mir glauben, es war nie, nie in meinem Leben Absicht, Mila zu töten. Ja, ich habe sie verletzt, aus reinem Eigennutz und ohne nachzudenken, ich war nicht mehr ich selbst. Ich war wie ein Tier. Einfach nur abartig. Natürlich hatte Mila Schmerzen, als ich sie mit dem Messer ritzte und sie fing an zu schreien, also nahm ich das Kissen und drückte es auf ihr Gesicht, aber nicht lange, niemals so lange, dass sie daran erstickt wäre. Ich nahm sie und nachdem ich gekommen war, war der Wahn vorbei. Ich erschrak vor mir selbst und wollte nur noch weg. Ich zog das Kissen von ihrem Gesicht und suchte das Weite. Aber ich schwöre dir, beim Leben unserer Tochter, sie lebte als ich ging. Ich habe sie deutlich atmen gehört. Es hörte sich nicht gesund an, eher ein Röcheln, aber es war deutlich zu hören. Als ich bei meiner Verhaftung hörte, dass sie tot war, konnte ich es nicht glauben und noch immer ist mir der Befund der Obduktion noch nicht mitgeteilt worden, an was Mila letztendlich verstorben ist. Ich bin schuld, denn ohne mich wäre sie niemals in diese Situation gekommen, aber ich habe sie nicht vorsätzlich getötet."

Er beendete seine Rede und schien erschöpft. In Karen tobte es. Zum einen saß vor ihr der Mann, den sie seit Jahren geliebt hatte und mit dem sie alt werden wollte, zum anderen schien es in ihm ein Tier zu geben, mit dem sie nichts zu tun haben wollte. Sie war dankbar für seine Offenheit und sie glaubte ihm. Sie war geschockt über das fehlende Vertrauen, dass er zu ihr hatte. Sie war entsetzt über sich selbst, dass sie niemals in den vergangenen neun Jahren gemerkt hatte, dass etwas nicht stimmte. „Und jetzt, was hast du vor? Redest du jetzt bitte auch so offen mit Mike, denn auch er tappt im Dunkeln und wenn er dich ordentlich verteidigen soll, muss er die Wahrheit kennen. Vielleicht gibt es ja ein psychologisches Gutachten, das dir bescheinigt, dass du aufgrund deiner sexuellen Störung nicht zurechnungsfähig bist, das würde das Strafmaß deutlich mildern." „Karen, das will ich nicht. Ich habe absoluten Mist gebaut und muss es ausbaden. Ich habe mein Leben normal gelebt, bin niemals aufgefallen, war in meinem Job engagiert und gut, bei den Kindern beliebt, es hat niemals irgendwelche Beschwerden gegeben und jetzt soll ich unzurechnungsfähig sein? Das glaubt doch niemand und ich selbst am wenigsten. Ich bin völlig ausgerastet und das hätte niemals passieren dürfen. Aber wie ich schon sagte, ich hatte es selbst in der Hand. Nicht an diesem Tag, nicht in dieser Situation, aber all die Jahre davor. Ich hätte mir Hilfe holen müssen. Ich bin so unendlich traurig, was habe ich meinem Kind immer versprochen: immer für es da zu sein, ihr immer ein guter Vater zu sein, ihr beizustehen bei allem was sie tut. Und jetzt hat dieses Kind, meine kleine Viviane, einen Sexualstraftäter als Vater, der über Jahre hinweg im Gefängnis bleiben wird. Ich habe mein Kind verloren und das ist schlimmer als alle Haftstrafen der Welt." Er schlug die Hände vor's Gesicht und weinte. Karen überkam Mitleid und erneut legte sie die Hände auf den Tisch. Markus schluchzte und wischte sich über die Nase. Dann nahm er ihre Hand in die seine. „Karen, ich liebe euch über alles, aber ich habe es vermasselt, so vermasselt, dass nichts mehr zu reparieren ist, aber ich werde den Schaden begrenzen. Ich werde nicht zulassen, dass Viviane über Jahre hinweg für die Tat ihres Vaters gehänselt wird. Bitte vergiss nie, dass ich dich liebe und diese Liebe wird niemals enden, auch wenn du jetzt nichts mehr von mir wissen willst." „Markus, bitte gib mir Zeit, das was geschehen ist, hat mir ein Bild von dir gegeben, wie ich es vorher nicht kannte. Du musst verstehen, dass mich das aus der Bahn geworfen hat. Aber daneben gibt es immer noch den Markus, den Markus der jetzt vor mir sitzt und den Markus, der mich die letzten neun Jahre zu einem sehr glücklichen Menschen gemacht hat. Vielleicht gelingt es mir irgendwann, so gut zu verstehen, dass ich verzeihen kann, aber im Moment ist es zu früh. Alles was du mir erzählt hast, muss ich erst einmal realisieren. Aber ich verspreche dir, ich komme wieder. Gleich wenn ich gehe, werde ich einen neuen Besuchsantrag stellen und diesmal mit Viviane, denn sie vermisst dich sehr und ich soll dich ganz lieb grüßen." „Markus räusperte sich: Danke, und einen lieben Gruß zurück. Oh Gott, was würde ich dafür tun, das alles ungeschehen zu machen." Der Beamte an der Tür räusperte sich. „Entschuldigung, kommen sie bitte zum Ende, die Besuchszeit ist vorbei." Markus und Karen hielten sich noch einen kurzen Augenblick an der Hand und Markus drückte sie leicht. Dann erhoben sie sich. Sie schauten sich noch einmal in die Augen und ohne ein Wort zu sagen, verließ Karen den Raum. Sie war erschüttert. Sie setzte sich hinter das Steuer und überlegte, was sie jetzt tun konnte. Mit Mike wollte sie nicht reden. Markus selbst musste sich jetzt ihm gegenüber öffnen, das war das einzige was er tun konnte, aber Karen spürte, dass sie selbst mit jemandem ihres Vertrauens reden musste, denn in ihrem Kopf

114

entstand ein Gedanke, der immer lauter wurde und gegen ihre Schläfe pochte und hierüber musste sie mit jemandem reden. Sie schaute auf die Uhr. Es war erst kurz nach 11 Uhr. Also Zeit genug noch nach Hamburg zu fahren und ihre Eltern aufzusuchen. Ihre Mutter war jetzt die Person mit der sie reden wollte, es gab keine vertrauenswürdigere Person in ihrem Umfeld. Sie gab ihrer Mutter kurz telefonisch Bescheid und machte sich auf den Weg. Ihr Vater war an der Arbeit und Nils noch in der Schule, so dass die beiden Frauen eine gute Gelegenheit hatten, miteinander zu reden. Karen erzählte alles und ließ nichts aus und ihre Mutter hörte aufmerksam zu. Sie war weniger geschockt, als Karen es erwartet hatte und sie blickte ihre Mutter erstaunt an. „Karen, ich habe mir so etwas gedacht, irgendein Dämon musste in seinem Leben zuhause sein, den wir nicht kannten. Er hat uns sein Leben nicht vorgespielt alles war echt, die Liebe zu dir und zu Viviane, die guten Verhältnisse zu uns und zu Nils, das alles ist echt. Aber daneben hat es diesen Fluch gegeben und immer diesen Kampf mit diesem klar zu kommen. Ehrlich gesagt, tut mir Markus leid. Das es letztendlich zu dieser schrecklichen Tat gekommen ist, ist nur die Konsequenz aus der ganzen Dramatik, die natürlich zu verhindern gewesen wäre, wenn er sich geöffnet hätte. Diesen Vorwurf muss er sich gefallen lassen, aber wie du selber sagst, ist ihm das ja auch bewusst."
„Mama, weißt du, was mir seit seinem Geständnis nicht mehr aus dem Kopf geht, ist etwas ganz anderes." Karen begann zu weinen. „Ich selbst bin schuld, dass es so weit gekommen ist und zwar ich ganz allein." Sie schluchzte. Ihre Mutter schaute sie erstaunt an. „Kind, was soll das, wieso bist du schuld. Wie kommst du auf eine solche Idee?" „Ach Mama, das liegt doch auf der Hand. Hätte ich mich nicht so angestellt und ihm gestattet mit mir zu schlafen, wenn ich blute, hätte es diese Eskalation nie gegeben, er hätte keinen Ersatz, keine Mila gebraucht und niemand hätte etwas von seiner Neigung ge-

merkt." „Nein mein Schatz, so darfst du nicht denken. Es war dein gutes Recht nein zu sagen, ich muss dir ehrlich sagen, für mich war das auch nie Thema, und du konntest nicht wissen, welche Problematik sich dahinter verbirgt. Hätte Markus dir in diesem Moment ehrlich gesagt, wie wichtig der blutige Sex für ihn ist und du hättest dich weiter verweigert, dann könnten wir vielleicht von einer Mitschuld reden, aber so nicht, auf gar keinen Fall. Du bist nicht schuld an der Perversität deines Mannes. Der einzige, der mitschuldig ist, ist sein Vater, aber dieser alte Griesgram wird sich das noch nicht einmal anhören und niemals Einsicht zeigen. Bitte Karen, löse dich von diesen Vorstellungen, denn sie bringen dich nicht weiter. Du hast jetzt ein verdammt hartes Leben vor dir. Ihr auf eurer Insel, wo jeder jeden kennt. Was werden sie sich die Mäuler zerreißen, Viviane wird es schwer in der Schule haben. Markus hat wirklich ganze Arbeit geleistet. Euer Leben ist zerstört. Vielleicht verkauft ihr gleich das Haus und kommt hierher. Ihr könnt eure alte Wohnung wieder haben. Mit dem Geld wird es ja in Zukunft auch knapp, also überlegt es euch. Unser Haus ist immer offen für euch." Danke, Mama, aber das möchte ich nicht. Ich möchte nicht meinen Dreck auch noch in euer Haus tragen, es reicht, wenn wir besudelt werden. Aber ich lasse mich nicht unterkriegen. Viviane und ich sind stark. Wir werden uns schon durchsetzen. In Karen erwachte der Kampfgeist. „Jedenfalls danke ich dir für's Zuhören, jetzt mach ich mich mal zurück auf die Insel. Ich muss Viviane noch von Frieda abholen, mal sehen wie es heute in der Schule war. Ich denke morgen oder spätestens übermorgen wird auch die Presse über die Tat berichten und dann geht das Spießrutenlaufen los, aber, Mama, wir schaffen das." Das wünsche ich dir mein Kind und fahr schön langsam, nicht das dir jetzt auch noch was passiert. Es reicht.

Karen fuhr zu Frieda, Der erste den sie auf dem kleinen land-wirtschaftlichen Anwesen sah war Kurt. Angewidert blickte sie ihn an. Was für ein Mensch. Sie verachtete ihn für sein Verhalten gegenüber Markus. Sie war sich sicher, dass Kurt selbst es nie einsehen würde, schuld an der Veränderung Markus zu sein. Sie grüßte ihn kurz und betrat das Haus. Viviane saß am Tisch und malte. Vor ihr stand eine Vase mit einer Wiesenblume und sie versuchte diese abzumalen. „Hallo kleiner Künstler, na bist du bereit mit mir nach Hause zu fahren"? Karen strich ihr zärtlich über das Haar. „Gleich Mama, ich warte noch auf Oma Frieda, die wollte noch mal schnell in den Laden und mir ein Eis holen." „Ah ha, so gut geht es dir also. Und wie war es am Strand?" „Ich war schwimmen. Oma hat mich zwar für verrückt erklärt und ge-meint, das Wasser hätte höchstens 16 Grad, aber ich fand es klasse. Danach sah ich aus wie ein kleiner Krebs. Und guck mal, diese große Muschel habe ich gefunden, die ist für Papa, wenn ich ihn besuche." „Da freut er sich bestimmt, sie ist wunderschön. Schau, da kommt Frieda mit deinem Eis. Willst du es nicht lieber draußen auf der Bank essen, da scheint so schön die Sonne und der Kater freut sich bestimmt, wenn du ihn streichelst." „Au ja, der Mikesch ist ja da, ich komme mein Kleiner." Sie sprang auf und lief nach draußen. Auf der Bank vor der Haustür lag der Kater gemütlich auf einem Kissen und sonnte sich. Frieda blickte Karen fragend an. „Was gibt es Neues, Karen, konntest du etwas Licht ins Dunkel bringen, hat Markus mit dir geredet?" „Ja, Frieda, das hat er und ich muss dir leider sagen, dass der Ursprung alles Übel hier in diesem Haus ist, in Markus Kindheit, durch das unvorstellbare Han-deln deines Mannes, seines Vaters, entstanden." Frieda schaute Karen erschrocken an. Karen erschrak vor sich selbst. Die Worte waren so hart gewesen, so unbarmherzig, dabei war auch Frieda völlig unschuldig, an dem was geschehen war. „Entschuldige Frieda, setz dich, bevor ich dich mit solchen Vorwürfen bombardiere sollte ich dir die Details erklären. Und wie schon vor Stunden ihrer Mutter gegenüber, berichtete sie jetzt auch ihrer Schwiegermutter ausführlich über das Gespräch mit Markus. Frieda war entsetzt und Tränen liefen ihr über das Gesicht. Bilder aus der Vergangenheit, die sie längst verdrängt hatte, stiegen in ihr auf. Der kleine blasse Markus, wie er mit gesenktem Kopf und nasser Hose vor ihr stand, im Gesicht die Spritzer von geronnenem Blut. Ihr Mann, der dem Kleinen lautstark befahl mitzukommen, die Sau zu schlachten und das Blut zu rühren. Sie erinnerte sich an den Tag an dem ihr Mann stolz verkündet hatte, es endlich nach sechs Jahren geschafft zu haben, dass sein Sohn nicht mehr in die Hose machte. Sie schüttelte sich. Welch furchtbaren Dämon hatte ihr Mann heraufbeschworen. „Oh Karen, ich bin zutiefst getroffen, aber du kannst mir glauben, ich habe damals alles versucht, um Kurt davon abzubringen, den Kleinen so zu quälen, aber ich hatte keine Chance. Ich hätte gehen müssen, ihn mit dem Kind verlassen, aber dazu fehlte mir der Mut. Ich habe immer alles versucht, die Defizite die Kurt anrichtete auszugleichen, aber alles konnte ich wohl doch nicht beeinflussen." „Frieda, wir wissen beide was für ein ungehobelter Klotz dein Mann ist. Gegen den kannst und konntest du nie ankommen. Ich bin mir auch absolut sicher, dass es sich auch jetzt nicht lohnt mit ihm zu reden. Er wird die Zusammenhänge nicht verstehen und sich keiner Schuld bewusst sein. Ich werde jetzt auch fahren. Ich muss alleine sein und mir das ganze Gespräch mit Markus noch einmal durch den Kopf gehen lassen. Im Moment bin ich so verdammt rational, speichere die Informationen und versuche sie zu verarbeiten, aber es kommt mir so vor als würde ich die Geschichte von anderen hören." „Das ist normal, Karen, du schützt dich damit selbst und das ist auch gut so. Wenn du Hilfe brauchst mit der Kleinen oder auch selbst, gib mir Bescheid, ich bin immer für dich da, das ist das Mindeste was ich tun kann." Sie nahm Karen in den Arm und drückte sie fest. „Ich möchte nicht in deiner Haut stecken, Karen, die Menschen können so grausam sein, die nächsten Wochen werden sicherlich hart." Ja, Frieda, sicherlich, aber Viviane und ich wir schaffen das, das habe ich mir ganz fest vorgenommen. Mach's gut und danke für's Aufpassen. Viviane kommt dich bestimmt schon bald wieder besuchen. Also bis dann." Karen holte Viviane an der Bank ab und die beiden stiegen ins Auto. „Mama, wie war es bei Papa, du hast noch gar nichts erzählt. Kann ich ihn besuchen, wann kommt er nach Hause?" Karen lächelte: „Nun mal langsam mein Schatz, also Papa geht es gut, ich soll dich ganz fest drücken und dir sagen, dass er dich ganz doll lieb hat. Und ja, du darfst ihn besuchen. Nächste Woche Dienstag haben wir beide einen Besuchstermin bei ihm. Aber Schatz, Papa kommt nicht nach Hause. Du hast doch im Fernsehen auch schon gesehen, wenn Menschen etwas Unerlaubtes tun, kommen sie manchmal ins Gefängnis und dein Papa hat etwas getan für das man auch ins Gefängnis muss." „Mein Papa, ein Verbrecher, nein, Mama, niemals! Hat er gestohlen, oder jemand verletzt, hat er geschossen oder eine Bank ausgeraubt. Was hat er denn gemacht, dass er jetzt im Gefängnis sitzen muss?" Die Tränen liefen dem Kind über das Gesicht. Karen überlegte. Sie fühlte sich überfordert. Wie konnte sie einem achtjährigen Kind erklären was vorgefallen war, ohne es zu verschrecken. Was wusste Viviane von Prostitution und Sex. Sie wusste, wie Kinder entstanden, hatte aber keine Vorstellung davon, dass Männer und Frauen auch Sex aus Vergnügen hatten, das er so zum Leben gehörte wie das Duschen am Morgen."Weißt du, Papa hat eine Frau verletzt und ihr sehr wehgetan, dann ist er weggelaufen, weil er Angst hatte, dass sie böse auf ihn sein könnte, er hat sie verletzt liegen lassen. Später hat eine Freundin die Frau gefunden und da war sie tot. Die Polizei sagt jetzt, dass Papa Schuld an ihrem Tod hat und deshalb haben sie ihn ins Gefängnis gesteckt. Wie lange er dort bleiben muss, entscheidet erst ein Gericht. Bis es zur Verhandlung kommt, wird es noch ein paar Wochen dauern." „Aber jetzt ist Papa doch bestimmt total traurig, dass die arme Frau tot ist, das hat er doch nicht gewollt. Papa ist doch kein Böser." „Nein, das ist Papa nicht, aber die Frau ist tot, daran besteht kein Zweifel und er ist derjenige, der sie verletzt hat." „Ich muss zu ihm und ihn trösten, ich muss ihm sagen, dass ich trotzdem ganz doll lieb habe und dass er bestimmt bald wieder nach Hause kommt." Ja, mein Schatz, nächste Woche fahren wir zu ihm und bis dahin müssen wir uns wahrscheinlich die Ohren zustopfen, damit wir nicht hören, was die Leute alles für dummes Zeug über uns reden. Viviane, das wird jetzt nicht einfach. Du hast es in der Schule schon gemerkt, sie reden alle über uns. Du darfst da einfach nicht zuhören. Komm zu mir und alles ist gut. Die Leute werden sich wieder beruhigen. Aber jetzt sind wir dran. Jetzt hat dein Papa, mein Mann, für eine Sensation gesorgt, über die geredet werden muss. Da müssen wir jetzt durch, ok mein Schatz." „Ja Mama, aber ich habe ein bisschen Angst." Karen lächelte ihre Tochter an. „Da bist du nicht allein, ich auch. Aber es hilft uns nicht. Wir müssen da durch." Inzwischen waren sie zu Hause angekommen, sie bereiteten sich noch einen kleinen Imbiss, Viviane ging unter die Dusche und verschwand dann, wie immer aufbegehrend im Bett. Karen setzte sich ins Wohnzimmer. Der Tag lief noch einmal wie ein Film an ihr vorbei. Das Gespräch mit Markus, die anschließenden Gespräche mit ihrer Mutter und Frieda. Je öfter sie die Geschichte erzählte, umso mehr brannte sich die Dramatik bei ihr ein. Was würde das alles noch für Folgen für sie haben? Sie hatte wirklich Angst vor der Zukunft. Was hatte Markus gesagt, er wolle alles dafür tun, um die Katastrophe von ihr abzuwenden. Er wollte nicht, dass sie jahrelang unter dem Manko litt, die Ehefrau eines blutrünstigen Sexualverbrechers zu sein. Was bedeuteten diese Worte, was wollte, was konnte er tun um diese Tatsache zu verhindern. Plötzlich fiel es Karen wie Schuppen von den Augen. Ihr wurde heiß und kalt. Sie zitterte innerlich und sprang auf, um das Telefon zu suchen. Sie wusste jetzt, was Markus gemeint hatte, er wollte sich umbringen, sein Leben beenden. Sie als Witwe zurücklassen und nicht als Ehefrau eines Verbrechers. Sie wählte die Nummer des Kommissars. Vielleicht konnte er helfen. Sie hatte keine Kontaktdaten vom Gefängnis. Es war 21 h, aber der Kommissar meldete sich trotzdem sofort. „Frau Schindler, schönen guten Abend, was kann ich für Sie tun" Er mochte die hübsche Frau, und hatte Mitleid mit ihr. „Sie müssen mir helfen, ich hatte heute ein langes Gespräch mit meinem Mann und erst jetzt wird mir bewusst, was er mir sagen wollte. Ich bin mir sicher, dass er seinen Freitod plant, er ist am Ende und will mich und sein Kind vor den Folgen seiner Verurteilung bewahren. Bitte, Sie müssen dafür sorgen, dass er engmaschig kontrolliert wird und ihm keine Gelegenheit gegeben wird, seinen Wunsch durchzuführen." „Sind sie sicher, Frau Schindler, dann werde ich natürlich sofort alles in die Wege leiten. Ich melde mich bei Ihnen, sollte ich irgendetwas erfahren, was wichtig für Sie ist." „Vielen Dank und noch einen schönen Abend." Karen legte auf. Ihre Hände waren schweißnass. Panik ergriff sie. Sie war sich sicher, noch an diesem Abend von dem Kommissar angerufen zu werden. Ihr Gefühl sollte sie nicht täuschen. Um 23.30 h schrillte das Telefon. Karen hatte sich gerade ins Bett gelegt und versuchte einzuschlafen. Sie sprang auf und ging an den Apparat. „Schindler". „Hier spricht die Gefängnisverwaltung, guten Abend Frau Schindler, Sie hatten Recht, Ihr Mann wollte sich das Leben nehmen. Nach der Mitteilung durch die Polizei haben wir seine Zelle kontrolliert und ihn mit aufgeschnittenen Pulsadern gefunden. Er lebt. Es war knapp, aber er lebt und nach Aussage der Ärzte wird er auch überleben. Wir haben ihn ins Krankenhaus verlegt. Er brauchte Bluttransfusionen. In diesem besonderen Fall ist es Ihnen gestattet, ihn morgen zu besuchen. Ich hoffe er bedankt sich bei Ihnen, denn Sie haben ihm das Leben gerettet." Karen bedankte sich, dann legte sie mit zitternden Händen das Telefon zur Seite. Oh Gott, was musste noch alles passieren, nahmen denn die Katastrophen kein Ende. Was würde Markus Morgen sagen, würde er sie verfluchen, weil sie es verhindert hatte, dass er aus dem Leben schied, oder würde er ihr dankbar sein, ihn vor dieser Dummheit bewahrt zu haben. Aber konnte sie ihn auch nicht verstehen. Was vor ihm lag, war eine jahrelange Haftstrafe, was hinter ihm lag, war ein Verbrechen, das er sich selbst nicht verzieh und das ihn innerlich zerbrochen hatte. Für was sollte er weiterleben. Was würde nach der Haft sein. Würde sie auf ihn warten, konnte sie ihn noch lieben, konnte sie sich vorstellen, irgendwann wieder mit ihm zusammen zu leben, so als sei nichts gewesen. Karen wusste es nicht. Im Moment war in ihr eine Leere. Ja sie hatte Mitleid mit ihm, sie glaubte ihm, dass es niemals seine Absicht gewesen war, Mila zu töten. Aber sie hatte auch das Gefühl ihn nicht mehr zu kennen, das Monster, das ihn jahrelang beherrscht hatte, hatte die Beziehung zu ihm zerstört. Alles was sie mit ihm erlebt hatte, stellte sie nun in Frage, keine Erinnerung war wie vorher. Nein, Karen wusste nicht, ob sie diesem Mann jemals wieder vertrauen konnte, geschweige denn, ob von ihrer Liebe etwas übrigbleiben würde. Sie ging zu Bett. An Schlaf war nicht zu denken. Sie stand erneut auf und holte sich im Badezimmer ein leichtes Beruhigungsmittel. Sie blickte in den Spiegel. Tiefe Ringe zeichneten sich unter ihren Augen ab, die Haare hingen in Strähnen herunter und sie war blass, ihr Aussehen spiegelte ihren Gemütszustand wieder.

Am nächsten Morgen fuhr sie ins Krankenhaus. An der Information teilte man ihr die Zimmernummer ihres Mannes mit.

Vor der Tür stand ein Polizeibeamter. Karen war sich sicher, dass dies unnötig war, Markus würde niemals fliehen, dafür war er viel zu geradlinig und gerecht. Er wusste, dass er sich schuldig gemacht hatte und er würde dafür geradestehen. Verhalten betrat sie das Zimmer. Markus Bett stand am Fenster, die Vorhänge waren halb zugezogen, das Sonnenlicht so gut wie ausgesperrt. Es war warm in dem Raum und stickig und Karen war versucht, das Fenster zu öffnen.

Markus lag mit dem Gesicht zum Fenster in seinem Bett. Schlief er? Er hatte doch sicherlich gehört, dass jemand den Raum betreten hatte, aber er wandte seinen Kopf nicht in ihre Richtung. „Hallo", Karen sprach ihn leise an. Langsam wandte sich Markus ihr zu. „Hallo", seine Stimme war schwach und der Ausdruck in seinem Gesicht sprach Bände. Es drückte eine Niedergeschlagenheit und Traurigkeit aus, die Karen berührte. „Was machst du für Sachen, Markus, willst du darüber reden?" Sie näherte sich seinem Bett, berührte ihn aber nicht und nahm auf einem Stuhl, der neben dem Nachttisch stand, Platz. „Ach, Karen, es ist doch das Beste wenn ich nicht mehr da bin, was steht mir denn bevor. Ich werde jahrelang im Gefängnis sitzen, du wirst darunter mehr leiden als ich, du weißt wie die Menschen sind und gerade bei uns auf der Insel wo jeder jeden kennt. Und Viviane", Tränen traten in seine Augen und er wischte sich über das Gesicht, „Viviane, sie ist die Tochter eines Sexualverbrechers, sie wird in der Schule leiden, sie wird keine Freunde mehr finden, sie wird mich hassen. Damit kann ich nicht leben." Er schluchzte. „ Wenn ich tot bin, werden die Leute vielleicht etwas Mitleid gegenüber euch entwickeln und schneller vergessen, was sich zugetragen hat. Mein Tod macht euer Leben einfach nur leichter." Karen erhob sich und trat auf das Bett zu. Sie setzte sich auf die Bettkante und nahm seine Hand. Dicke Verbände umspannten die Handgelenke und sie überkam Mitleid.

„Nein Markus, so darfst du nicht denken. Viviane und ich sind stark, wir werden den Sturm überstehen und uns unseren Platz im Leben sichern. Deine Tochter will dich unbedingt sehen, sie freut sich riesig auf den Besuchstermin. Du kannst dich nicht einfach davon machen." Ach Karen, was würde ich dafür tun, alles ungeschehen zu machen. Ich wollte doch nur mit euch glücklich sein, ein ganz normales Leben führen, aber ich habe alles versaut. Entschuldige, ich kann es nicht anders sagen. Ich liebe dich und daran wird sich nie etwas ändern. Du siehst das jetzt sicherlich anders, aber glaube mir, es ist mein voller Ernst. Jeden Tag, den ich im Gefängnis verbringen werde, werde ich an dich und Viviane denken und wenn du mir auch nur ein bisschen Hoffnung gibst, dass es das Wir auch nach meiner Haft noch geben wird, dann halte ich durch, dann halte ich es aus für ein Leben mit dir." Er schaute sie zärtlich an. Karen fühlte sich in die Enge gedrängt. Wie sollte sie jetzt reagieren. Ihre Gefühlswelt war in ein Chaos gestürzt. Natürlich spürte sie, dass dieser Mann zwischen den weißen Laken etwas Besonderes für sie war, aber sie konnte jetzt beim besten Willen keine Aussage darüber machen, ob sie jemals wieder mit ihm leben konnte. Sie entschied sich für Ehrlichkeit, denn alles andere schien ihr falsch. „Markus, bitte, ich kann dir nichts versprechen. Soviel ist passiert, du warst unser ganzes gemeinsames Leben lang nicht ehrlich zu mir, im Grunde habe ich in einer Scheinwelt gelebt. Ich muss das verarbeiten, ja, ich muss es verstehen und das ist im Moment noch nicht möglich. Bitte verstehe du das." Sie entzog ihm ihre Hand. „Gib mir Zeit." „ Markus lächelte verhalten. „Die gebe ich dir, denn wenn wir nichts haben, Zeit haben wir." Sie saßen noch eine Weile beisammen und hingen ihren Gedanken nach. Ihrer beider Welt war aus den Fugen geraten und sie hatten Zweifel, dass man diese jemals wieder kitten konnte.

„Mama"; Viviane stand weinend vor Karen. „Anna hat am Freitag Geburtstag und heute ihre Einladungskarten verteilt, aber ich habe keine bekommen." „Komm her mein Schatz", das ist doch nicht so schlimm. Du hättest doch eh nicht hingekonnt. Schau mal, Nils wird Samstag 18 und er macht in Hamburg eine große Party, auf der du auch sein darfst. Also fahre ich dich Freitag zu Oma und Opa und hole dich erst Sonntag wieder ab. „Echt, ich bin das ganze Wochenende bei Nils. Das ist ja klasse. Und du, kommst du nicht mit?" „Nein, mein Schatz, ich bleibe hier. Weißt du, Nils feiert mit den jungen Leuten, da gehört eine Mutter nicht dazu. Ich feiere nächstes Wochenende mit ihm nach. Wenn er 18 ist, darf er ja alleine Auto fahren und kommt uns dann besuchen." „Kann er dann noch öfters kommen?" „Ja, immer wenn er will." Er hat ja jetzt sein Abitur gemacht und hat bis zu seinem Studienbeginn frei. Also ich glaube, du siehst ihn diesen Sommer öfters." „Das ist klasse, da soll doch die blöde Anna feiern mit wem sie will."

Vier Wochen waren seit der Verhaftung von Markus vergangen. Vier Wochen in denen Karen und Viviane die Ablehnung deutlich spürten. Karen hatte ihre Praxis wieder eröffnet, die Patienten waren gekommen, um ihre Rezepte zu vervollständigen, doch nur wenige neue Patienten fanden den Weg in ihre Praxis. Es sah nicht gut aus. Viviane kämpfte in der Schule mit zunehmender Ablehnung. Die Kinder wandten sich von ihr ab und Karen war sich sicher, dass sie von ihren Eltern dahingehend beeinflusst wurden. Viviane tat ihr leid.
Der Prozess war für die erste Juliwoche anberaumt. Karen war sich sicher, dass die wirkliche Katastrophe erst danach begann. Bislang waren die Informationen, die in die Öffentlichkeit gedrungen waren, eher spärlich gewesen. Es war bekannt, dass Markus am Tod einer Prostituierten schuld war, die genaueren Umstände und seine sexuelle Neigung waren

aber noch nicht veröffentlicht. Das würde sich im Verlauf des Prozesses ändern, davon ging Karen aus. Diese Tatsache würde ihr Leben sicherlich nicht leichter machen.

Das Wochenende verbrachte Karen allein zu Haus. Viviane war bei Nils und den Großeltern in Hamburg und würde sicherlich wieder viel zu erzählen haben, wenn sie zurückkam. Karen war dankbar für diese Ablenkung, denn das Kind tat ihr leid. Viviane litt unter der Ablehnung ihrer Freunde, aber sie ließ es sich selten anmerken. Das Kind konzentrierte sich auf die Schule und verbrachte den Großteil ihrer Freizeit mit Oma Frieda und Karen. Karen nutzte das Wochenende um sich eine Überblick über ihre finanzielle Situation zu machen. Bislang hatte Markus sich immer darum gekümmert, aber jetzt musste sie alles in die Hand nehmen. Markus war ein sehr ordentlicher Mensch, alle Unterlagen waren fein säuberlich in gekennzeichneten Ordnern abgeheftet. Sie schaute alles in Ruhe durch und Panik erfasste sie. Das Haus war noch mit 150.000 Euro belastet, der Abtrag betrug monatlich 1000 Euro. Dazu kamen die Investitionen für die Praxis. Sie hatte ein Exsistenzgründerdarlehen erhalten, das sie aber innerhalb von 10 Jahren zurückzahlen musste. Im Moment konnte sie sich von den Einnahmen der Praxis gerade so ernähren und die laufenden Kosten decken, an die Rückzahlung des Darlehens war nicht zu denken. Auch die 1000 Euro Abtrag für das Haus stellten eine Herausforderung dar. Sie überblickte ihre Spareinlagen. Wenn sie die Lebensversicherungen zurückkaufte und die Sparbücher zusammenzählte kam sie auf 25.000 Euro Vermögen. Also ohne weiteres Einkommen waren die Kreditraten für die nächsten 2 Jahre gesichert. Das beruhigte sie ein wenig. 2 Jahre, die Leute würden vergessen und wieder zu ihr kommen, davon ging sie fest aus. Wenn ihre Praxis wieder lief, konnte sie auch ganztags arbeiten, Viviane wurde größer und selbständiger und Oma Frieda war ja auch noch da, dann verdiente sie das Doppelte. Dann würde ihr Leben weiterhin funktionieren. Sie nahm das Laptop und schrieb dem Kreditgeber des Existensgründerdarlehens eine Mail, dass sie ihre Raten zurzeit aussetzen musste. Sie schilderte im Groben die Umstände und bedankte sich für das Verständnis. Beim Aufräumen der Unterlagen fiel ihr noch ein weiteres Sparbuch in die Hände. Neugierig öffnete sie es. Als Eigentümer war Nils Behrens eingetragen, ihr Nils und es befand sich ein Guthaben von 5000 Euro darauf. Es war eröffnet worden ein Monat nach ihrer Hochzeit mit Markus und Markus hatte monatlich einen kleinen Betrag darauf überwiesen. Oh, ist das schön, dachte Karen, was für ein herrliches Geschenk zu seinem 18. Geburtstag, da kann sich der Junge ein Auto kaufen, was wird er Augen machen. Liebevoll dachte Karen an Markus. Wieder ein Geheimnis, das er nicht mit ihr geteilt hatte, aber ein Schönes und Nils würde begeistert sein.

Am folgenden Dienstag hatte Karen wieder einen Besuchstermin bei Markus. Die Besuche waren schon fast zur Routine geworden. Das Gefängnis erschreckte sie nicht mehr, die Beamten begrüßten sie freundlich. Markus war aufgeregt. In zwei Wochen würde sein Prozess beginnen. Mike hatte mit ihm alle Optionen besprochen. Der Obduktionsbericht hatte ergeben, dass Mila infolge eines Asthmaanfalls gestorben war. Die fehlende Sauerstoffzufuhr unter dem Kissen hatte den Anfall ausgelöst und da sie durch die Verletzungen im Genitalbereich und die damit verbundenen Schmerzen nicht klar bei Bewusstsein gewesen war, hatte er letztendlich zum Atemstillstand und zum Tode geführt. Markus hatte immer wieder beteuert, dass Mila noch gelebt hatte, als er die Wohnung verlassen hatte. Das konnte man ihm glauben, sicherlich nachzuweisen war es nicht. Als Todeszeit kam nach dem Obduktionsbericht das Zeitfenster zwischen 16.00 und 17.30 Uhr in Frage. Nils hatte Mila um ca. 16.15 Uhr verlassen und es gab keine Zeugen. Die Anklage lautete auf Totschlag, was Mike schon einmal beruhigte. Er machte Markus auch keine große Hoffnung auf eine andere Auslegung der Tat. Er würde in seiner Verteidigung versuchen, das Strafmaß zu mindern, indem er seine sexuelle Störung in den Vordergrund stellen und auf verminderte Schuldfähigkeit plädieren würde. Es würde schwierig werden, zumal Mila schwanger gewesen war, was das Strafmaß sicherlich nicht positiv beeinflusste. Karen war als Zeugin für den ersten Verhandlungstag geladen. Auch ihre Eltern und Schwiegereltern sollten in den Zeugenstand. Mike wollte den Richtern mit allen Mitteln deutlich machen in welchem Konflikt sich Markus seit Jahren befunden hatte.

„Hallo Markus, grüße dich", Karen betrat den Besuchsraum. Schau, ich hab dir etwas mitgebracht. Viviane war am Wochenende bei Nils auf seinem 18. und durfte ein bisschen mit den jungen Leuten feiern. Also hat sie dir natürlich gleich ein Bild gemalt. Schau, das in der Mitte der Tanzfläche ist sie, umgeben von den ganzen Kumpels von Nils. Fängt ja früh an unsere Kleine, die Männer zu bezirpen, oder?" Karen lachte und überreichte Markus das grellbunte Bild. „Danke, du weißt gar nicht, wie sehr ich mich über so etwas freue. Es sagt mir einfach, dass mein Schatz an mich denkt und ihren Papa noch nicht vergessen hat." „Da musst du dir keine Gedanken machen, was meinst du, wie sie mich heute wieder löchert, wenn ich nach Hause komme, du kennst sie ja." „Ja", Markus lachte, „und du, was macht die Arbeit, hast du zu tun?" „Das könnte mehr sein, die Leute zieren sich zu mir zu kommen, aber ich kann uns wenigstens ernähren, das ist ja schon mal was. Ich habe am Wochenende mal unsere Finanzen gecheckt. Sieht jetzt gar nicht so übel aus. Die nächsten 2 Jahre bekomme ich mit dem was wir haben hin, bis dahin, denke ich wird sich die Welt da draußen beruhigt haben und ich verdiene so viel, dass es weitergeht." „Das hoffe ich für euch, aber du bist ja eine Kämpferin, ich glaube an dich." „Und weißt du, dass ich das Sparbuch für Nils gefunden habe. Ich werde es ihm am Wochenende geben, er wird Augen machen:" „Ja, so habe ich mir das gedacht, dass wir ihm das Buch zum 18. schenken. Ich habe auch noch etwas für ihn, wenn du ihm das bitte geben möchtest." Markus überreichte Karen einen Brief. „Danke, Markus, danke für alles was du für Nils getan hast, er hat dich immer sehr bewundert und dich wirklich gemocht. Auch jetzt ist er erstaunlich rational, nur besuchen möchte er dich nicht, da ist er gehemmt." „Gib ihm diesen Brief, vielleicht wird er etwas ändern. Du weißt, dass mir dein Sohn sehr wichtig ist. Außer dir und Viviane hat mich übrigens noch niemand besucht. In der U-Haft ist das auch eher normal, aber später hoffe ich doch auch meine Mutter mal wieder zu sehen." „Ich denke das wird schwierig, Markus, du kennst deine Mutter. Diese ganze Situation hier verunsichert sie sicherlich, sie wird sich nicht wohlfühlen. Es ist sicherlich keine böse Absicht wenn sie nicht kommt." „Ja, ich weiß, aber trotzdem, sie fehlt mir. Sie hat ihr Leben lang so viel für mich getan und ich möchte mich ihr gegenüber einfach erklären." „Ich werde mit ihr reden und sie auch gerne begleiten, wenn sie zu dir kommt, aber versprechen kann ich es nicht. Wir sehen uns jetzt vor und während des Prozesses auch nicht mehr. Ich wünsche dir viel Kraft, Markus, wir schaffen das:" Karen stand auf und verabschiedete sich. Markus lächelte. Was hatte seine Frau gerade gesagt? Wir schaffen das. Allein dieser Satz gab ihm die Kraft, dem Prozess entgegenzusehen.

Karen und Nils saßen mit Viviane bei ihrem Lieblingsitaliener Giovanni. Seit Markus verhaftet war, scheute Karen die Öffentlichkeit, aber heute zu Ehren von Nils suchte sie doch einmal ein Lokal auf. Es war kühl geworden und sie saßen in einer Ecke im Inneren des Lokals. „Na, was wollt ihr essen, wie immer Bruschetta als Vorspeise und dann unsere geliebte Pizza Diavolo?" „Ja, Mama, auf jeden Fall und wenn ich dann nicht satt bin, bekomme ich noch eine Kugel Pistazieneis, ok?" „Du kleiner Nimmersatt", Karen gab ihrer Tochter einen Stups auf die Nase, „wenn du wirklich noch Hunger hast, dann ja, aber versprich mir ehrlich zu sein, nicht dass du nachher noch Bauchschmerzen bekommst." „Ja, Mama, ist klar, aber jetzt erst mal die Bruschetta und darf ich eine Cola?" Nils lachte. „Weißt du, Schwesterherz, wie anstrengend du bist? Also dich immer um mich zu haben, stelle ich mir auch nicht einfach vor." Viviane schmollte, aber als der Kellner kam, bestellte sie schnell eine Cola, bevor ihre Mutter etwas anderes sagen konnte. „Wie geht es Markus?" Nils wandte sich interessiert an Karen. „Es ist ja nicht mehr lange bis zum Prozess, ist er schon aufgeregt?" „Ja, Nils, das ist er. Er bestellt dir ganz liebe Grüße und den hier soll ich dir geben." Karen überreichte ihrem Sohn den Brief. „Oh danke." Nils lehnte sich zurück und öffnete den Umschlag. Er begann zu lesen. Markus schwungvolle Handschrift dominierte das Blatt.

Lieber Nils,
ich wünsche dir zu deinem 18.Geburtstag alles Liebe und Gute. Ich bereue, dass ich dir diese Geburtstagswünsche nicht persönlich überbringen kann, aber ich hoffe, du nimmst sie trotzdem an. Sie kommen von Herzen. Du warst und bist immer wie ein Sohn für mich gewesen, ich habe es geliebt, dir mit Rat und Tat zur Seite zu stehen und gerade im letzten Jahr, als wir uns oft und häufig über deine beruflichen Pläne unterhalten haben, habe ich gemerkt, wie erwachsen du bereits geworden bist. Jetzt hast du dein Abitur fast geschafft und die Studienzeit erwartet dich. Genieße sie. Es gibt kaum eine interessantere Phase im Leben. Ich wünsche dir ganz viel Erfolg. Ich bin mir sicher, dass du deine Ziele mit deinem Fleiß

und deinem Ehrgeiz erreichen wirst, denn was den Ehrgeiz angeht, bist du deiner Mutter sehr ähnlich. Ich erinnere mich noch genau daran, wie sie früher ihre Ausbildung vorange-trieben hat. Immer wollte sie die Beste sein. Und das ist sie. Sie ist die beste Ehefrau der Welt und die beste Mutter. Bitte Nils pass auf sie auf. Ich habe euch alle durch mein Verhalten in eine unmögliche Situation gebracht und Karen und deine Schwester werden es in Zukunft nicht leicht haben. Sie brau-chen jemanden, der ihnen zur Seite steht. Kümmere dich um sie.

Ich weiß, dass ich mich auf dich verlassen kann, mein Großer
In Liebe, Markus

Nils reichte den Brief an seine Mutter weiter. Sie las ihn und die beiden schauten sich gerührt an. „Weißt du Nils, es ist einfach unfassbar, was da geschehen ist, es hat alles zerstört was einmal war." Karen wischte sich über die Augen. „Uns gegenüber ist er immer der sanfte, verständnisvolle Markus, den man einfach lieben muss, aber diese andere, diese dunkle Seite, macht einfach alles kaputt." Ja, Mum, das stimmt, aber ich bin mir sicher, diese dunkle Seite hat nichts mit dir zu tun. Der Markus, den du liebst, den gibt es wirklich, das andere ist krank, es ist wie ein Krebsgeschwür, das in seinem Körper tobt, aber Krebs kann man meist heilen und ich bin sicher, die Zeit in Haft verbunden mit einer Therapie wird dir den Mar-kus zurückgeben, den du kanntest, befreit von jeglichem Ge-schwür." „Ach Nils, ich weiß im Moment wirklich nicht, ob das jemals möglich sein wird, ob es wirklich noch ein Wir geben wird, dieses Geschwür hat einfach zu viel zerstört." „Lass die Zeit arbeiten, so wie ich euch beide immer erlebt habe, schafft ihr das. Ich bin da sehr sicher." Er lächelte und drückte Karens Hand. „Aber jetzt, bon app, das sieht ja wirklich wie-der super lecker aus. Giovanni hatte ihnen einen großen Tel-ler Bruschetta auf die Mitte des Tisches gestellt und sie griffen herzhaft zu. „Oh lecker, Mama, darf ich das Letzte?" Klar, Viviane, greif zu, du musst ja noch wachsen." Karen wandte sich an Nils. „Du hast bislang noch kein Geschenk von Markus und mir erhalten. Es ist leider nichts zum Auspacken. Es wäre mir in meiner jetzigen Situation auch unmöglich gewesen eine gute Idee zu haben, aber ich denke du freust dich trotzdem". Sie zog das rote Sparbuch aus der Handtasche. Sie hatte es mit einer grünen Schleife verziert und eine kleine 18 hing daran. „Markus hat dieses Sparbuch für dich kurz nach unserer Hochzeit angelegt. Es war immer sein Plan, es dir zur Volljährigkeit zu übergeben. Bitteschön." Nils nahm das kleine Buch und entfernte behutsam die Schleife. Er öffnete es und schaute hinein. Er schaute seine Mutter an. „ Mum, das ist nicht euer Ernst, ihr könnt mir doch nicht 5000 Euro schenken, seid ihr denn total verrückt?" „Nein, Nils sind wir nicht und ein wenig Eigennutz ist auch dabei. Solltest du dir von dem Geld ein kleines Auto kaufen, dann kannst du uns öfter besuchen und dann haben wir alle etwas davon." Nils umarmte seine Mutter stürmisch. „Mama, das kann ich nicht annehmen, ihr seid ja total wahnsinnig." Er wurde ernst. „Mama, ich kann das wirklich nicht annehmen. Du wirst es jetzt finanziell auch nicht einfach haben, das Haus, die Praxis, wie willst du das stemmen, das Einkommen von Markus ist weg. Hier nimm das Geld, du kannst es besser gebrauchen als ich." Er schob das Sparbuch über den Tisch. „Auf keinen Fall, das Sparbuch gehört dir. Markus hat es über all die Jahre für dich gespart, es dir jetzt zu geben, macht mich nicht ärmer. Ich habe unsere Finanzen gecheckt, zumindest für die nächsten zwei Jahre bin ich safe, danach werden sich die Wellen beruhigt haben und ich kann mit der Praxis mehr verdienen. Glaub mir, das schaffen wir. Dieses Geld ist dir und nimm es ohne schlechtes Gewissen, ich freue mich, wenn du dich freust." Sie schob das Sparbuch zurück. Nils steckte es zögernd ein. „Danke, danke, ich weiß wirklich nicht was ich sagen soll, aber die

Idee mit dem kleinen Auto ist super. Auch wenn ich im Herbst mit dem Auto zur Uni fahren kann, ist das wesentlich angenehmer als mit der Bahn. Mein Gott, ihr seid verrückt." „Vielleicht", lachte Karen, „aber es muss doch auch noch mal einen glücklichen Moment in unserem Leben geben, oder? Nur um eins bitte ich dich. Ich kann dich nicht zwingen, aber ich weiß, dass es Markus sehr glücklich machen würde. Bitte besuch ihn nach dem Prozess, wenn seine Regelhaftstrafe beginnt, er würde sich sehr darüber freuen." „Ja, Mum, das tue ich mit Sicherheit, ich muss mich ja bei ihm bedanken. Ihr seid die Besten." Die Pizza kam und sie machten sich hungrig darüber her.

Der Richter hatte die Verhandlung eröffnet. Karen war die erste Zeugin die vorgeladen wurde. Sie betrat den Zeugenstand. Sie war eingeschüchtert und aufgeregt. Ihre Kleidung entsprach ihrer Gemütsverfassung. Trotz des sommerlichen Wetters trug sie einen grauen Rock und ein schwarzgeblümtes T-Shirt, dazu flache Sandalen. Die Haare waren zu einem lockeren Dutt aufgesteckt. Der Richter fragte sie nach ihren Personalien und klärte sie darüber auf, als Ehefrau des Angeklagten nicht aussagen zu müssen. Karen erwiderte, aussagen zu wollen und setzte sich aufrecht hin. Ihr Blick fiel auf Markus. Er trug seine privaten Kleidungsstücke, die sie ihm beim letzten Besuch mitgebracht hatte. Eine dunkle Jeans und das blaukarierte Kurzarmhemd, das sie beim letzten Einkaufsbummel in Lübeck gefunden hatten. Er wollte es nicht haben, weil er meinte, er hätte genug Hemden im Schrank, aber Karen überredete ihn. Danach war es zu seinem absoluten Lieblingshemd mutiert. Er war blass. Markus war schon immer schlank gewesen, aber jetzt wirkte er hager. Seine Unterarme waren frei und man sah noch deutlich die frischen Narben. Er tat ihr leid, so unsäglich leid, dass sie das Verlangen spürte zu ihm zu gehen und ihn in die Arme zu schließen.

„Frau Schindler", der vorsitzende Richter richtete das Wort an sie. „Bitte schildern Sie mir das Verhältnis zu Ihrem Ehemann und Vater Ihres Kindes." Karen richtete sich auf. Sie berichtete über ihre gute Ehe, das sehr herzliche Verhältnis von Markus zu seinem Stiefsohn und der übergroßen Liebe gegenüber seiner Tochter. Der Richter befragte sie noch nach den Beziehungen zu seinen Eltern und Schwiegereltern und gab dann das Wort an den Staatsanwalt und an Mike ab. Sie alle stellten im Grunde genommen die selben Fragen und Karen hatte das Gefühl nicht weiterhelfen zu können. Der Staatsanwalt biss sich an der sexuellen Veranlagung von Markus fest und bedrängte sie, ihr Wissen darüber preis zu geben. Karen fühlte sich in die Enge getrieben. Laut sagte sie: „Es tut mir leid.

Ich bin mit meinem Mann seit mehr als 9 Jahren verheiratet. Er ist mir gegenüber niemals sexuell aufgefallen, ich habe von seiner Veranlagung nichts gewusst und er hat sich mir gegenüber nie darüber geäußert. Erst nach seiner Tat habe ich davon erfahren. Es ist auch für mich schwierig damit umzugehen. Mehr kann ich nicht sagen." Mike nahm den Faden noch einmal behutsam auf. „Frau Schindler, Sie hatten also niemals das Gefühl, dass mit ihrem Mann etwas nicht stimmen könnte und sie wurden auch nie von ihm in irgendeiner Form sexuell bedrängt?" „So ist es. Ich habe mit einem wunderbaren, sanftmütigen Menschen zusammengelebt, dem nichts ferner lag als körperliche Gewalt." „Danke Frau Schindler, keine weiteren Fragen." Karen durfte den Zeugenstand verlassen und sich zwischen den Zuschauern einreihen. Ab jetzt konnte sie der Verhandlung von hier aus folgen.

Im Grunde genommen war die Verhandlung einfach. Der Täter stand fest, es gab keinen Zweifel an Markus Schuld. Das Gericht gab sich aber sehr viel Mühe, seine Schuldfähigkeit zu prüfen. Zeugen aus allen Bereichen seines Lebens wurden vernommen, Kollegen, Freunde, männlich wie weiblich. Niemanden war jemals etwas aufgefallen, sie alle waren von der schrecklichen Neigung überrascht. Auch Milas Kolleginnen wurden befragt. Auch sie sagten alle dasselbe aus. Markus war ein beliebter und guter Kunde Milas gewesen, sie hatte ihn gemocht, nie viel über ihn erzählt, seine Beweggründe nicht mitgeteilt. Sie alle wussten nur, dass er alle vier Wochen bei ihr war, immer wenn sie ihre Periode hatte, nicht mehr und nicht weniger.

Ein psychologisches Gutachten war ebenfalls erstellt werden. Der Gutachter legte die sexuelle Störung detailliert dar. Er bescheinigte Markus abseits dieser Störung ein einwandfreies Zeugnis. Er bezeichnete ihn als hochintelligenten, einfühlsamen Menschen mit einem Hang zur Kontrolle und diesem Hang schrieb er es auch zu, dass Markus sich niemals geoutet hatte. Er hatte das Gefühl alles im Griff zu haben.

Als letzte Zeugen am dritten Verhandlungstag wurden seine Eltern vernommen, zuerst seine Mutter. Frieda betrat den Zeugenstand, sichtlich eingeschüchtert, sie hielt den Kopf gesenkt. Der Richter sprach sie freundlich an und klärte auch sie über ihr Aussageverweigerungsrecht auf. Frieda hob den Kopf. „Nein, ich werde aussagen. Bitte stellen sie mir Ihre Fragen. „Frau Schindler der Sachverhalt ist eindeutig geklärt, ich möchte nur von Ihnen wissen, ob Ihnen jemals im Leben Ihres Sohnes aufgefallen ist, das auf eine sexuelle Störung hinweisen lässt. Frieda nickt beschämt. Karen sah sie aufmerksam an. „Wie Sie wissen, liegt der Ursprung seines Triebes in seiner Kindheit. Sein Vater zwang ihn schon als siebenjährigen dazu, das Blut von frisch geschlachteten Schweinen zu rühren. Er tat es, weil sein Vater es verlangte, aber jedes Mal nässte er ein. Es war ihm abgrundtief peinlich und er versuchte alles um sein Missgeschick zu verbergen. Sein Vater verhöhnte ihn deswegen. Als er ca. 13 Jahre alt war, hörte das Einnässen auf. Ich weiß noch wie heute wie sein Vater fast vor Stolz platzte. Sechs Jahre hätte er gebraucht, aber es jetzt nun endlich geschafft. Der kleine „Pisser" würde wohl jetzt endlich erwachsen werden. Aber ich ahnte das etwas nicht stimmte." Frieda verstummte. Der Richter fragte behutsam nach „Warum Frau Schindler, was hat Ihnen das Gefühl gegeben, dass etwas nicht in Ordnung war?"
„Ich machte selbstverständlich die Wäsche und es fiel mir natürlich auf, dass von nun an kein Urin sondern Sperma in den Unterhosen war und zwar jedes Mal, wenn er vom Schlachten zurückkam. Ich machte mir keine großen Gedanken, später als er erwachsen war und zum Studium ging, schien alles normal. Er zeigte keinerlei Verhaltensauffälligkei-

ten. Er hatte eine feste Freundin, so wie alle jungen Männer in seinem Alter und lernte eifrig. Es gab keinen Grund misstrauisch zu sein." „Vielen Dank, Frau Schindler, sie können Platz nehmen. Als letzten Zeugen rufe ich nun den Vater, Herrn Kurt Schindler in den Zeugenstand." Kurt betrat den Raum, aufrecht und selbstbewusst. Er steuerte zielsicher auf seinen Platz zu und setzte sich. Laut gab er seine Personalien an und bevor der Richter ihn fragen konnte, gab er an aussagen zu wollen. Er saß breitbeinig auf seinem Stuhl die kräftigen Hände lagen gefaltet auf der Tischplatte. Seine Wangen waren gerötet und aufmerksam hörte er dem Richter zu. „Herr Schindler, was hat Sie dazu bewegt, Ihren siebenjährigen Sohn zum Schlachten mitzunehmen?" „Der Junge war schon immer ein Weichei, klein und kränklich und von seiner Mutter verwöhnt. Ich wollte ihm zeigen, wie es im echten Leben zugeht, ihn wegbringen von seiner Gitarre und seinen Büchern. Er sollte tun, was ein Mann tun muss." „Und Sie hatten niemals Mitleid, als sie sahen, dass es für Ihren Sohn ein großes Problem war, die ihm aufgetragene Aufgabe zu bewältigen?" „Weil er sich in die Hose gepisst hat? Ha, das würde schon vergehen, hab ich gedacht, dass es allerdings sechs Jahre gedauert hat, hat mich schon erstaunt, aber war ja bei diesem Muttersöhnchen auch nicht anders zu erwarten." „Und danach, wenn Sie ihm die gleiche Arbeit zugewiesen haben, ist Ihnen dann nichts weiter aufgefallen?" „Doch, auf einmal hat er es gern gemacht und wollte immer mit, richtig gefreut hat er sich, wenn ich das Messer an die Kehle setzte. Hab ich mir auch nichts bei gedacht, höchstens, dass er es endlich kapiert hat. Wurde ja auch Zeit, wenn ich geahnt hätte, dass er jetzt ein perverses Schwein war, hätte ich ihn windelweich geprügelt." Der gesamte Gerichtssaal erstarrte. Wie konnte ein Vater so von seinem Sohn reden. Karen liefen die Tränen über das Gesicht. Sie blickte zu Markus. Er saß zusammengesunken auf seinem Platz. Den Blick auf den Boden gerichtet.

Der Richter räusperte sich. Er gab dem Staatsanwalt und dem Verteidiger die Gelegenheit, den Zeugen weiterhin zu vernehmen, aber die beiden lehnten ab. Hier war alles gesagt. Mehr wollte man von diesem Menschen nicht hören.

Der Richter forderte jetzt nach Abschluss der Beweisaufnahme den Staatsanwalt auf, sein Strafmaß zu fordern und gab dem Verteidiger die Gelegenheit sein Plädoyer zu halten. Danach gab er das Wort an Markus. Markus stand auf. Er schaute zu Karen. Er sprach leise, aber mit fester Stimme: „ Ich bin schuldig, schuldig am Tod von Mila Kranz und ich werde meine Strafe annehmen. Alles was passiert ist, tut mir unendlich leid, ich hätte es verhindern können, wenn ich nicht zu feige gewesen wäre, mich therapieren zu lassen. Ich habe viele Fehler gemacht, aber eins ist sicher. Das Leben mit meiner Frau, mit meiner Familie war immer echt, ich möchte keinen Tag davon missen und ich möchte mich bei meiner Frau entschuldigen, dass ich ihr Leben und das Leben meiner Tochter durch meine Tat zerstört habe. Das werde ich mir nie verzeihen." Er sank auf seinen Stuhl und vergrub die Hände im Gesicht. Karen konnte den Blick nicht von ihm wenden. Sie glaubte ihm und in diesem Moment versprach sie ihm, ihn durch die Haft zu begleiten, egal was passieren würde.

Das Gericht zog sich zur Beratung zurück. Nach einer halben Stunde kam es zur Urteilsverkündung.

„Im Namen des Volkes ergeht folgendes Urteil: Der Angeklagte, Herr Markus Schindler, wird wegen Totschlags zu 10 Jahren Haft in Verbindung mit der Verpflichtung einer tiefenpsychologischen Therapie verurteilt.

Wir haben uns dieses Urteil nicht leicht gemacht. Die Umstände, die zu der Entartung des Sexualverhaltens von Herrn Schindler führten, sind hier eindeutig und eindrucksvoll dargestellt worden. Er kannte sein Problem und löste es nicht. Dies ist der ganz große Vorwurf, den wir dem Angeklagten machen. Sicherlich war ihm nie bewusst, dass diese sexuelle Störung eine solche Eskalation hervorrufen würde, aber es ist geschehen und für die Folgen muss Herr Schindler geradestehen. Ob Frau Kranz zum Zeitpunkt des Verlassens der Wohnung durch Herrn Schindler bereits tot war, oder der Angeklagte die Wahrheit sagte und sie noch lebte , ist nicht hundertprozentig festzustellen. In diesem Punkt glaube ich aber dem Angeklagten. Dennoch ist er Schuld am Versterben des Opfers, denn er ließ sie in ihrem Blut und offensichtlich in sehr schlechtem Allgemeinzustand zurück und verhinderte somit jegliche Hilfeleistung. Er nahm ihren Tod billigend in Kauf. Zudem war Frau Kranz in der achten Woche schwanger, so dass das Strafmaß nicht niedriger ausfallen kann. Die Strafe beginnt mit dem heutigen Tag. Die Vollzugsanstalt wird Lübeck sein. Die Verhandlung ist damit geschlossen.

Markus stand an seinem Tisch und hatte die Handflächen auf die Tischplatte gedrückt. Er zuckte nicht bei der Verkündigung des Strafmaßes. Er hatte sich seinem Schicksal ergeben. Mike war erschrocken, er hatte sechs Jahre gefordert und mit einer solchen Härte des Gerichts nicht gerechnet. Er konnte die Ausführungen des Richters aber durchaus nachvollziehen. „Markus, wir können Revision einlegen, das Strafmaß ist hoch, vielleicht können wir es in einer Revisionsverhandlung verringern." „Nein, Mike, das werden wir nicht tun. Ich möchte jetzt und hier, diese Sache hinter mir lassen und ich werde diese 10 Jahre im Gefängnis verbringen, da wo ich hingehöre. Keine Revision. Punkt."
Mike packte seine Arbeitsutensilien zusammen und verabschiedete sich von Markus. „Ich werde dich besuchen, nicht mehr als Verteidiger, sondern als Freund. Ich lasse dich nicht

im Stich, denn ich weiß, dass du das was dich trieb, besiegen wirst." „Danke, Mike, aber bitte kümmere dich ein wenig um Karen. Sie ist die, die jetzt mit den Problemen da draußen zu kämpfen hat und sie kann sicherlich Unterstützung gebrauchen." „Das mache ich, du kannst dich auf mich verlassen." Die beiden Männer verabschiedeten sich mit einem festen Händedruck. Markus wurde abgeführt. Sein letzter Blick mit leeren traurigen Augen ging zu Karen, die auf ihrem Stuhl saß, unfähig auch nur einen klaren Gedanken zu fassen.

Sie verließ den Gerichtssaal und fuhr nach Hause. Es war ein heißer Julitag, aber sie fror. Zuhause angekommen, setzte sie sich ins Wohnzimmer und wartete darauf, dass das Dröhnen in ihrem Kopf nachließ. Viviane war noch bei ihren Großeltern in Hamburg, die Sommerferien hatten gerade begonnen. So blieben ihr wenigstens die Angriffe in der Schule erspart. Karen konnte sich schon vorstellen, dass die Presse morgen voll sein würde, von der Verhaftung des bislang unbescholtenen Lehrers Markus Schindler und sie wollte sich nicht ausmalen, was auf sie zukam. Sie stöhnte. Dann erhob sie sich und ging in die Küche. Im Kühlschrank befand sich noch eine Flasche Wein, sie würde sie jetzt öffnen. Karen trank selten Alkohol, sie wusste, dass sie nicht viel vertrug, aber jetzt benötigte sie ein wenig Ablenkung. Sie stellte das volle Glas und die Flasche auf den Couchtisch und ging in die Garage. Hier befand sich das Beil und der Hackklotz. Daneben eine Kiste mit Weichholz. Geschickt hackte sie eine Handvoll Spänchen und nahm noch zwei größere Stücke Holz mit nach drinnen. Sie kniete sich vor den offenen Kamin und zündete ihn an. Aufgrund der sommerlichen Hitze und der warmen Luft im Kamin, tat sich das Feuer schwer und der Kamin fing an zu rauchen. Sie ging in ihr Schlafzimmer und riss die Schublade mit ihrer Unterwäsche auf. Dutzende wunderschöne Dessous waren darinnen. Markus hatte sie immer wieder verwöhnt und ihr schöne Unterwäsche gekauft. Immer in rot. Sie nahm die BH's und

Tangas und nahm sie mit ins Wohnzimmer. Sie kniete sich vor den schwelenden Kamin und begann die Unterwäsche zu verbrennen. Sie weinte dabei, ihre Schultern bebten, ihre Hände zitterten. Sie trank den Wein schnell und gierig und schüttete sich nach. Das Feuer verursachte noch immer viel Qualm und sie begann in dem geschlossenen Raum zu husten. Sie öffnete die Terrassentür und holte noch etwas Holz, um das Feuer anzutreiben. Der Stoff der teuren Wäsche tat sich schwer, aber nach und nach gewannen die Flammen die Oberhand und vernichteten die Zeugen der Lust. Karen war am Ende. Fast alles was sie in den letzten Tagen gehört hatte, war ihr nicht neu gewesen und trotzdem jetzt war der Punkt gekommen, an dem sie anfangen musste, das Geschehene zu verarbeiten. Die Aussage ihres Schwiegervaters hallte ihr erneut in den Ohren und erneut schossen ihr Tränen in die Augen. Was für ein Ungeheuer war dieser Mensch. Wenn sie an die Kindheit von Markus dachte, überkam sie Mitleid. Überhaupt war ihre gesamte Gefühlswelt in Aufruhr. Sie hatte heute im Gerichtssaal eine Nähe zu Markus empfunden, wie schon seit seiner Verhaftung nicht mehr. Ihm war es genauso gegangen, das hatte sie deutlich gespürt. Aber sie war auch so maßlos enttäuscht, dass der Mann, den sie über alles geliebt hatte, dafür verantwortlich war, dass ihr Leben jetzt in Scherben lag.

Sie trank die Flasche Wein leer und langsam leerte sich auch ihr Kopf. Das Feuer war erloschen. In der Asche waren noch Faserreste zu erkennen. Der gesamte Raum stank trotz der geöffneten Terrassentüren entsetzlich. Sie stellte die Türen auf Kipp und ging auf schwankenden Beinen ins Bad. Sie schaute in den Spiegel und erschrak. Nee komm, nur schnell ins Bett. Morgen ist ein neuer Tag.

Am nächsten Morgen wurde sie durch das Läuten an der Haustür geweckt. Ihre Mutter und Viviane standen davor. Sie erhob sich schwerfällig, warf sich den Morgenmantel über und ging nach unten. Sie öffnete die Tür und Viviane begrüßte sie stürmisch. „Hi, Mama, was ist denn hier passiert, hier stinkt es ja, als hätte es gebrannt." Eva war hinter Viviane eingetreten. Sie blickte ernst auf ihre Tochter. „So schlimm? Wir sind extra früh losgefahren, du hast dich gestern nach der Urteilsverkündung nicht gemeldet, das hat uns unsicher gemacht, deshalb sind wir schon jetzt da." „Magst du erzählen?" „Gebt mir 10 min, ich spring nur unter die Dusche, dann bin ich bei euch, ok?" „Ja, mach das, ich versuche inzwischen mal ein bisschen frische Luft hier rein zu bekommen. Was hast du nur gemacht, mein Schatz?" „Später, Mama, später erzähle ich alles." Eva ging ins Wohnzimmer und sah die Spuren des vergangenen Abends. Sie räumte das leere Weinglas in die Spülmaschine und brachte die leere Flasche in den Keller. Gleichzeitig holte sie den metallenen Eimer mit dem Kehrblech um den Kamin auszukehren. Die Asche war noch warm und an manchen Details konnte Eva erkennen, was ihre Tochter hier verbrannt hatte. Sie tat ihr unendlich leid. Karen kam aus dem Bad. „Habt ihr schon gefrühstückt, oder wollen wir gemeinsam essen?" „Ehrlich gesagt, habe ich Viviane nur ein Toastbrot in die Hand gedrückt und bin losgefahren, also ich selbst bin noch nüchtern. Gegen einen Kaffee habe ich nichts einzuwenden." „Ok, dann koch doch schon mal eine Kanne und deck den Tisch, ich gehe schnell zum Bäcker und hole Brötchen, Mehrkorn wie immer?" „Ja gerne, bis gleich. Karen zog sich eine leichte Strickjacke über und verließ das Haus. Die Sonne stand am Himmel, aber sie fröstelte. Der Fußweg zum Bäcker tat ihr gut. Ihr brummte der Kopf. Sie betrat den kleinen Laden. Sie war die einzige Kundin. Frau Schmidt hinter der Theke hob den Kopf. In ihrem Blick lag Erschrecken. Karen gab ihre Bestellung an. Zögerlich packte die Bäckerin die gewünschten Brötchen in eine Tüte. Während Karen wartete fiel ihr Blick auf den Tresen. Die neue

Ausgabe der Bildzeitung lag obenauf. Obwohl die Zeitung zur Hälfte gefaltet war konnte sie den fettgedruckten Titel lesen. - Bloody M, perverser Lehrer treibt auf Fehmarn sein Unwesen- Karen wurde blass. Mit zitternden Fingern legte sie die Zeitung neben ihre Brötchentüte und bezahlte. Die Bäckerin sah sie ablehnend an. Sie gab ihr das Wechselgeld und ohne ein Wort des Abschieds zu sagen oder sich für den Einkauf zu bedanken ließ sie Karen gehen. Diese beeilte sich den Raum zu verlassen und den kurzen Weg nach Hause zurückzulegen. Die Zeitung brannte in ihrer Hand, sie hatte noch keinen weiteren Blick hineingeworfen, aber der Appetit auf ein leckeres Frühstück war ihr vergangen.

Später, sie hatten schweigsam gefrühstückt und außer zwei Tassen Kaffee hatte Karen nichts herunterbekommen, schickten sie Viviane in den Garten. Karen legte die Zeitung auf den Tisch und entfaltete sie. Ihre Mutter sah die in dicken Lettern gedruckte Überschrift und sah ihre Tochter strafend an. „Karen, was soll das, lass diesen Mist da wo er hingehört auf dem Müll. Quäl dich nicht mit solch einem Schwachsinn." „Verstehst du nicht, Mama, ich muss das lesen, nicht um mich zu quälen, sondern um zu wissen, was die anderen denken, wenn sie mich sehen. Die Bild ist das eine, wie jeder weiß extrem und sensationslustig, aber auch alle anderen Zeitungen werden über Markus Tat berichten. Jetzt wo durch die Verhandlung die Hintergründe ans Tageslicht gekommen sind. Du kennst die Leute hier auf der Insel nicht. Das ist ein großes Dorf. Was der eine nicht gelesen hat, bekommt er vom anderen erzählt. Hier gibt es kein Entrinnen. Oh Gott, wie sollen wir das aushalten?" „Indem du ihnen mit Stärke begegnest. Halte den Kopf oben und lebe so normal und unauffällig weiter wie bisher. Du weißt Sensationen wechseln wie das Wetter und auch über diese Sache wird Gras wachsen, wenn auch langsam und spätestens bei der nächsten Katastrophe in irgendeiner dörflichen Ehe seid ihr nicht mehr das Thema

Nummer eins." Ich hoffe, du hast Recht, Mama, aber mit so einer Sensation wie dieser muss erst mal jemand mithalten können. Hier lies das: „Es stellt sich die Frage, was in dem nach außen so bürgerlichen Hause der Familie S. stattgefunden hat. War die Ehefrau von bloody M. eingeweiht und hat seine Abartigkeit geteilt?" Das sind die Dinge, die die Leute geil finden, und wie um Himmels Willen soll ich mich dagegen wehren? Karen schluchzte. „Dieser Mann, den ich über alles liebte, hat alles zerstört. Ich werde es irgendwie überstehen, aber Mama, ich habe so entsetzliche Angst um Viviane." Eva schwieg. Die Bedenken von Karen waren mehr als gerechtfertigt „Schatz du musst dich frühzeitig mit der Schule, den Lehrern von Viviane in Verbindung setzen. Sie können die Sache in der Schule aufarbeiten, den Kindern klar machen, dass Viviane nichts für das Fehlverhalten kann, dass sie selbst Opfer ihres Vaters ist. Das musst du tun, etwas Besseres fällt mir im Moment leider auch nicht ein." „Mama, die Kinder sind acht Jahre alt, wie soll ein Lehrer ihnen erklären, was da passiert ist. Viviane ist gerade so aufgeklärt, aber durch uns, weißt du, ob andere Kinder in diesem Alter schon irgendetwas über Sexualität wissen. Und selbst Viviane kann ich die Tat ihres Vaters nicht erklären. Sie kennt keine Prostitution, sie weiß noch nicht einmal dass Menschen miteinander schlafen, weil es ihnen Spaß macht, sie weiß dass man miteinander schläft um ein Baby zu bekommen, aber mehr nicht." „Karen, nimm sie ernst, erkläre es ihr so gut es geht. Viviane ist ein sehr intelligentes Kind, lass sie nicht in Halbwahrheiten, denn dann kann sie auf Angriffe überhaupt nicht reagieren. Sie muss wissen, was passiert ist." „Das sehe ich genauso, aber ehrlich gesagt, weiß ich nicht, wie ich es anfangen soll." „Was hältst du davon, wenn wir Nils ins Boot holen. Du weißt er und Viviane haben ein sehr inniges Verhältnis und zwischen ihnen ist der Altersabstand nicht so markant, vielleicht kann er Vivianes Neugier wecken und ihr alles relativ schonend beibringen." Karen nickte. „Das ist eine gute Idee. Ich werde ihn gleich anrufen und ihn bitten, hier vorbeizukommen. Er wollte uns sowieso sein neues Auto zeigen und Viviane freut sich ja immer so wenn er kommt. "Ja, Schatz, mach das und denk noch mal über unser Angebot nach. Vermiete das Haus und komm nach Hamburg, bring dich aus der Schusslinie, es ist besser für dich und sicherlich auch besser für das Kind." Karen richtete sich auf. „Nein, Mama, ich flüchte nicht. Die Leute müssen erkennen, dass ich keine andere bin als vorher, dass ich und mein Kind darunter leiden, was passiert ist, und dass wir ihre Unterstützung brauchen, um unser Leben weiter führen zu können. Ich werde kämpfen und zwar hier. Ich lasse mich nicht unterkriegen. Ich habe nichts getan." Eva nahm ihre Tochter in den Arm. „Karen, ich kann dich verstehen und ich wünsche dir für dein Vorhaben ganz viel Kraft, aber versprich mir, wenn du nicht mehr kannst, dann komm und nimm unser Angebot an." Danke, Mama, ihr seid so gut. Ich weiß, dass ich mich immer an euch wenden kann." Viviane kam ins Wohnzimmer gestürzt und beendete das Gespräch. „Mama, Oma, es ist so tolles Wetter, wollen wir an den Strand?" „Das tut mir Leid, mein Schatz, aber ich muss zurück nach Hamburg, aber vielleicht hat Mama ja Lust:" „Ja, Viviane das machen wir, aber vorher rufen wir Nils an, er soll kommen und uns sein neues Auto zeigen, du willst doch sicher eine Spritztour mit ihm machen, oder?" „Au ja, das ist super, vielleicht kommt er ja schon früher und dann kann er mit uns baden gehen." „Ja, kann sein, ich rufe ihn gleich an, ich gehe gerade mal telefonieren." Karen verließ das Wohnzimmer und schloss die Tür hinter sich. In der Küche führte sie das Gespräch mit ihrem Sohn und bat ihn so schnell er es möglich machen konnte zu ihnen zu kommen. Sie erklärte ihm ihr Vorhaben, Viviane in die näheren Umstände einzuweihen. Nils erklärte sich bereit und versprach am frühen Nachmittag da zu sein. Karen bat ihn an den Strand zu kommen, da Viviane so gerne mit ihrem großen Bruder baden wollte.

Eva verabschiedete sich und Karen und Viviane machten sich daran ihre Strandtasche zu packen. Sie fuhren zu ihrem Lieblingsstand Katharinenhof, dort wo der Schäfchenstein war und fanden auch in seiner unmittelbaren Nähe einen Liegeplatz. Es war Juli und der Strand extrem voll. Sommer auf Fehmarn, das hieß unzählige Touristen bevölkerten die Insel. Früher hatte es Karen immer als zu voll empfunden, jetzt war sie um jedes Gesicht dankbar in das sie blickte, ohne es zu kennen. Hier war sie anonym, bekam keine fragenden oder sogar strafende Blicke. Sie war einfach eine von vielen, die den Sonnentag am Strand genoss. Gegen 15 Uhr kam Nils und die beiden Geschwister stürzten sich ins Wasser. Nils warf Viviane immer wieder in die Wellen und die Kleine jauchzte vor Freude. Karen sah den beiden zu und für einen Moment vergaß sie ihr Elend. Wie immer wollte Viviane nicht nach Hause, aber Karen drängte darauf, sie hatte Morgen einige Patienten und freute sich darauf arbeiten zu können. In der Ferienzeit lief das Geschäft nicht schlecht. Sie hatte in vielen Hotels und Pensionen Flyer ausliegen, dass sie auch Wellnessmassagen anbot und so verirrten sich immer wieder Touristen zu ihr. Karen war dankbar um jeden Kunden, denn rosig war es um ihre finanzielle Zukunft nicht bestellt. Sie kehrten nach Hause zurück und Karen begab sich in die Praxis, um alles für den morgigen Tag vorzubereiten. Nils und Viviane lümmelten vor dem Fernseher. Nils versuchte mit seiner Schwester über ihren Vater zu sprechen, doch Viviane schien nicht interessiert. „Ach Nils, ich bin ziemlich böse auf Papa, der hat mich einfach alleine gelassen, hat irgendetwas wirklich Böses gemacht für das er ins Gefängnis muss. Ich werde ihn sehr lange nicht wiedersehen, dass hat mir Mama erklärt, ehrlich gesagt grusel ich mich, wenn ich nur daran denke, wie er jetzt da sitzt nur im Dunkeln, er wird lange Haare kriegen und einen Bart und dann erkenn ich ihn gar nicht mehr." Nils lachte: „ Woher hast du denn deine Kenntnisse über Gefängnisse, wir sind doch nicht mehr im Zeitalter vom Räuber Hotzenplotz. Natürlich kann dein Vater zum Friseur gehen und sich rasieren, er sitzt auch nicht im Dunkeln, sondern hat ein kleines, eher spärlich eingerichtetes Zimmer, in dem auch das Klo und ein Waschbecken sind, vielleicht leben auch zwei Männer in diesem Raum. Zum Essen geht er aber aus diesem Raum raus, wahrscheinlich muss er auch im Gefängnis arbeiten, vielleicht in der Küche, oder in der Wäschekammer, aber wenn er in dem Zimmer ist, ist die Tür abgeschlossen. Manchmal darf er auch raus ins Freie, z. B. zum Sport machen oder einfach um frische Luft zu schnappen. Aber auch der Hof, auf dem er dann ist, ist eingezäunt. Er darf nicht nach draußen." „Ok, aber Nils, was hat Papa denn nun eigentlich gemacht. Mir will doch keiner was sagen. Das finde ich total gemein." „Ist es aber nicht, Schwesterherz, es ist nur so, dass das was dein Vater gemacht hat, in die Erwachsenenwelt gehört und du kannst es noch nicht verstehen." „Das denkt ihr doch immer nur alle. Ich bin kein Baby mehr und ich will wissen, warum ich jetzt ohne Papa bin." Vivianes Neugier war geweckt. Nils überlegte. Was und vor allen Dingen wie sollte er Viviane erklären, warum ihr Vater im Gefängnis saß. Er seufzte. „Also gut, Viviane, ich erkläre es dir jetzt. Wenn du etwas nicht verstehst, dann frage mich, ok?" Ja, Nils, das mach ich. Also los. Viviane war froh, dass sie endlich wie ein Erwachsener behandelt wurde und nicht immer aus dem Raum geschickt wurde, wenn die Sprache auf Markus kam. Nils erklärte ihr in ruhigen Worten was sich zugetragen hatte und das Markus Schuld am Tod einer jungen Frau hatte. „Wie Nils, ich weiß, dass Frauen einmal im Monat für ein paar Tage bluten und das fand er so toll das er es immer wieder sehen musste?" „Ja Viviane, weißt du es gibt Menschen, die nackte Kinder sehen wollen und es gibt Menschen, wie deinen Vater, die blutende Frauen sehen wollen. Sie alle sind krank, haben irgendwann in ihrem Leben Erfahrungen gemacht, die in ihrem Kopf etwas verdreht haben, denn normal ist ein solches Verhalten nicht. Es gibt aber andere Menschen, Psychologen, die diesen Menschen helfen können, diese Krankheit zu besiegen und dein Papa wird jetzt auch zu einen Psychologen gehen und an diesem Problem arbeiten." „Ja, und als sie dann nicht geblutet hat, hat er sie absichtlich geschnitten, damit Blut lief? Mein, Papa, der noch nicht einmal sehen konnte, wenn ich mir das Knie aufgeschlagen habe. Das kann ich doch gar nicht glauben." „Doch Viviane, leider war es so." „Und dann hat sie geblutet und er sich gefreut. Ist ja eklig. Aber warum ist sie denn gestorben, hat er sie so schwer verletzt?" „Die Verletzungen waren nicht so schwer, daran wäre sie nicht gestorben, aber sie hat natürlich geschrien, weil es ihr so weh tat und da hat dein Papa ihr ein Kissen auf das Gesicht gedrückt, damit sie niemand hört." „Aber dann kriegt man doch keine Luft mehr." „Stimmt und so war es auch. Außerdem hatte Mila, so hieß die Frau, sowieso ein Problem mit dem Atmen, da sie ganz schlimm Heuschnupfen hatte. Dein Papa hat das Kissen dann ja auch weggenommen und ist weggelaufen. Er sagt, er hat Mila noch atmen hören, aber er hat ihr nicht geholfen und sie ist dann leider gestorben. Er ist also schuld an ihrem Tod." „Oh man, mein Papa, ich kann das gar nicht glauben. Die Kleine weinte. Er hat immer gesagt streiten darf man sich, aber man muss immer gerecht bleiben und schlagen darf man nie. Das tut anderen weh. Und jetzt macht er so was." „Ja Viviane leider, aber glaube mir, dein Papa war in diesem Moment nicht der Papa den du kennst, er wollte unbedingt das Blut sehen und deshalb ist er ausgeflippt. Nachher hat er gleich gewusst, dass das falsch war." Nils hatte bewusst den sexuellen Aspekt weggelassen, denn damit wäre eine Achtjährige sicherlich überfordert. „Danke Nils, jetzt kann Mama wenigstens mit mir darüber reden, wenn sie wieder traurig ist, dann kann ich sie ein bisschen trösten. Aber jetzt komm, wir decken den Abendbrottisch, dann freut sich Mama, wenn sie von unten kommt."

Die nächste Woche verlief relativ ruhig. Durch die Touristen hatte Karen gut zu tun. Frieda kam ab und an und kümmerte sich um Viviane. Begegnungen mit Einheimischen vermied Karen, ihre Einkäufe erledigte sie kurz vor Ladenschluss gegen 20.30 Uhr. Allein die Blicke der Kassiererinnen reichten ihr. Hatte sie früher immer ein wenig beim Einkaufen geplauscht, so herrschte jetzt absolutes Schweigen. Allein ein freundliches Guten Abend war nicht mehr möglich. Karen nahm es hin. Viviane war die ganze Woche über zuhause, ihre beste Freundin Anna war noch im Urlaub. Noch zweimal fuhren sie gegen Abend an den Strand. Karen atmete insgeheim ein wenig auf. Wenn es so weiter ging, dann könnten sie es schaffen, irgendwie und irgendwann. Noch hatte sie Markus nicht besucht. Sie wartete auf eine Nachricht von Mike. Sie vermisste ihn. Jeden Abend wenn sie ins Bett ging, schaute sie sehnsuchtsvoll auf die leere Seite. Es war noch immer alles wie in einem Alptraum, aber die Hoffnung schwand von Tag zu Tag mehr, dass sie daraus aufwachen würde.

Am Sonntag kam Mike vorbei. Er erkundigte sich nach ihrem Befinden und berichtete, dass Markus für die Verhältnisse eines Gefangenen gut untergekommen war. Er hatte eine Zweimannzelle bezogen, da das Gefängnis im Moment aber nicht voll belegt war, hatte er diese im Moment für sich alleine. Mike hatte noch mehrmals mit Markus gesprochen und ihn erneut über die Möglichkeit der Revision aufgeklärt, aber Markus blieb bei seiner Entscheidung. Keine Revision. Die Gefühlslage von Markus beschrieb Mike als stabil. Er hatte sich seinem Schicksal ergeben und die Strafe angenommen.

„Er fragt ständig nach dir und der Kleinen, also wenn es dir möglich ist, besuche ihn häufig, das wird ihm helfen. Willst du das?" Karen nickte. „Ja Mike, ich habe mir vorgenommen ihn zweimal monatlich zu besuchen. Einmal allein und einmal mit Viviane. Sie soll den Kontakt zu ihrem Vater nicht verlieren. Wie es weitergeht, weiß ich nicht, noch bin ich nicht in der Lage, den Markus, den ich kenne, von dem Täter zu trennen. Ich bin noch zutiefst getroffen und verunsichert. Vielleicht können mir aber die Gespräche mit ihm helfen, alles differenzierter zu sehen." „Das verstehe ich. Bei mir ist das total komisch, aber ich habe ja auch nicht die gleiche emotionale Bindung zu ihm wie du. Wenn ich mit ihm rede, ist er der Markus, der er immer war. Ein Freund, auf den man sich verlassen kann. Wenn ich nicht genau wüsste, dass er diese Tat begangen hat, ich könnte es nicht glauben." „Ja, das ist ja das Paradoxe, niemand hat auch nur geahnt, was in ihm schlummert, ein perfides Spiel oder wirklich nur der perverse Ausdruck seiner Störung." „Ich glaube letzteres, Markus ist nicht schlecht, sein Trieb hat ihn beherrscht und ihm diesen bitterbösen Streich gespielt. Alles sehr, sehr unglücklich, aber dein Mann ist niemand, der einem anderen Menschen vorsätzlich schaden möchte auch wenn es anders aussieht." „Das sag mal den Menschen auf der Straße, sie schneiden mich, als würde ich sie mit Lepra anstecken, selbst mein Kind wird mit Ablehnung konfrontiert, ich weiß ehrlich gesagt nicht, wie ich das kompensieren soll. Ich bin so froh, dass im Moment Ferien sind und sie nicht in die Schule muss, denn ich weiß nicht, was sie dort erwartet. Zudem ist die Insel voller Touristen und ich und Viviane können zwischen ihnen untertauchen, dass was mich jahrelang störte, ist jetzt ein Segen. Ich werde kämpfen und ich hoffe, ich schaffe es." „Ich bewundere dich und ich wünsche dir, dass ihr euch behaupten könnt. Einfach wird es nicht." „Ich weiß. Hast du denn schon einen Besuchstermin für mich vereinbart?" „Ja am kommenden Mittwoch um 11.00 Uhr." „Gut, Mike, ich danke dir, für alles. Es ist gut zu wissen, dass Markus noch jemanden hat, der es gut mit ihm meint. Im Gefängnis wird er vielem Unangenehmen begegnen." Das stimmt. So, Karen, ich muss, wir wollen heute Nachmittag noch an den Strand. Das Wetter ist ja einfach nur phantastisch. Mach's gut, wir sehen uns. „Ciao, Mike und liebe Grüße an deine Familie. Viel Spaß beim Plantschen." Sie begleitete Mike noch bis zum Auto und ging dann ins Haus zurück. Viviane saß in ihrem Zimmer auf dem Fußboden und spielte gedankenverloren mit ihrer Playmobilburg. Karen war immer wieder erstaunt, wie gut sich das Kind alleine beschäftigen konnte.

Am nächsten Nachmittag kam Viviane aufgeregt aus dem Garten. „Mama, Anna ist wieder da, ich habe gesehen, dass ihr Vater das Auto in die Garage gefahren hat. Ich gehe gleich hin und frage, ob sie Lust hat mit mir zu spielen, ok?" „Ja, mach das"; Karen lächelte verkrampft, irgendetwas in ihr sagte ihr, das Viviane gleich eine große Enttäuschung erleben würde, aber sie hielt sie nicht auf. Anna wohnte nur drei Häuser weit entfernt und Viviane sprang fröhlich über den Bürgersteig. Annas Mutter war an der geöffneten Haustür und noch dabei, Dinge aus dem Auto zu räumen. „Guten Tag, Frau Bernstein, ist Anna auch da, ich möchte gerne mit ihr spielen. Ich freu mich so, dass sie wieder zu Hause ist. Ohne sie sind die Ferien immer ein bisschen langweilig." „Hallo Viviane", in Frau Bernsteins Gesicht war kein Lächeln zu sehen, „äh, das tut mir leid, aber Anna ist leider krank aus dem Urlaub zurückgekommen, sie kann nicht mit dir spielen." Oh, schade, aber kann ich ihr nicht kurz hallo sagen, ich störe sie auch bestimmt nicht." „Nein, nein, das geht nicht, wir wissen nicht, ob es ansteckend ist, bleib lieber draußen. „Ok, dann bestellen Sie ihr bitte liebe Grüße und sie soll sich bitte bei mir melden, wenn sie wieder gesund ist." „Ja, Viviane, tschüs." Annas Mutter zog die Haustür hinter sich zu und ließ die Kleine vor der Tür stehen. Enttäuscht wandte sich Viviane zum Gehen, als ihr Blick in den Garten fiel. Anna war im Garten und spielte Ball. Sie warf ihn immer wieder gegen die Garagenwand und fing ihn wieder auf. Ein Spiel, das die beiden oft zusammen spielten, wer die meisten Fänge schaffte, gewann. „Anna", rief Viviane. Die Kleine im Garten schaute erschrocken über den Zaun, ließ den Ball fallen und rannte ins Haus. Viviane stand enttäuscht am Straßenrand. Was sollte das denn, warum log Frau Bernstein, Anna war nicht krank und warum sagte sie ihr nicht hallo. Tränen traten ihr in die Augen und bitterlich weinend trat sie den Heimweg an. Ihre Mutter erwartete sie schon an der Haustür. „Komm rein, mein Schatz, erzähl mir was los war, wobei ich mir schon vorstellen kann, was passiert ist. Die Leute wissen wirklich nicht was sie tun." Viviane konnte sich den ganzen Abend nicht beruhigen. Sie war so fürchterlich enttäuscht und verstand nichts. Sie hatte doch nichts getan, sich mit niemandem gestritten und keinen geärgert. Warum ging man so mit ihr um.

Sie schlief bei ihrer Mutter im Bett und Karen zerriss es das Herz, ihre Tochter so unendlich traurig zu sehen. Am nächsten Morgen führte sie einige Telefonate und am Nachmittag nach Beendigung ihrer Arbeit rief sie Viviane zu sich. „Schatz, wir machen einen kleinen Ausflug. Es ist eine Überraschung und du darfst nicht fragen wohin es geht, ok?" „Ja Mama, warte ich muss nur schnell Schuhe anziehen. Viviane hüpfte zum Auto und setzte sich auf den Kindersitz. Seit Papa nicht mehr da war, durfte sie immer vorne sitzen und das fand sie klasse. Karen fuhr zum Tierheim und schon auf dem Parkplatz empfing sie das Bellen der Hunde. „Mama, was wollen wir hier, wollen wir mit den Hunden spazieren gehen?" Viviane freute sich. „Mal sehen, komm erst mal mit." Eine Angestellte des Tierheimes begrüßte die beiden und Karen erklärte ihr, dass sie bereits am Morgen miteinander telefoniert hatten. „Ach ja, dann kommen Sie mal mit, ich zeige Ihnen die kleinen Racker." Sie gingen durch eine Reihe von Zwingern bis sie zu einer kleinen eingezäunten Hundehütte kamen. Im Inneren des Zauns befand sich eine kleine struppelige Hündin, einer Rasse war sie nicht zuzuordnen und um sie herum turnten vier kleine Welpen. Tollpatschig spielten sie miteinander. Sie hatten alle verschieden farbige Halsbänder an. „Rot und grün sind noch frei, die beiden anderen sind bereits vergeben." Es sind zwei kleine Rüden. Der rote ist der zarteste von den vieren, man hat das Gefühl, er wird selbst von seinen Geschwistern gemobbt, die können schon alle Stufen hochklettern und er schafft es noch nicht. Manchmal, wenn ich ihnen beim Spielen zugucke, tut er mir richtig leid." Sie lachte. „So ich lass euch mal da rein, lasst euch Zeit, und glaubt mir, nicht nur der Mensch muss den Hund finden sondern der Hund findet auch den Menschen." Sie öffnete die Tür und Karen und Viviane begaben sich zwischen die wuselnden Hunde. Viviane war fasziniert. Konnte es sein, dass ihre Mutter ihr einen Hund kaufen wollte. Nach dem Tod von ihrem Meerschweinchen Jockel hatte Karen sich immer gegen die Anschaffung eines neuen Haustieres gewehrt. Und jetzt stand sie hier mit ihrer Tochter in einem Hundezwinger und lächelte Viviane an. „So, Schatz, dann schau mal, ob einer der Kleinen dein Herz erobert." Viviane kniete sich auf den Boden und wartete einfach darauf, ob sich einer der Welpen nähern würde. Grün, Blau und Gelb sprangen um sie herum und zerrten an einem Lappen, nur Rot schien sich für sie zu interessieren und näherte sich schüchtern. Viviane streckte die Hand aus. Oh, Gott, war der süß. Der kleine Hund, dessen dunkle Augen man kaum zwischen dem lockigen Fell erkennen konnte, schnupperte daran. Viviane ließ es einen Augenblick geschehen, dann konnte sie mit der Hand über seinen Kopf streichen und ihn auf den Arm nehmen. Der Kleine fühlte sich offensichtlich wohl, denn er ließ sich genüsslich graulen. „Mama, schau mal, der mag mich, ist der nicht süß?" „Na, ja, wenn du mir erklärst, wo vorne und hinten ist, kann das schon sein". Karen lachte. Inzwischen erkundigte der Welpe Vivianes Oberkörper. Er streckte sich und versuchte mit seiner kleinen Zunge ihr Gesicht zu lecken. „Oh Gott, Mama ist der goldig. Ich hab ihn jetzt schon lieb und will mich um ihn kümmern, darf ich ihn mitnehmen?" „Ja, mein Schatz, das darfst du." „Mama, das glaube ich nicht, das ist ja irre. Du schenkst mir einen Hund. Oh, Mama, ich bin so glücklich." Und genau deswegen schenke ich ihn dir, dachte Karen. Laut aber sagte sie: „Ja mein Schatz, das hoffe ich und ich hoffe auch, dass du dich immer gut um ihn kümmern wirst. Wenn du mir das versprichst, dann nehmen wir ihn mit." „Ja, ja, ja, Mama, das mach ich, komm du kleiner Schatz, ich zeig dir jetzt mein Zuhause." Viviane setzte sich mit dem kleinen Welpen ins Auto und Karen erledigte die Formalitäten. 3oo Euro kostete das kleine Tier, eine Ausgabe, die sie sich eigentlich nicht leisten konnte, aber sie musste dafür sorgen, das Viviane etwas Positives in ihrem Leben hatte. Auf dem Nachhauseweg überlegte Viviane die ganze Zeit wie sie ihren Babyhund nennen sollte und es kamen einige skurrile Vorschläge dabei heraus. Karen und Viviane diskutierten heftig und hatten ihren Spaß. „Mama, jetzt weiß ich es. Ja das ist super so nennen wir ihn." „Na, nun mach es mal nicht so spannend. Wie soll er denn heißen?" „Pepe. Das find ich cool, das kann man gut rufen und es passt zu ihm, finde ich." „Pepe, ja, Schatz, das gefällt mir. So soll er heißen. Jetzt müssen wir aber noch im Zoogeschäft vorbei. Wir haben ja gar nichts für den kleinen Kerl zu Hause." „Oh super, was brauchen wir den alles? Zwei Näpfe, ein Halsband, eine Leine, Futter natürlich und ein schönes kuscheliges Körbchen. Oder vielleicht brauchen wir auch keins, er kann ja bei mir im Bett schlafen." „Nein, Viviane, das ist ein Tier, der schläft im Körbchen, versprochen. Zumindest so lange bis er stubenrein ist, denn du hast bestimmt keine Lust in einem bestrullerten Bett zu liegen." „Ja, da hast du Recht, aber das üben wir. Ich wette, Pepe ist sehr schlau und lernt das ganz schnell." „Na ja, wenn er auf sein Frauchen kommt, dann bestimmt." Sie erledigten ihre Einkäufe und kehrten nach Hause zurück. Viviane war in ihrem Element. Sie zeigte dem kleinen Kerl das ganze Haus, suchte nach einem geeigneten Plätzchen für das Körbchen und spielte mit dem Welpen im Garten. Am Ende des Tages lag das arme Tier völlig erschöpft in seinem Körbchen und Viviane war so aufgedreht, dass sie nicht schlafen gehen wollte. „Viviane, es ist jetzt Feierabend, es ist halb zehn und du gehörst ins Bett. Ich setze den Zwerg bevor ich schlafen gehe, noch mal in den Garten, damit er Pippi machen kann, versprochen. Morgen ist ein neuer Tag und eines ist sicher. Pepe ist jetzt jeden Tag für dich da." „Danke, Mama, du bist so lieb. Danke, danke, danke. Morgen muss ich unbedingt Nils anrufen, er muss kommen und Pepe sehen, der wird Augen machen." „Ja mach das, mein Schatz, aber jetzt ab ins Bett. Gute Nacht." „Gute Nacht, Mama, ich hab dich lieb." Viviane verschwand und Karen hatte zum ersten Mal seit langer Zeit das Gefühl, alles richtig gemacht zu haben.

Der Besuch bei Markus verlief schwierig. Markus bombardierte sie mit Fragen, wie es ihr ging, wie es Viviane ging, wie die Leute reagierten, ob sie zurecht kam, ob finanziell alles laufen würde. Karen gab ihm Auskunft wollte ihn aber nicht über Gebühr belasten. Sie gab sich bedeckt. Der Umgang mit ihm fiel ihr schwer. Er war schuld an allem wie es war, von verstehen und verzeihen war sie noch weit entfernt. Trotzdem tat er ihr leid. Er hatte alles verloren und war es jetzt nicht sein gutes Recht, wissen zu wollen, wie es ihr ging. Karen erzählte ihm von Pepe und Markus beglückwünschte sie zu dieser Entscheidung. Sie erzählte nichts von Anna, nichts von den Blicken im Supermarkt, nichts von den mehr als abweisenden

Insulanern. Dazu war es zu früh. Vielleicht war es nur eine Phase und alles würde besser werden. Am Wochenende kündigte sich erneut Mike an und er machte den Vorschlag, seine Frau und Jette, seine 11jährige Tochter mitzubringen. Karen freute sich besonders für Viviane, denn die Kleine war nur noch mit Erwachsenen und ihrem Hund zusammen. Die Familie kam und die Kinder verstanden sich auf Anhieb. Auch Laura, Mikes Frau, die Karen bislang nur flüchtig gekannt hatte war unglaublich nett und die beiden Frauen kamen gut ins Gespräch. Es war ein wunderschöner Nachmittag bei Kaffee und Kuchen, so herrlich normal und Markus war nicht Thema ihrer Unterhaltung. Am Abend waren Karen und Viviane sehr glücklich. Sie saßen eng umschlungen auf dem Sofa und schauten zum wiederholten Male den König der Löwen. Klein Pepe lag auf ihrem Schoß und ein angenehmes Gefühl des Friedens breitete sich aus.

Die Sommerferien vergingen von nun an wie im Fluge. Die beiden Familien besuchten sich gegenseitig und zwischen den Mädchen entwickelte sich eine Freundschaft. Sie verbrachten Nachmittage zusammen am Strand oder in ihren Gärten. Der Zeitpunkt des Schulbeginns näherte sich und Karen befürchtete, dass damit neue Probleme auftreten würden. Sie sollte sich nicht getäuscht haben.

Wie jedes Jahr war Viviane zum Ende der Ferien hin immer sehr aufgeregt. Sie freute sich auf das neue Schuljahr, auf die Klassenkameraden, aber auch darauf Neues lernen zu dürfen, denn die Schule machte ihr Spaß. Sie war sehr wissbegierig. Am ersten Schultag war sie schon sehr früh wach und saß bereits in der Küche als Karen aus dem Bad kam. „Na, du Frühaufsteher; wir haben noch Zeit. Wir können noch in Ruhe frühstücken." „Ja, Mama, aber nicht das ich zu spät komme. Ich habe doch jetzt einen neuen Klassenraum, und da muss ich erst mal gucken wo der ist.". „Natürlich, Schatz, ich fahre dich, du kommst sicherlich rechtzeitig." Karen brachte ihre Tochter normalerweise nicht zur Schule, der Weg war nicht weit, aber heute wollte sie sehen, ob es schon am Schultor Anzeichen einer Ablehnung gegenüber ihrer Tochter geben würde. Sie parkte das Auto so, dass sie den Eingang gut einsehen konnte. Viviane sprang aus dem Auto und lief freudig auf das Schulgebäude zu. Viele Grüppchen von Schülern hatten sich schon versammelt. Viviane ging auf eine der Gruppe zu, doch als sie sich näherte, löste sich die Gruppe auf und alle gingen durch die Tür ins Innere. Karen gab es einen Stich in Herz. Genauso hatte sie es leider erwartet. Sie wartete im Auto bis die erste Stunde beendet war, dann betrat sie das Schulgebäude. Viele neugierige Blicke trafen sie, als sie den Flur entlangschritt. Hinter ihr wurde getuschelt. Sie wandte sich ans Lehrerzimmer auf der Suche nach Frau Bartsch, der Klassenlehrerin von Viviane. Die ältere Pädagogin saß an einem Schreibtisch und blickte auf als Karen den Raum betrat. „Guten Morgen Frau Bartsch, kann ich kurz mit Ihnen reden?" „Ja natürlich Frau Schindler, was kann ich für Sie tun?" „Frau Bartsch, sie wissen sicherlich was in meiner Familie vorgefallen ist. Seit dem mein Mann verhaftet ist, werden wir von der Bevölkerung der Insel gemieden und ich möchte, dass sie ein Auge offen haben und eventuell Einfluss auf die Kinder nehmen, wenn sie Viviane ins Abseits drängen." Die Pädagogin räusperte sich: „ Frau Schindler, was in Ihrer Familie vorgefallen ist, ist wirklich abseits von allem Normalen und ich habe durchaus Verständnis dafür, dass man Ihnen mit Misstrauen begegnet. Ihr Mann war ein Kollege, der offensichtlich alle getäuscht hat, ein Schandmal für unsere Schule. Wir müssen uns jetzt in der Öffentlichkeit rechtfertigen, wie ein solcher Mensch an unsere Schule Kinder betreuen durfte. Ich kann also durchaus verstehen, dass niemand Ihnen gegenüber so tun kann, als sei nichts gewesen und wenn Sie ehrlich sind, würden Sie wahrscheinlich auch nicht anders reagieren. Wer

157

weiß denn schon, was in Ihrer Familie vorgefallen ist." Karen war geschockt und wurde zornig. „ Mein Mann ist krank, oder sagen wir gestört, er hat etwas Schreckliches getan und dafür büßt er jetzt, ich und meine Tochter sind die Opfer seiner Tat. Müssen wir jetzt auch noch durch die Öffentlichkeit dafür bestraft werden, unseren Mann, unseren Vater verloren zu haben? Bitte kümmern Sie sich um mein Kind, sie kann am allerwenigstens etwas für das Verhalten ihres Vaters." Ihre Stimme bebte. Sie war verzweifelt. Die Lehrerin zog die Augenbraue hoch. „Versprechen Sie sich nicht zu viel von meinem Einfluss. Natürlich werde ich darauf achten, dass Ihre Tochter nicht gemobbt wird, aber wenn die anderen den Kontakt zu ihr abbrechen, dann kann ich daran auch nichts ändern. Die Eltern werden ihre Gründe haben, ihre Kinder anzuweisen." Karen war entsetzt. Sie drehte sich auf dem Absatz herum und verließ weinend das Lehrerzimmer. Sie fühlte sich verraten und hatte größtes Mitleid mit ihrer Tochter. Da Frau Bartsch gleichzeitig die Leiterin der Grundstufe war, gab es kaum eine andere Möglichkeit, Einfluss zu nehmen. Sie fuhr nach Hause und wartete gespannt auf die Rückkehr ihres Kindes.

Viviane kam zurück. Still und schweigsam. Sie stürzte sich auf Pepe, der sie freudig begrüßte und erneut war Karen dankbar, dieses kleine Tier gekauft zu haben. „Na, Schatz, wie war es?" „Langweilig, keiner will mit mir spielen, ich habe die ganzen Pausen alleine verbracht. Selbst Anna, die blöde Kuh, guckt mich nicht mehr an. Mama, ich hab doch keinem was getan." Viviane redete sich in Rage „Das ist alles wegen Papa, er hat alles kaputt gemacht. Wegen ihm bin ich jetzt allein, aber es ist mir egal. Ich habe Pepe und Jette, auch wenn sie auf diese doofe Privatschule geht, ich kann sie öfters sehen und Pepe hab ich immer, wenn ich zuhause bin." Karen nahm ihre Tochter in den Arm. Großes, kleines Mädchen dachte sie. Im Stillen bewunderte sie die Haltung ihrer Tochter. „Weißt du

Mama, etwas Gutes hat es ja auch, wenn mich keiner ablenkt, kann ich mich voll auf die Schule konzentrieren und werde irgendwann noch schlauer als Papa." „Oh Schatz, du bist so toll, aber versprich mir, wenn dich jemand ärgert oder du traurig bist, dann komm zu mir und erzähle es mir, ok? Du weißt wir beide müssen jetzt zusammenhalten, denn Papa kann uns nicht helfen." Ich weiß, Mama, und wenn ich das nächste Mal zu ihm fahre, werde ich ihm auch sagen, dass ich das alles total blöd finde, aber ich kann ja nichts daran ändern." „Nein das kannst du leider nicht, mein Schatz und ich auch nicht."

Es war Oktober und so langsam verließen auch die letzten Herbsttouristen die Insel. Karen merkte es deutlich an ihren Patienten, es wurden immer weniger, kaum ein Einheimischer verirrte sich in ihre Praxis. Sie arbeitete höchstens 10 Stunden die Woche und davon würde sie nicht überleben können. Sie fing an massiv zu sparen. Ausflüge, die Geld kosteten gab es nicht mehr, unnötige Fahrten mit dem Auto wurden vermieden. Der Speisezettel umgestellt. Das alles machte sie sehr behutsam, Viviane sollte nicht bemerken, dass sich etwas änderte und dennoch reichte das Geld vorne und hinten nicht. Immer wieder musste sie auf das Ersparte zurückgreifen und die Zweifel, es nicht schaffen zu können, wurden immer größer. Das Verhalten der Menschen auf der Straße beruhigte sich nicht. Man mied sie, grüßte sie kaum. Sie ging kaum noch aus dem Haus, die nötigsten Besorgungen erledigte sie nach wie vor gegen Abend, Spaziergänge unternahm sie mit Viviane am Strand zu dem sie mit dem Fahrrad fuhren. Sie vereinsamte immer mehr. Wären nicht Mike und Laura gewesen, hätte sie verzweifeln können. Doch der Kontakt zu den beiden wurde immer besser und Karen konnte mit ihnen auch über ihre Probleme reden. Die beiden verstanden das Verhalten der anderen nicht, aber auch sie hatten keine Idee, wie man es ändern könnte. Auch ihre Eltern und Frieda waren eine große Stütze, wobei sie vor der Familie ihre Einsamkeit verbarg, aus irgendeinem Grund schämte sie sich. Die Besuche bei Markus wurden zu einer angenehmen Gewohnheit. Inzwischen öffnete sie sich ihm gegenüber mehr und mehr. Längst hatte er bemerkt, dass Viviane ihm nicht mehr so nahe war. Das Kind gab ihm Schuld an der Misere und konnte dies ihm gegenüber auch nicht verbergen. „Weißt du, Karen, was mich am meisten quält? Ich spüre es, ich werde Viviane verlieren. Sie hält es nicht aus, dass ich ihr ihr Leben genommen habe. Sie sagt es deutlich und hat ja auch Recht. Wie kann ich ihr nur klarmachen, dass ich das niemals gewollt habe und dass ich sie liebe?" „Ich weiß es nicht Markus, ich hoffe einfach, dass die Zeit doch noch für uns arbeitet und sich die Wogen irgendwann wieder glätten. Schau, wir zwei kommen doch auch schon wieder viel besser miteinander klar als noch vor drei Monaten." Sie lächelte ihn an. „Das stimmt. Ich werde die Hoffnung auch nie aufgeben, dass du mich wieder lieben kannst, denn du bleibst für mich neben Viviane der wichtigste Mensch in meinem Leben und ich möchte daran glauben dürfen, dass es nach diesen verdammt langen 10 Jahren eine gemeinsame Zukunft geben wird." Karen fühlte sich überfordert. „Markus, du weißt ich bin ehrlich. Ich spüre, dass du mir nicht egal bist, aber ein erneutes Leben an deiner Seite, das kann ich mir im Moment noch nicht vorstellen, dafür ist zu viel passiert." „Das verstehe ich, aber, Karen, wenn wir nichts haben, Zeit haben wir und ich hoffe einfach, dass sie für uns arbeitet. Meine Therapeutin ist übrigens hoch zufrieden mit mir. Sie ist erstaunt, welche Fortschritte ich in der kurzen Zeit bereits gemacht habe. Sie ist überzeugt, dass ich diese verfluchte Störung überwinden werde." „Das freut mich für dich, denn das ist die unbedingte Voraussetzung um über eine gemeinsame Zukunft nachzudenken." „Ich weiß."

Karen verließ das Gefängnis und dachte über das Gespräch nach. Es ließ sie nicht unberührt, dass Markus sie immer noch liebte und dieses Wissen beruhigte sie. Sie war nicht allein.

Es war ein Sonntag im Dezember, der 2. Advent. Viviane zuliebe stand ein einfacherer Adventskranz auf dem Wohnzimmertisch, ansonsten waren im Hause Schindler keine Zeichen der Vorweihnachtszeit zu erkennen. Laura, Mike und Jette hatten sich auf einen Kaffee angekündigt und Karen und Viviane freuten sich schon auf die drei. Sie kamen pünktlich und brachten eine Tüte selbstgebackener Weihnachtsplätzchen mit. Sie nahmen alle am Esstisch Platz und Karen schüttete den Kindern Kakao und den Erwachsenen Kaffee ein. Irgendetwas stimmte nicht. Mike und Laura schienen bedrückt, so als müssten sie etwas beichten und trauten sich nicht es auszusprechen. Karen blickte die beiden an. „Was ist los, ihr zwei. Habt ihr was ausgefressen. Ihr schaut wie 10 Tage Regenwetter." „Die Kinder waren im Kinderzimmer verschwunden und spielten mit Pepe. Mike räusperte sich: „Ja, Karen wir müssen mit dir reden. Wir wissen, dass dich das was wir jetzt sagen werden sehr treffen wird. Es tut uns sehr sehr leid, aber es ist eine Entscheidung die einfach nur vernünftig ist." Karen blickte ängstlich aber auch aufgeregt zu Mike. „Was ist es? Bitte erzähle.".

„Wir haben dir doch im November erzählt, dass meine Mutter verstorben ist. Jetzt war die Testamentseröffnung und sie hat mir ihr Haus im Großraum von Stuttgart vererbt. Gleichzeitig ist dort gerade in einer angesehenen Kanzlei eine Stelle als Strafverteidiger frei. Du weißt, dass ich hier auf der Insel von meinem Job auch nicht reich werden kann, denn Gott sei Dank sind die Insulaner nicht allzu kriminell. Das sieht in der Umgebung einer Großstadt natürlich schon anders aus. Also kurz und knapp" Er wrang sich die Hände und schaute hilfesuchend zu seiner Frau. Laura übernahm das Wort. „Also kurz und knapp haben wir uns dazu entschieden, die Zelte hier abzubrechen und nach Stuttgart zu gehen. Mike hat die Stelle zum 01.03. bekommen, so dass wir im Februar umziehen werden. Es fällt uns nicht schwer von hier wegzugehen, denn wir waren nicht wirklich so verwurzelt, aber es tut uns leid für dich und Viviane. Wir ahnen, was es für dich bedeutet." Karen schien es, als würde sich der Boden unter ihren Füßen auftun. Ihr letzter Halt, ihr Kontakt zur Außenwelt, die einzige Freundin, die Viviane noch hatte, das alles würde verschwinden, von einem Tag auf den anderen nicht mehr da sein. Es würde eine Entfernung von ca. 800 km zwischen ihnen liegen. Eine unüberwindbare Distanz. Sie saß da, unfähig ein Wort zu sagen, unfähig eine Reaktion zu zeigen. Sie verstand die beiden, für sie war es sicherlich das Beste, aber gleichzeitig war sie auch wütend und hoffnungslos. „Sorry, ich kann dazu jetzt leider nichts sagen, es wirft mich um. Seid mir bitte nicht böse, aber ich wäre jetzt lieber gerne allein. Jette könnt ihr gerne noch hier lassen und später holen, die beiden spielen gerade so schön, aber ich muss jetzt allein sein." Tränen traten in ihre Augen. Die beiden erhoben sich ungelenk und verunsichert. „Wir sehen uns, reden nochmal in Ruhe, ok?" „Was gibt es noch zu reden. Ihr geht und für euch ist es sicherlich das Beste. Ich muss eben sehen, wie ich damit klarkomme." Karen versuchte sich aufzurichten, den Rücken durchzudrücken, aber es wollte nicht so recht gelingen. „Karen, wie du willst, wir fahren, ist es dir recht, wenn wir Jette so gegen sieben abholen?" „Ja klar, sie kann gerne noch mit uns zu Abend essen, 19.30 Uhr reicht." „Ja, so machen wir es, mach 's gut." Macht 's auch gut und bitte macht euch wegen mir keine Vorwürfe. Ihr könnt am allerwenigstens etwas für meine Situation und wart mir in den letzten Monaten eine wirklich große Hilfe. Dafür danke ich euch." Karen hatte wieder zu sich selbst gefunden, aber in ihrem Inneren breitete sich eine Leere aus, der sie sich hingeben wollte und zwar allein und ohne

Zeugen. Die beiden gingen. Draußen war es bitterkalt. Das Thermometer zeigte auch tagsüber Minusgrade. Karen ging im Pullover hinaus auf die Terrasse und ließ ihren Tränen freien Lauf. Sie war wütend, so unglaublich wütend, dass sie am liebsten die leeren Blumenkübel zerschlagen hätte. In ihr breitete sich eine Hilflosigkeit aus und zum ersten Mal seit seiner Verhaftung sehnte sie sich nach Markus. Er hätte sie jetzt in den Arm genommen und sie getröstet, ihr Tipps gegeben, wie es weitergehen könnte, aber er war nicht da, sie war allein.

Das Weihnachtsfest verbrachten sie in Hamburg. Am Nachmittag des Heiligen Abends fuhren sie zuhause los. Das Wetter war mehr als ungemütlich. Gefrierender Regen fiel auf die Fahrbahn und es war wahrlich kein Vergnügen die Strecke zurückzulegen. Gegen 18.00 Uhr kamen sie endlich bei Karens Eltern an. „Gott sei Dank, ihr seid da, was für ein Mistwetter, ich hatte echt Angst, dass euch etwas passiert. Kommt rein." Karens Mutter stand in der Haustür. Sie freute sich ihre Tochter und Enkeltochter zu sehen. „Papa ist schon im Wohnzimmer und bereitet die Bescherung vor. Nils ist auch schon da. Er wartet in der Küche auf euch. Karen du kannst noch deine Geschenke unter den Baum legen, dann können wir bald beginnen." Eva ging mit Viviane in die Küche begleitet von dem kleinen Pepe, der die neue Umgebung neugierig beschnupperte. „Hallo Schwesterherz, schön dich zu sehen, na hast du deinen Goldschatz mitgebracht?" „Klar, der kann doch nicht alleine zu Hause bleiben. Außerdem macht er jetzt auch kein Pippi mehr ins Haus, also ist es kein Problem ihn mitzunehmen." Nils streichelte den kleinen Hund und nahm seine Schwester stürmisch in die Arme. „Guck mal Nils für Morgen" Viviane zeigte ihrem Bruder eine Weihnachtstüte mit Plätzchen. „Die haben Mama und ich selbst gemacht. Das sind unsere Lieblingskekse, Butterplätzchen mit ganz viel Schokolade."

Karen war ins Wohnzimmer eingetreten, wo ihr Vater dabei war, die Lichterkette im Baum so zu drapieren, dass alle Kerzen nach oben zeigten. „Na, Paps, jedes Jahr das gleiche Problem, es ist doch nicht schlimm, wenn sie nach unten leuchten.

„Doch, Karen, ist es, wenn wir schon diese künstlichen Dinger an den Baum hängen, dann soll es wenigstens ein bisschen so aussehen, als wären sie echt:" Karen musste lachen. Sie umarmte ihren Vater. „Grüß dich erst mal, Papa, wir haben uns ja schon lange nicht gesehen." „Stimmt, und ich muss sagen als wir uns das letzte Mal gesehen haben, hast du mir besser gefallen." Das saß. Karen blickte an sich herab. „Was meinst du?" „Na ja, du bist total blass und hast mindestens noch mal 5 Kilo abgenommen. Seit du 14 bist, bist du niemals mit solchen Haaren aus dem Haus, immer hast du die Locken rausgezogen und das Glätteisen durchgezogen und jetzt. Ein einfacher Pferdeschwanz mit Löckchen, so kenn ich dich gar nicht." Karen wurde rot. Es stimmte. Sie achtete nicht mehr sehr auf ihr Äußeres, für wen auch, keiner wollte sie sehen und keiner mit ihr reden. An der Arbeit war der Pferdeschwanz praktisch und Viviane nahm keinen Anstoß an der einfachen Frisur. „Papa, warum musst du immer so direkt sein. Wir wollen doch Weihnachten feiern und irgendwie verdirbst du mir die Stimmung bevor es angefangen hat." Quatsch, ich bin nur ehrlich. Ich verstehe dich sowieso nicht. Lass dich scheiden, nimm deinen Mädchennamen wieder an und komm zu uns, dann kannst du diesen ganzen Mist hinter dir lassen." Karen schaute ihren Vater erschrocken an. „Meinst du das ernst, Papa. Du warst doch immer gut mit Markus befreundet. Wie kannst du ihn jetzt so wegstoßen?" „Meinst du das ernst, Karen? Dein Mann hat euer Leben zerstört, und sag mir jetzt nicht, dass es euch gut geht. Ich sehe, dass es nicht so ist." „Du hast Recht, Papa, es gab wirklich schon bessere Zeiten, aber ich tue alles dafür diese Krise zu meistern und ich glaube daran, dass wir es schaffen. Es tut mir nur verdammt weh, wenn selbst mein Vater mich nicht dabei unterstützt." „Ich unterstütze dich dabei, sobald du einsiehst, dass dieser Mann aus deinem Leben verschwinden muss, damit du wieder leben kannst. Du hast Recht, ich habe Markus immer sehr geschätzt, aber durch sein Tun hat er meine Sympathie leider verwirkt. Ich verachte ihn für das was er getan hat." Karen war entsetzt und zutiefst getroffen. Konnte ihr Vater nicht verstehen, dass sie das gute Leben mit Markus nicht vergessen konnte, dass er ihr immer noch etwas bedeutete, dass es nicht der richtige Zeitpunkt war, eine Entscheidung zu treffen, weder für noch gegen Markus. Obwohl jetzt, als sie ihren Vater so reden hörte, spürte sie, dass ihr Herz zu Markus stand und dass sie ihn niemals so aus ihrem Leben verbannen könnte. Sie beschloss dieses Gespräch hier zu beenden, denn es führte zu nichts. „Komm, Papa, lass uns zu den anderen gehen. Viviane ist bestimmt schon ganz ungeduldig und möchte Bescherung feiern, lassen wir sie nicht zu lange warten." Sie gingen gemeinsam in die Küche. Viviane begrüßte ihren Großvater stürmisch. „Na, Opa, war der Weihnachtsmann schon im Wohnzimmer, darf ich schon nachschauen?" „Nein, du Racker, du weißt doch, erst wenn das Glöckchen klingelt, gehen wir rein." „Oh Mann, ist das spannend." Karens Mutter hatte sich ins Wohnzimmer geschlichen und läutete das kleine goldene Glöckchen, das sie bereits von ihrer Großmutter geerbt hatte. Viviane stürmte ins Zimmer. Sie liebte es die Geschenke unter dem Baum zu sortieren und alle Päckchen mit ihrem Namen auf einem Haufen zu sammeln, um sie dann in aller Ruhe auszupacken. Aber wie jedes Jahr, musste sie sich noch in Geduld üben. Ihr Großvater las die Weihnachtsgeschichte aus der Bibel vor und dann sangen sie noch alle zusammen „Oh du fröhliche". Erst dann konnte das fröhliche Auspacken beginnen. Viviane bekam viele praktische Dinge, einen neuen Schulrucksack, dicke Handschuhe und von Nils eine Baseballkappe von Ed Hardy. War die cool. Das beste Geschenk kam aber von ihrer Mama. Ein Fahrradkorb mit einem Gitterdach für Pepe. Darin lag ein flauschiges Deckchen in Himmelblau. „Pepe, Pepe komm her, jetzt können wir zusammen zum Strand fahren, ist das nicht super. Danke Mama". Klaus gab seiner Tochter einen Umschlag in die Hand. „Ich denke, auch wenn du nicht viel darüber redest, brauchst du das am dringendsten, oder?" 500 Euro befanden sich in dem Umschlag und Karen war ihren Eltern sehr dankbar. „So fertig mit Auspacken, dann kommt zum Tisch. Wie immer an Heiligabend gab es Fisch mit Kartoffelsalat, es schmeckte herrlich und wäre nicht das unangenehme Gespräch mit ihrem Vater gewesen, hätte Karen den Abend genossen.

Nach dem Essen zog Karen einen Brief aus der Handtasche. Er war von Markus, an sie adressiert. Er hatte ihn ihr bei ihrem letzten Besuch gegeben und sie gebeten, ihn am Weihnachtsabend ihrer Familie vorzulesen. Karen drehte den Umschlag in ihren Händen. Sie blickte zu ihrem Vater und schob den Umschlag wieder zurück in die Tasche. Nein vor ihm wollte sie Markus Worte nicht vorlesen. Sie würde ihn morgen öffnen, wenn sich die Gelegenheit bot und ihr Vater nicht anwesend war.

Wie immer am ersten Weihnachtsfeiertag machte ihr Vater am Vormittag einen langen Spaziergang. In diesem Jahr nahm er Viviane und Pepe mit. Das Wetter hatte sich beruhigt. Es war kalt aber trocken. Die beiden machten sich nach dem Frühstück auf und Karen und Eva kümmerten sich um das Mittagessen. Nils lag noch im Bett, der arme Student, musste sich wohl mal richtig ausschlafen. Die beiden Frauen arbeiteten in der Küche. Karen war sehr schweigsam. Ihre Mutter schaute sie mitleidig an. „Was ist los, Kind, du wirkst so bedrückt, komm erzähl." Karen legte das Messer, mit dem sie die Kartoffeln geschält hatte aus der Hand. „Ach Mama, du weißt, dass niemand auf der Insel etwas mit uns zu tun haben möchte, Viviane keine Freundinnen mehr hat und ohne ihren kleinen Freund Pepe wirklich sehr einsam wäre. Aber wir konnten damit umgehen, denn da waren Mike und Laura mit Jette. Wir haben uns alle so gut verstanden, ich mit den Erwachsenen und die beiden Mädels sowieso. Vor zwei Wochen sind die beiden nun zu mir gekommen, um mir zu sagen, dass sie von der Insel gehen. Mike hat sein Elternhaus in Stuttgart geerbt und sie werden im Februar dorthin ziehen. Ich weiß einfach nicht, wie ich es Viviane beibringen soll, Jette ist so wichtig für sie." Eva schluckte „Mein Gott, das habt ihr wirklich nicht verdient. Ich kann mir vorstellen, was es für das Kind bedeutet, aber auch für dich. Warte nicht zu lange. Es wird nicht leichter für Viviane, wenn sie es spät erfährt. Erfährt sie es früher, hat sie wenigstens noch ausreichend Zeit. Zeit mit Jette zu verbringen und sich zu verabschieden. Wie du das kompensieren sollst, weiß ich aber auch nicht. Das tut mir leid." „Und dann ist da noch was. Ich hatte gestern nach unserer Ankunft ein sehr unangenehmes Gespräch mit Papa, in dem er mir deutlich gemacht hat, dass ich mich von Markus lossagen soll und er es nicht versteht, dass ich weiter zu ihm halte. Sieht er das alleine so, oder denkst du genauso?" „Nein, Karen, ich bin nicht seiner Meinung. Ich weiß, dass dein Vater so denkt und ich finde es nicht gut, aber so ist er. Immer zu hundert Prozent geradeaus, komme was wolle. Hintergrund ist für ihn auch einfach nur, dass er möchte, dass es dir gutgeht. Du warst immer das Wichtigste in seinem Leben und er kann nicht mit ansehen, dass du leidest." Karen lachte. „Und deshalb verhält er sich so, dass ich die Lust verliere mit ihm über meine Situation zu reden. Er stößt mich von sich weg, aber das ist ihm wohl nicht klar. Schau ich habe einen Brief von Markus in meiner Tasche, einen Brief, den ich euch am Weihnachtstisch vorlesen soll. Ich möchte jetzt nicht

mehr, das Papa den Inhalt kennt und das ist doch schade."
„Ja, Karen, das ist schade, aber ich glaube, ich würde an deiner Stelle genauso reagieren. Ich denke aber es ist besser du folgst dem Wunsch deines Mannes. Heb es dir für nach dem Essen auf. Vielleicht wird der Inhalt Klaus ja zum Umdenken bewegen.

Ihr Vater kam pünktlich zum Mittagessen zurück und die Familie machte sich über die wie immer hervorragend gelungene Weihnachtsgans her. Es war ein entspanntes Mittagessen, Viviane schilderte ihre Eindrücke auf dem Spaziergang und Karen freute sich ihre Tochter mal wieder so unbeschwert plappern zu hören. Sie zog den Brief aus ihrer Tasche und legte ihn vor sich auf den Tisch. „Hört mal zu, Markus hat mir bei meinem letzten Besuch einen Brief an euch mitgegeben, den ich euch jetzt gerne vorlesen möchte." Alle Augen richteten sich gespannt auf Karen und sie zog das Blatt Papier aus dem Umschlag. Mit seiner ihm eigenen schwungvollen Handschrift war der Brief von Markus verfasst und Karen begann zu lesen.

Meine liebe Familie,
ich hoffe, ihr habt ein schönes Weihnachtsfest und Karen und Viviane genießen den Aufenthalt bei euch. Wie ihr euch sicher vorstellen könnt, ist dieses erste Weihnachten fern von euch in meiner jetzigen Situation schwer zu ertragen, aber ich weiß, dass ich alleine die Schuld daran trage und es aushalten muss. Ich bin für alles was passiert ist verantwortlich und ihr könnt es mir glauben, ich bereue es zutiefst. Durch meine Feigheit habe ich das Leben meiner Frau und meines Kindes zerstört und dies ist der größte Vorwurf den ich mir mache. Warum nur habe ich geglaubt, mein Defizit ausgleichen zu können, warum war ich nicht in der Lage mich zu öffnen, auf die Liebe meiner Frau zu vertrauen und mich einer Therapie zu unterziehen. Nein, in meiner mir angedichteten Selbstbe-

herrschung glaubte ich alles im Griff zu haben und euch nicht mit meinem Problem belasten zu müssen. Das war ein riesengroßer Fehler, für den ich jetzt teuer bezahlen muss. Das für mein Fehlverhalten ein Mensch sein Leben mit dem Tod bezahlen musste, ist das Schlimmste was passieren konnte. Es tut mir so leid. Ich kann euch alle nur um Entschuldigung bitten, aber ich weiß, dass dies sehr viel verlangt ist.

Aber eines müsst ihr mir glauben. Nichts was ihr mit mir erlebt habt, war falsch oder gespielt. Ihr habt den Markus kennengelernt, der ich immer war und der ich immer sein wollte. Das Ausleben meiner Neigung war die dunkle Seite in mir, der ich mich nie stellen wollte und die jetzt die Katastrophe verursacht hat. Ich wollte das nicht.

Jetzt liegt es an euch über mich zu richten. Bitte glaubt mir, dass ich abseits des Verschweigens meiner Abartigkeit immer ehrlich zu euch war. Karen, ich liebe dich und werde es immer tun, Viviane, mein Schatz, Papa wäre gerne für dich da, aber er hat es verdorben. Ich kann euch nur bitten, haltet zusammen, Eva und Klaus, bitte passt auf meine Liebsten auf. Nils, du wirst deinen Weg gehen, das weiß ich, du bist ein toller junger Mann, aber halte auch du zu deiner Mutter und deiner Schwester. Ich kann mir vorstellen, wie sie unter dem Verhalten der Insulaner leiden müssen, und umso wichtiger ist es, dass sie Halt bei den Menschen finden, die sie lieben. Bitte, bitte passt aufeinander auf.

In Liebe Markus

Karen ließ das Blatt sinken. In ihren Augen brannten Tränen und auch Eva liefen die Tränen über das Gesicht. Karen blickte ihren Vater an. So sehr sie sich auch bemühte, sie konnte nichts in seinem Gesicht lesen, es war ausdruckslos. Nils ergriff als erster das Wort. „ Ein schöner Brief, Mama, und ich bin überzeugt jedes einzelne Wort ist ernst gemeint. Markus ist kein schlechter Mensch. Seine Tat ist wirklich Ausdruck einer Krankheit gewesen." „Danke, Nils, morgen werde ich Markus besuchen und ihm von deiner Reaktion erzählen. Ich bin sicher, er wird sich darüber freuen. „Ja, Karen, bitte bestell ihm auch von mir liebe Grüße und sage ihm, dass wir seinen Wunsch befolgen werden." Ihre Mutter hatte sich wieder im Griff und sah ihren Mann an. Dieser saß noch immer regungslos am Tisch und äußerte sich nicht. Viviane schmiegte sich an ihre Mutter. „Mama, ich hab zwar nicht alles verstanden, was Papa so schreibt, aber sein Brief klingt traurig, ich hoffe er freut sich Morgen über meine Weihnachtsplätzen." Karen lachte. „Das wird er bestimmt tun mein Schatz, du weißt doch wie sehr er deine Schokokekse mag." „Ich hol schon mal welche, ihr könnt sie jetzt alle probieren, so als Nachtisch passt das doch gut." Viviane sprang vom Tisch auf. „Du bist doch wirklich eine Raupe Nimmersatt, wie kannst du nach der Gans schon wieder Appetit haben, ich glaube es passt kein Keks mehr in mich rein." Nils rieb sich den Magen. „Ach komm, stell dich nicht so an, meine Kekse musst du probieren, das sind die Allerbesten."

Am nächsten Tag machten sich Viviane und Karen nach dem Frühstück auf nach Lübeck. Sie hatten einen Besuchstermin bei Markus. Karen war noch immer mit dem Inhalt des Briefes beschäftigt. Es war das erste Mal seit der Verurteilung von Markus, dass sie ein Gefühl der Freude empfand ihn zu sehen. Der Besuch verlief angenehm. Viviane berichtete ihrem Vater von dem schönen Weihnachtsabend und den vielen Geschenken, sie zeigte ihm Fotos von Pepe, der im Auto warten musste und ließ ihn die Weihnachtsplätzchen probieren. Karen und Markus hatten wenig Gelegenheit, Persönliches zu besprechen, auch der bevorstehende Umzug von Mike und Laura kam nicht zur Sprache. Es waren zwei angenehme Stunden, die viel zu schnell vergingen und schon bald befanden sich Karen und Viviane auf dem Heimweg.

Das neue Jahr begann und Karen dachte darüber nach, wie sie Viviane erklären sollte, das Jette sie verlassen würde. Sie wusste, das Viviane sehr darunter leiden würde, denn Jette war die einzige Freundin, die ihr geblieben war. In der Schule war es inzwischen zwar ruhig geworden, niemand sprach Viviane mehr auf ihren Vater an. Eher war es so als würde Viviane für die anderen nicht mehr existieren. Sie war nicht mehr Bestandteil ihres Lebens. Viviane hatte sich damit arrangiert. Sie konzentrierte sich auf ihre Leistungen, war eine sehr gute Schülerin. Nach wie vor konnte sie sich sehr gut mit sich selbst beschäftigen, sie spielte stundenlang in ihrem Zimmer und häufig holte sie ihre Gitarre hervor und machte Musik. Karen liebte es ihr zuzuhören, aber es machte ihr Angst, dass dieses achtjährige Kind immer stiller wurde und ihre Kindheit weitestgehend in Einsamkeit verbrachte. Und jetzt auch noch Jette.

Es war an einem Sonntag Ende Januar, Mike war mit seiner Familie zu Besuch bei Karen, sie hatten gemeinsam Kaffee getrunken und einen schönen Spaziergang gemacht. Endlich lag mal ein wenig Schnee auf der Insel und die beiden Mädels hatten sich eine Schneeballschlacht geliefert. Jetzt hockten sie vor dem Kamin und hielten ihre Hände in Richtung des Feuers um sie aufzuwärmen. Laura und Karen hatten sich darauf geeinigt, das Gespräch über den Umzug gemeinsam zu führen, denn auch Jette wusste noch nicht, das ihr nicht einmal vier Wochen bis zu ihrem Umzug verblieben.

„Mädels, was haltet ihr davon, wenn wir heute Abend noch Pizza von Giovanni bestellen, habt ihr Lust." „Au ja, dann können wir ja noch ziemlich lange zusammen spielen." „Ja, Jette, das könnt ihr, aber vorher müssen wir mit euch beiden reden." Die Kinder schauten Laura erstaunt an. Das hörte sich so ernst an, hatten sie etwas ausgefressen? „Kommt mal her, wir setzen und jetzt alle mal auf Sofa." „Ok, aber was ist los,

Mama, du machst es aber spannend." Mike und Laura begannen darüber zu berichten, dass Jettes Oma gestorben war und ihnen ein Haus vererbt hatte. Mike hatte auch Fotos dabei. Ein wunderschönes Haus in einem großen Garten, war darauf zu sehen. Mike erzählte, dass er hier auf der Insel nicht so viel Arbeit hatte, wenn er aber in diesem Haus wohnen würde, hätte er auch einen besseren Job und würde mehr Geld verdienen. Vivianes Augen weiteten sich. Was hatte das zu bedeuten. Wo war das Haus? Laura erzählte, dass sie mit Jette in dieses Haus ziehen würden und das es dann nicht mehr möglich wäre, sich so häufig zu sehen. „Wo ist das Haus, in Hamburg oder Oldenburg?" Viviane stellte die Frage ängstlich. „Nein Viviane, das Haus ist noch weiter weg in Stuttgart." Viviane erschrak. Sie hatten in der Schule gerade die Bundesländer durchgenommen. Sie wusste, das Stuttgart die Hauptstadt von Baden Württemberg war, sehr weit weg, im Süden von Deutschland. „Und da wollt ihr wohnen? Dann sehen wir uns ja gar nicht mehr." Tränen liefen ihr über das Gesicht und sie umschloss Jette mit ihren Armen. „Überhaupt nicht mehr ist falsch, aber nicht mehr so oft wie jetzt, das ist richtig"; Mike strich Viviane über den Kopf. „In den Ferien könnt ihr euch besuchen, entweder kommt Jette zu dir, oder du besuchst uns. Das wird doch bestimmt spannend, meint ihr?" „In den Ferien? Und mit wem kann ich reden, wenn du nicht mehr da bist. In der Schule spricht ja keiner mit mir." Viviane schluchzte. „Wann wollt ihr denn weg, schon bald?" „Ja, Schatz, Karen mischte sich ein. Nächsten Monat werden die drei uns verlassen. „Nein", Viviane schrie es, „nein, das will ich nicht und Mama, du hast doch dann auch niemanden mehr, mit dem du reden kannst, die Leute gucken uns doch hier alle nicht mehr an" „Warum lasst ihr uns alle allein, erst Papa, weil er so böse war und jetzt ihr, das ist doch gemein. Papa ist Schuld nur er, wäre er nicht so böse gewesen, hätte ich auch noch Freunde." Die Erwachsenen schauten sich an.

Das Kind hatte Recht und dennoch war diese Sichtweise falsch und würde ihr nicht weiterhelfen. „Komm her, Schatz, du hast Recht, auch ich bin sehr traurig dass die drei gehen, aber für sie ist es das Beste und wir können nicht verlangen, dass sie wegen uns hier bleiben." „Nein, Mama, das können wir nicht, aber kann denn nicht mal eine einzige Sache in unserem doofen Leben gut bleiben. Warum geht alles kaputt?" Viviane sprang auf und rannte aus dem Zimmer. Jette ging ihr nach, und die Erwachsenen blieben unter sich. „Ich kann sie verstehen, Karen, und ich fühle mich schlecht, bei dem was wir tun, aber es ist wichtig für uns und wir können nicht anders handeln." Laura wandte sich an Karen. „Laura, du musst dir keine Vorwürfe machen. Es stimmt, es ist schwer für uns, aber das ist unser Problem, nicht eures. Wir müssen sehen, dass wir wieder auf die Füße kommen. Vielleicht habe ich mich auch viel zu sehr durch das Verhalten der Menschen da draußen beeinflussen lassen und ihnen nichts entgegengesetzt. Sie haben mich abgestempelt und ich habe mich stempeln lassen. Ich werde mich bemühen, aktiver zu werden, Kontakte wieder aufleben zu lassen und vielleicht wird es mir jetzt gelingen. Immerhin ist Markus jetzt schon ein halbes Jahr in Haft und vielleicht ist etwas Gras über die Sache gewachsen." „Wir wünschen dir viel Glück dabei, du bist stark und ihr werdet es schaffen und ich danke dir, dass du uns nicht böse bist." „Dazu gibt es keinen Grund, wie sollte ich euch böse sein. Ihr seid die einzigen, die uns normal behandelt haben, die einzigen, die gerne mit uns zusammen gewesen sind, also was in aller Welt sollte mich dazu veranlassen, euch böse zu sein?" Mike erhob sich. „Ich glaube es ist besser wir fahren jetzt, Ich denke Viviane ist die Lust auf einen Pizzaabend vergangen. Karen ich wünsche dir viel Kraft und ich hoffe, dass Viviane es einigermaßen wegsteckt, wie gesagt, das gegenseitige Besuchen in den Ferien sollte funktionieren, mehr können wir leider im Moment nicht anbieten." Ich weiß,

Mike, macht es gut, aber wir sehen uns noch vor eurem Umzug, ok? Wir müssen Viviane die Gelegenheit geben, sich ordentlich von Jette zu verabschieden, aber jetzt muss sie den Schock erst einmal verarbeiten." „Ja, Karen, das machen wir"; Laura strich ihr über den Arm, „jetzt lass erst mal sacken und sprich mit deiner Tochter." „Ja, das mach ich. Bis bald." Mike holte Jette aus dem Kinderzimmer. Auch sie hatte geweint. Die beiden Mädchen hielten sich eng umschlungen und verabschiedeten sich.

„Komm mal her, mein Schatz, willst du reden?" Die Haustür hatte sich hinter Jette geschlossen. „Nein, will ich nicht, geh, ich will dich nicht sehen. Ich will auch nichts mehr essen. Ich bleibe mit Pepe in meinem Zimmer. Er ist der einzige Freund, den ich noch habe."

Karen ließ sie gewähren. Sie verstand ihre Tochter und sie tat ihr unendlich leid. Sie schaute auf die Uhr Sonntagabend 18.00 Uhr. Eine Zeit wo im Januar die meisten Menschen zu Hause waren. Sie griff zu ihrem Telefon und wählte die Nummer von Mareike. Mareike und sie hatten zusammen die Ausbildung gemacht, sich dann aus den Augen verloren. Als Karen ihre Praxis eröffnet hatte, war Mareike plötzlich aufgetaucht. Sie arbeitete angestellt in einer der Praxen auf der Insel und hatte zufällig von der Praxiseröffnung erfahren. Sie hatten sich sehr über das Wiedersehen gefreut und sich danach regelmäßig zum Bummeln oder Kaffeetrinken getroffen. Es war eine nette Frauenfreundschaft gewesen. Mit der Verhaftung von Markus war der Kontakt abgerissen. Mareike hatte sich nicht mehr bei Karen gemeldet und Karen war so von der neuen Lebenssituation überfahren worden, dass auch sie keine Anstrengungen unternahm. Aber jetzt, sechs Monate nach der Verurteilung würde sie einfach mal nachfragen, ob Mareike an einem Treffen interessiert war. Das Telefon klingelte nur zweimal, dann hatte sie Mareike in der Leitung.

„Grüß dich Mareike, Karen hier, wir haben ja schon lange

nichts mehr voneinander gehört. Wie geht es dir?" Karen spürte förmlich durch die Leitung wie ihr Gegenüber nach Worten suchte und bereute es bereits, angerufen zu haben. „Karen, du, na, mir geht es gut, nach dir muss ich wohl nicht fragen." Karen machte einen weiteren Versuch, „Ja wir haben uns ja schon länger nicht gesehen, hast du Lust mal wieder einen Kaffee zu trinken?" Karen suchte die Flucht nach vorn. „Nee du tut mir leid, aber ich habe so viel zu tun und überhaupt keine Zeit, nee mir ist nicht nach Kaffeetrinken. Tut mir leid." „Ok, oder liegt es daran, was mein Mann getan hat, komm ich in Sippenhaft und das ist der Grund, warum du mich nicht sehen möchtest?" Karen war jetzt alles egal, sollte die Leute doch wenigstens so ehrlich sein und ihr ins Gesicht sagen, dass sie keinen Kontakt mehr mit ihr wünschten. Mareike versuchte sich in Ausflüchten, verwies auf später, vielleicht im Sommer und Karen wusste, dass es dieses Später nie geben würde. Enttäuscht beendete sie das Telefonat. Einen Namen hatte sie noch auf ihrer Liste. Sina, die Leiterin des Kinderturnens, das sie mit Viviane vor ihrer Einschulung besucht hatte. Die beiden hatten sich von Kursbeginn an gut verstanden und häufig etwas zusammen unternommen. Sina war eine Partymaus und sie waren öfters im Sommer Cocktails trinken gegangen oder hatten Beach Partys besucht. Sie wählte ihre Nummer. Auch Sina war schnell am Apparat. „Karen du, na du traust dich was. Was kann ich für dich tun?" „Ich wollte mich einfach mal wieder bei dir melden, ist ja schon länger her, dass wir uns gesehen haben, was meinst du, wollen wir mal wieder was zusammen unternehmen?" Sina war anders als Mareike das wusste Karen. Sie würde ihr ein offenes Ja oder Nein entgegenbringen, da war Karen sich sicher. „Ne sorry, Karen, aber nach dem was dein Mann abgezogen hat, hab ich darauf keine Lust. Verstehst du doch bestimmt, oder?" „Nein Sina, das verstehe ich nicht, denn wie du sagst, mein Mann hat Mist gebaut, aber ich bin immer noch die Karen die du kennst..." „Sicher, solche Dramen fangen doch eigentlich immer in der Familie an und ehrlich gesagt, möchte ich nicht wissen, was bei euch so abgegangen ist. Nee, Karen, da such dir mal jemand anderes. Mach's gut." Sina hatte aufgelegt. Karen saß auf dem Sofa und vergrub den Kopf in ihren Händen. Sie rieb sich die brennenden Augen. Sie fühlte sich wie ihre Tochter. Allein und verraten und vor allen Dingen hoffnungslos.

Die nächsten Monate vergingen trostlos. Karen und Viviane hatte sich von Mike, Laura und Jette verabschiedet. Es war herzzerreißend gewesen, wie die beiden Mädels geweint hatten und niemand hatte sie trösten können. Nach der Abreise wurde Viviane noch stiller. Karen bemühte sich, für Abwechslung zu sorgen, aber ihre Mittel waren begrenzt. Allein Pepe sorgte dafür, dass Viviane ein Lächeln ins Gesicht bekam. Immer wenn Karen ihre Tochter mit dem kleinen Hund sah, wusste sie die richtige Entscheidung getroffen zu haben.

Der Geburtstag von Viviane kam und die Verwandtschaft kam zu Besuch. Auf dem Geburtstagstisch lag nur ein Umschlag, eine neue Taucherbrille und ein neues Halsband für Pepe, da er aus seinem Welpenband so langsam heraus wuchs. Karen hatte die Großeltern darum gebeten nur Geld zu schenken und nach Absprache mit Mike und Laura hatten sie eine gemeinsame Reiterwoche für die beiden Mädels in den Sommerferien gebucht. Viviane öffnete die beiden Päckchen und schmückte ihren kleinen Liebling sofort mit dem himmelblauen Lederband. Dann öffnete sie gespannt den Umschlag. Ein hübsches Prospekt mit zahlreichen Ponys, die auf einer wunderschönen Wiese im bergigen Land standen, fiel heraus. Sie entnahm den Gutschein und war sprachlos. „Danke, danke, das ist ja so schön, mit Jette in den Ferien, das wird bestimmt super." „Ja, mein Schatz, ich hoffe ihr habt ganz viel

Spaß und du fällst nicht vom Pferd." „Bestimmt nicht, Mama, ich pass auf. Aber was mache ich mit Pepe, kann der auch mit?" „Nein, Viviane, der bleibt bei mir und ich verspreche dir, mich sehr gut um ihn zu kümmern." „Ok, Mama, das glaube ich, oh hoffentlich ist bald Sommer, dann fahre ich mit Jette in die Ferien." Viviane strahlte. Ein schöneres Geschenk hätte man ihr nicht machen können. Die Familie verbrachte einen netten Nachmittag im Wohnzimmer, denn im Gegensatz zum letzten Jahr regnete es in diesem Mai sehr viel. Karen war dafür dankbar, denn hätten sie auf der Terrasse gesessen, wäre ihr das letzte Jahr noch viel stärker in Erinnerung gewesen, der Tag, an dem sich ihr Leben komplett verändert hatte. Am Abend nachdem die Familie gegangen war, kuschelte sich Viviane an ihre Mutter. „Danke, Mama, für den schönen Tag und danke für das tolle Geschenk. Ich bin nur ein bisschen traurig, dass du nicht mitkommen kannst, du musst die ganze Zeit auf dieser blöden Insel sitzen." „Das macht nichts, mein Schatz, Hauptsache du hast eine schöne Zeit und ganz viel Spaß mit Jette. Aber jetzt ab ins Bett, Morgen ist Schule und die paar Wochen bis zu den Sommerferien bekommen wir auch noch herum.

Die Besuche bei Markus wurden zu einem wichtigen Bestandteil im Leben der beiden. Viviane war ihrem Vater gegenüber reserviert, Karen spürte deutlich, dass sie begann sich von ihm zu distanzieren. Sie selbst ersehnte die Besuche bei ihrem Mann, es tat gut mit ihm zu reden. Er selbst vertrug die Haft gut, er war ein angenehmer Häftling, der keinen Ärger machte und inzwischen hatte man ihnen auch erlaubt, während der Besuchszeiten in die Cafeteria des Gefängnisses zu gehen. Ein winziger Schritt in die Normalität, den die beiden sehr genossen. Auch Karen erzählte Markus nicht alles. Sie beschönigte ihr Leben so gut es ging. Immer wenn sie von ihm fortging, hatte sie das Gefühl, dass sie sich beide belogen, er gab nicht zu wie sehr ihn die Situation belastete und sie vermied es, ihm von ihren fundamentalen Ängsten zu berichten. Sie hatte einen Kassensturz gemacht und erschrocken festgestellt, dass von den 25.000 Euro nur noch 5000 da waren, das hieß, wenn sie wie im letzten Jahr im Sommer wieder gut durch die Touristen verdienen würde, würde das Geld noch gut ein halbes Jahr reichen und dann? Sie musste dafür sorgen, ein sicheres Einkommen zu erhalten. Dies würde ihr die Möglichkeit geben mit der Bank zu reden und eventuell die Kreditraten zu senken, so dass sie etwas mehr Spielraum bekam.

Es war Juli als die nächste Hiobsbotschaft ins Haus kam. Die Bank, die ihr für ihre Existensgründung den Kredit gewährt hatte und diesen im letzten Jahr gestundet hatte, forderte sie jetzt auf zu zahlen. Die Summe betrug 15.000 Euro und die Bank wollte diese nun in drei Raten innerhalb eines Jahres zurück haben. Karen hielt den Brief in ihren Händen und erstarrte. Noch einmal nahm sie alle Unterlagen zur Hand und rechnete sie durch. Die Ausbildungsversicherung für Viviane, die sie abgeschlossen hatten, als das Kind geboren war, würde im Rückkauf 7000 Euro bringen, dann hätte das Kind nichts mehr, wenn es 18 war und der Kredit wäre auch nicht einmal zur Hälfte bedient. Diese Lösung schied aus. Karen überlegte. Es gab nur eine Möglichkeit. Das Auto. Es handelte sich um einen 5jährigen Audi, der gut und gern noch seine 20.000 Euro wert war. Sie musste ihn verkaufen. Im Grunde genommen brauchte sie ihn nur um ihre Eltern in Hamburg und Markus in Lübeck zu besuchen, aber das würde auch mit der Bahn funktionieren, also das Auto musste weg. Sie rief Nils an und besprach mit ihm den Verkauf. Er kannte sich im Internet besser aus als sie. Er würde es auf den verschiedenen Portalen anbieten und dann würde sich schon ein Käufer finden. Tatsächlich dauerte es nur eine Woche bis der Wagen verkauft war. Karen atmete auf. Die 22.000 Euro, die sie erhalten hatte, lösten erst einmal viele Probleme. Gleichzeitig begann sie, sich zu bewerben. Sie schrieb alle Praxen auf der Insel an, die sie mit dem Fahrrad oder dem Bus erreichen konnte und bewarb sich als Physiotherapeutin. Die Antworten waren niederschmetternd. Nicht eine einzige Praxis lud sie zum Vorstellungsgespräch ein. Einige machten sich noch nicht einmal die Mühe ihr ein Ablehnungsschreiben zu schicken. Karen gab nicht auf. Sie bewarb sich in Bäckereien, Fischbuden und Lebensmittelgeschäften, sogar auf Inserate für private Putzstellen reagierte sie. Ohne Erfolg. Sie bekam keine Arbeit. Es war zum Verzweifeln. Der Sommer lief gut, sie verdiente gutes Geld mit den Touristen, aber der September würde kommen und damit auch wieder die fehlenden Einnahmen.

Viviane verbrachte eine wundervolle Woche auf dem Reiterhof und kam entspannt und gut gelaunt zurück.
Karens Eltern kamen zu Besuch. Seit dem Weihnachtsfest hatte ihr Vater nicht wieder mit ihr über Markus gesprochen. Karen blieb abwartend, sie vermied es ihn erneut darauf anzusprechen, zu weh hätte es ihr getan, wenn er bei seiner Meinung blieb. „Wo ist denn dein Auto? Ich dachte schon, du wärst nicht da, da das Carport leer ist, ist es in der Werkstatt?" „Nein, Papa, ich habe es verkauft, ich brauche hier nicht unbedingt einen Wagen und das Geld konnte ich ab anderer Stelle besser gebrauchen." Ihr Vater zog die Augenbrauen nach oben. „So schlimm, oder schlimmer, Karen? Du weißt wie du das ändern kannst, aber wenn du nicht willst, musst du sehen wie du klar kommst." Das saß. Nichts hatte sich verändert. Er verlangte weiterhin von ihr, dass sie sich von ihrem Mann lossagte. „Papa, lass gut sein, ich komme schon klar:" „Wie du meinst." Ihr Vater wandte sich ab. „Na, wo ist denn mein kleiner Schatz? Wie waren deine Ferien, hast du das Reiten gelernt?" „Opa, das war so toll, ich hatte ein Pony ganz für mich alleine, Flecky, ich durfte es putzen

179

und füttern und zur Weide bringen und natürlich auch reiten. Das war so cool." „Das freut mich, dass du eine schöne Zeit hattest und jetzt, wollen wir an den Strand." „Ja, Oma und Opa, ich hol meine Sachen und los geht's." Die Großeltern machten sich mit ihrer Enkelkinder auf, den herrlichen Sommertag am Wasser zu verbringen und Karen blieb alleine zurück. Sie machte sich Sorgen um Viviane. Jetzt in den Ferien mit all den Abwechslungen durch die Reiterferien und die Großeltern ging es ihr gut, aber was war wenn die Schule wieder begann? Sie wurde nicht wirklich gemobbt, aber ignoriert und Karen wusste, dass ihre Tochter darunter litt. In ihr stieg eine Wut auf, die mit jedem Tag, der kam, stärker wurde eine Wut auf Markus und dass was er ihnen angetan hatte.

Der Herbst kam und mit ihm die Angst, ins finanzielle Abseits zu geraten. Wie schon im letzen Jahr lief die Praxis nur schleppend und Karen rechnete von Monat zu Monat. Sie suchte eine Schuldnerberatung auf. Auch hier konnte man ihr nicht wirklich helfen. Nachdem sie die Einnahmezahlen des letzten Jahres vorgelegt hatte, schied auch eine Geschäftsinsolvenz aus, denn das Unternehmen hatte bei Fortführung keine Aussicht auf Erfolg. Karen wusste nicht mehr weiter. Sie war am Ende. Es war Januar als es ihr zum ersten Mal nicht möglich war, die Kreditrate für das Haus zu bezahlen. Sie sprach bei der Bank vor und diese stundete ihr drei Monate. Doch im April war keine Besserung in Sicht. Der finanzielle Kollaps stand bevor. Karen zog erneut die Möglichkeit in Betracht, das Haus zu verkaufen und nach Hamburg zu gehen. Doch beim Überdenken der Einstellung ihres Vaters verwarf sie diesen Gedanken wieder. Ihr Verhältnis zu Markus wurde von Monat zu Monat besser. Sie sehnte die Besuche bei ihm herbei und wöchentlich freute sie sich über seine Briefe. Da war noch so viel zwischen ihnen. Ihre Liebe war mit Müll überschüttet worden, aber sie kämpfte sich durch all den

Morast zurück ans Licht. Inzwischen waren auch die Gespräche zwischen ihnen ehrlicher, Karen teilte ihre Sorgen mit ihm. So oft sprachen sie von Viviane, die ein immer besserer Schüler aber auch immer schweigsamer wurde. Das Kind litt und weder Karen noch Markus waren in der Lage ihr dieses Leiden zu nehmen. Viviane blühte immer auf wenn Nils da war, sie liebte ihren großen Bruder, mit ihm konnte sie lachen und unbeschwert sein. Aber auch er war 10 Jahre älter als sie. Dem Mädchen fehlte der altersgemäße Kontakt und sie war für ihr Alter zu ernst. Ihr Hund war ihr bester Freund, längst schlief er in ihrem Bett und Karen hatte auch nichts mehr dagegen, denn sie wusste, dass er Viviane Kraft gab. Auch gegenüber ihrem Vater wurde Viviane immer stiller. Markus spürte, dass sie ihm die Schuld an ihrem einsamen Leben gab. Es fehlten die Gesprächsthemen zwischen den beiden, denn weder Viviane noch er konnten über ein aufregendes Leben berichten.

Im Mai kurz vor Vivianes 10. Geburtstag besuchte Karen Markus alleine. Sie berichtete ihm von ihrer finanziellen Not und dass sie keinen anderen Ausweg mehr sah, als das Haus zu verkaufen, bevor ihr die Bank es wegnahm. „Karen, und dann. Wo wollt ihr hin, wo willst du wohnen, wie willst du deinen Unterhalt verdienen, wenn die Praxis nicht mehr da ist?" „Ich weiß es nicht. Ich habe wirklich alles versucht, Arbeit zu finden, auf dem Festland kann ich mich nicht bewerben, da ich kein Auto mehr habe und auf der Insel nimmt mich niemand. Ich werde den Weg auf 's Amt gehen müssen. Es bleibt mir keine andere Wahl." „Und deine Eltern, besiege doch deinen Stolz und lass dir helfen." Markus nahm ihre Hände und drückte sie fest. „Markus, du weißt, was mein Vater verlangt, dazu bin ich nicht bereit, ich gebe dich nicht auf. Wir haben zwei Jahre geschafft, also schaffen wir auch noch acht weitere." „Karen, ich glaube du weißt nicht was das bedeutet. Eine winzige Sozialwohnung, keine Arbeit, du stehst am Rand der Gesellschaft." „Da stehe ich sowieso mit oder ohne Haus. Niemand will etwas mit mir zu tun haben, niemand gibt mir eine Chance. Ich weiß keinen anderen Weg." Karen weinte. „Ich wünschte ich könnte unserem Kind ein besseres Leben bieten, aber ich kann es nicht. Viviane ist so intelligent, sie wird und muss ihren Weg gehen, ihr Abitur machen und danach studieren. Aber bis dahin bist auch du wieder da und gemeinsam werden wir es schaffen aus dem Sumpf herauszukommen." „Karen ich bewundere dich, dein Vater hat doch Recht. Was willst du mit mir. Du könntest in Hamburg ein gutes Leben haben, sicherlich würdest du dort in der Großstadt auch Arbeit finden und für Viviane hättest du deine Eltern an deiner Seite." „Das ist ja alles richtig, Markus, aber da ist eine Stimme in mir, die mir das verbietet. Ich verrate dich nicht. In guten und in schlechten Tagen haben wir uns versprochen. Es gibt jetzt zu viele schlechte, aber sie werden vorübergehen und dann fangen wir noch einmal ganz neu an." Markus sah sie an. In seinem Blick lag Liebe und Bewunderung. „Karen, das habe ich nicht verdient. Ich habe alles zerstört und ich spüre, dass ich meine Tochter verlieren werde. Sie macht mich zu Recht für eure Misere verantwortlich, es ist ihr noch nicht vollständig bewusst, aber sie wird älter, unabhängiger und dann wird sie sich von mir lossagen, da bin ich sicher. Das ist die größte Strafe, die mich treffen konnte, denn du weißt, wie sehr ich unter meinem Vater gelitten habe und dass ich immer ein guter Vater für meine Tochter sein wollte. Ich habe auf ganzer Linie versagt." „Nichts von dem was passiert ist geschah mit Absicht, wenn es nicht so banal und harmlos klingen würde, könnte man sagen dumm gelaufen. Aber so einfach ist es nicht. Selbst wenn Viviane sich von dir abwenden sollte, sie wird den Weg zu dir zurückfinden, da bin ich mir ganz sicher, denn es gibt ein Leben nach dem Knast." „Ja, das gibt es, aber, Karen, wie soll es aussehen.

Meine berufliche Karriere ist für immer beendet, niemand wird mich mehr als Lehrer einstellen. Ich habe kein Geld, wir werden beide von Hartz 4 leben, wenn ich hier rauskomme, es gibt keine Perspektive." „Eine Perspektive gibt es nur dann nicht, wenn man den Mut verliert und das dürfen wir nicht, Markus. Wir müssen daran glauben, dass am Ende des Tunnels Licht ist, auch wenn wir es noch nicht sehen." „Ich bewundere dich, mein Schatz, ich hoffe nur, dass du diese Stärke bei allem was dir noch bevorsteht nicht verlierst, denn sie trägt auch mich." „Es muss unser Ziel sein, Viviane immer das Gefühl zu geben, dass irgendwann die Sonne wieder scheinen wird, denn wenn sie mit uns dieses Ziel vor Augen hat, wird auch sie dafür kämpfen. Weißt du, sie wird nächste Woche 10 Jahre alt, aber sie ist schon so erwachsen, dass es mir manchmal Angst macht. Deshalb werde ich jetzt auch offen mit ihr reden und ihr unsere finanzielle Situation erläutern. Alles andere wäre unfair. Wir brauchen kein Haus, es ist eh zu groß, kostet zu viel Unterhalt und Heizung. Wir zwei können durchaus in einer kleinen Wohnung leben. Es ist dann eben so. Ich habe keine Wahl." „Bitte Karen, bleibe im Haus, so lange es geht. Wenn die Bank nicht mehr mitspielt, wird es eben versteigert, aber schau, der Sommer steht vor der Tür und mit ihm wieder bessere Einnahmen, also gib noch nicht auf." „Du weißt, dass ich es hasse, jemandem etwas schuldig zu sein, die Bank wartet auf Raten und ich hab einfach ein Scheißgefühl im Bauch, sie nicht bedienen zu können." „ja, das glaube ich dir. Aber du wirst im Sommer wieder so viel verdienen, dass du die Bank bedienen kannst und vielleicht, ganz vielleicht wird der nächste Herbst ja wieder besser." Karen lachte, es war ein verzweifeltes Lachen. „Markus, eher gefriert die Hölle, für die Menschen auf der Insel bin ich nicht mehr existent. Es gibt ein paar ältere Herrschaften, die weiterhin zu mir kommen, für sie bin ich das arme Ding, das man unterstützen muss. Aber es sind zu wenige. Ich kann von Ihnen leben, aber nicht meine Schulden bezahlen." „Egal, vielleicht geschieht ja doch ein Wunder und die Leute fangen an zu vergessen. Genieße erst einmal den Sommer und bleibe wo du bist." „Du hast ja Recht, zumal Jette für 2 Wochen kommen möchte, das wäre ja auch alles nicht möglich, wenn wir das Haus nicht mehr haben." „Genau, nehmt euch den Sommer und gib einfach die Hoffnung nicht auf, dass es besser wird." Markus küsste ihre Hände. Noch länger saßen sie beisammen und schauten sich an. Karen genoss es. In seiner Nähe fühlte sie sich sicher und aufgehoben. Es würde einen Weg geben.

Der Weg war eine Sackgasse. Im Dezember des Jahres war Karen am absoluten Ende. Sie hielt den Brief der Bank in der Hand, in dem die Zwangsversteigerung des Hauses angekündigt wurde. Es gab kein Zurück mehr. Alle Reserven waren aufgebraucht. Sie war am Ende. Die Zwangsversteigerung war für Februar angesetzt. Es blieben ihr also acht Wochen, um eine neue Bleibe für sich und Viviane zu finden. Der beschwerliche Weg auf die Ämter begann. Sie reihte sich zwischen den Menschen, die am Rand der Gesellschafft standen ein und wartete geduldig auf einen Termin bei der Sachbearbeiterin. Sie fühlte sich grenzenlos schlecht. Die Dame war sehr freundlich und nahm sich ihrer an. Auch sie hatte von dem Verbrechen ihres Mannes erfahren, aber sie war korrekt und Karen fühlte sich bei ihr gut aufgehoben. Frau Berger besorgte ihr eine kleine Dreizimmerwohnung in einem der Wohnblocks am Rande von Burg. Die Wohnung lag in der dritten Etage und verfügte über einen kleinen Balkon. Karen machte die Besichtigung alleine. Das Wohn- und Schlafzimmer hatten eine angenehme Größe von ca. 16 Quadratmeter, auch die Küche bot die Möglichkeit einer Sitzgelegenheit. Das Bad war einfach, nur eine Dusche, ein Waschbecken und ein WC und Karen ahnte schon jetzt, dass Viviane ihre geliebte

Badewanne vermissen würde. Das dritte Zimmer dagegen war eine bessere Besenkammer. Es hatte ca. acht Quadratmeter und ein sehr kleines Fenster. Karen beschloss, dieses für sich zu nehmen. Viviane sollte das große Schlafzimmer bekommen, damit sie sich nicht von ihrem zahlreichen Spielzeug trennen musste. Ihr würde die Kammer reichen. Ein Bett, ein Schrank, fertig. Die Wände waren in einem desolaten Zustand, die Wohnung wirkte verwohnt und ungepflegt. Die derzeitigen Mieter schienen es mit der Reinlichkeit nicht sehr genau zu nehmen. Schon im Flur standen Müllsäcke. Der Wäscheständer beherrschte das Wohnzimmer und in der Küche war seit mindestens drei Mahlzeiten der Abwasch fällig. Doch Karen hatte keine Wahl. Nils würde ihr helfen und alles streichen und dann sah bestimmt schon alles viel freundlicher aus. Viviane würde sich die Farbe für ihr Zimmer aussuchen dürfen und Karen nahm sich fest vor, ihr nicht zu widersprechen, egal welche Wahl sie treffen würde.

Sie ging zurück ins Büro, um den Mietvertrag zu unterzeichnen. Frau Berger gab ihr eine Ausfertigung zum Lesen. Karen überflog den Text, doch dann blieb sie an einem Paragraphen hängen. Haustiere sind nicht erlaubt stand dort geschrieben. „Frau Berger, das geht nicht. Meine Tochter hat einen kleinen Hund, gerade mal Handtaschengröße. Er ist der einzige Freund, der ihr nach der Verhaftung ihres Vaters geblieben ist. Ich kann ihn ihr nicht wegnehmen." „Frau Schindler, es tut mir leid, ich glaube sicher, dass der Hund wichtig für Ihre Tochter ist, aber wir sind hier nicht bei wünsch dir was und die Wohnungsbaugesellschaft hat sich ausdrücklich gegen die Haltung von Haustieren ausgesprochen. Hier kann keine Ausnahme gemacht werden, auch nicht in dem verständlichen Fall ihrer Tochter." „Dann kann ich die Wohnung nicht nehmen, das kann ich meiner Tochter nicht antun. Haben sie noch etwas anderes. Es muss ja auch nicht unbedingt in Burg sein." „Nein, das tut mir leid. Wie überall oder vielleicht hier auf der Insel noch schlimmer, sieht es mit Sozialwohnungen total schlecht aus. Sie können froh sein, dass diese Wohnung ab März frei ist. Entweder Sie nehmen sie, oder ich kann Ihnen nicht weiterhelfen." „Kann ich mir das noch mal überlegen, ich muss mit meiner Tochter darüber reden, ich kann das unmöglich jetzt entscheiden." Frau Berger hatte Mitleid mit ihr. „Ja, heute ist Dienstag, kommen Sie bitte am Freitag vorbei und unterschreiben, oder sie rufen an und sagen ab, aber dann weiß ich wirklich nicht wohin mit Ihnen." „Danke, Frau Berger, so machen wir es. Sie hören auf jeden Fall Freitag von mir." Karen stand auf und reichte Frau Berger die Hand. „Auf Wiedersehen." „Auf Wiedersehen."

Karen ging nach Hause. Wie sollte Viviane das alles verkraften. Sie wusste inzwischen, dass sie aus dem Haus ausziehen würden. Die Nachricht hatte sie getroffen, aber sie hatte verstanden, dass das Haus auf Dauer zu groß und zu teuer für sie war. Wie sollte sie ihr aber jetzt erklären, dass sie ihren geliebten Pepe nicht behalten durfte und wo sollte der kleine Hund hin. Karen stiegen die Tränen in die Augen. Was um Himmels Willen musste eigentlich noch alles passieren, war es nicht langsam genug?

Viviane kam aus der Schule und war neugierig. Sie wusste, dass ihre Mutter sich eine neue Wohnung angesehen hatte. „Und, Mama, wie war es. Ist die Wohnung schön, haben wir auch einen Garten?" „Nein, mein Schatz, wir haben einen kleinen Balkon und die Wohnung ist im dritten Stock, aber du hast ein schönes großes Zimmer, wo du all deine Spielsachen mitnehmen kannst. Du darfst dir auch noch aussuchen, welche Farbe die Wände haben soll, Nils wird sicher kommen und uns beim Streichen helfen." „Oh, das ist cool, ich glaube ich nehme mintgrün, oder Flieder, mal gucken. Im Baumarkt gibt es ja so tolle Farbkarten. Und was haben wir noch? Eine

Küche und ein Wohnzimmer und für dich auch ein Schlafzimmer?" „Ja, ich hab ein ziemlich kleines Zimmer, aber zum Schlafen reicht es." „Und ist der Flur groß genug, dass Pepes Körbchen da Platz hat, und ist um das Haus herum auch viel Grün, dass ich da mit ihm spazieren gehen kann?" Karens Mine wurde ernst. „Viviane, da gibt es ein Problem:" Viviane blickte ihre Mutter erschrocken an. „Was denn, Mama?" „Wir können nur dann in die Wohnung einziehen, wenn wir kein Tier mitbringen, der Vermieter erlaubt keine Haustiere." Vivianes Augen weiteten sich vor Schrecken. „Nein, Mama, das geht nicht, ohne Pepe gehe ich nirgendwo hin. Dann müssen wir eine andere Wohnung finden, wo der Vermieter nicht so doof ist." „Das habe ich versucht, mein Schatz, aber es gibt keine andere Wohnung. Du weißt, dass wir auf eine solche Wohnung angewiesen sind, eine andere kann ich nicht bezahlen." „Mama, du meinst das ernst, oder? Du verlangst wirklich von mir, dass ich mich von Pepe trenne?" Viviane schluchzte. „Er ist mein Freund, er ist der einzige, der immer zu mir hält, er ist der einzige, außer dir, der sich freut, wenn er mich sieht. Wo soll er denn hin? Ich kann ihn doch nicht ins Tierheim geben oder zu fremden Menschen. Er gehört zu mir." Viviane weinte bitterlich. „Ich weiß, mein Schatz, aber vielleicht gibt es ja eine Lösung, mit der du leben kannst." Wie soll die denn aussehen, Mama, Pepe wird nicht mehr bei mir wohnen, egal welche Lösung wir finden." „Ja, Viviane, das stimmt, er wird nicht mehr bei dir schlafen, aber wenn Oma Frieda mitspielt, kannst du ihn trotzdem jeden Tag sehen. Ich habe daran gedacht sie zu fragen, ob sie ihn bei sich aufnimmt. Etwas anderes kommt für mich auch nicht in Frage." „Mama, bitte such eine andere Wohnung, oder wir bleiben doch im Haus, aber bitte nimm mir meinen Hund nicht weg." „Viviane ich bin die allerletzte, die dir den Hund wegnimmt, aber ich habe keine Wahl, im Haus können wir nicht bleiben, und eine andere Wohnung gibt es nicht." Viviane resignierte weinend. Von ihr schien sämtliche Stärke abgefallen zu sein. „Okay, dann frag Oma Frieda, da kann ich ihn ja wirklich so oft besuchen wie ich will, das ist nicht das gleiche, aber besser als nichts." Karen war dankbar für die Vernunft ihrer Tochter, aber sie wusste, dass Viviane zutiefst getroffen war.

Frieda erklärte sich mit der Übernahme des Hundes bereit und so unterschrieb Karen den Mietvertrag.

Die Versteigerung des Hauses verlief unkompliziert. Eine junge Familie, die auf die Insel zugezogen war, freute sich über die günstige Gelegenheit zu einem Haus zu kommen. Nach Abzug aller Kosten atmete Karen auf. Sie war schuldenfrei und hatte noch 15.000 Euro übrig. Natürlich wurden ihr diese bei der Bemessung ihres Lebensunterhaltes angerechnet, aber das war ihr egal. Jeder Monat, den sie nicht vom Amt leben musste, war ein guter Monat. Das Geld gab ihr zumindest die Möglichkeit, die Wohnung so gut es ging herzurichten. Sie hatte einige Möbel aus dem großen Haus verkauft und durch neue kleinere ersetzt. Nils hatte fleißig gepinselt, so dass das neue Heim wirklich sehr freundlich und ansprechend aussah. Ihr Ehebett hatte Karen bei Frieda und Kurz eingelagert. Sie brachte es nicht über das Herz, es zu verkaufen. Für das kleine Zimmer war es allerdings zu groß gewesen. Sie konnte es nicht aufstellen. Auch einige der afrikanischen Möbel waren zu ihren Schwiegereltern gewandert. Karen konnte sich nicht von ihnen trennen, denn sie waren noch immer die Verbindung zu einem guten Leben.

Nils hatte einen Kleintransporter gemietet und zwei Kommilitonen mitgebracht, die beim Umzug halfen. Der Weg war nicht sehr weit und sie kamen gut voran. Bevor sie die restlichen Grünpflanzen aus dem Haus räumten, hieß es für Viviane Abschied nehmen. Oma Frieda hatte sie und Pepe abgeholt. Sie waren zu ihr nach Hause gefahren. Hier durfte Viviane alles für Pepe einrichten. Sie suchte einen schönen Platz für sein Körbchen und einen netten Fressplatz in der Küche. Unaufhörlich flossen die Tränen über Vivianes Gesicht. „Oma, du musst mir versprechen immer gut auf ihn aufzupassen, du weißt er ist manchmal ein bisschen wild und guckt nicht nach den Autos. Bitte mach ihn an der Straße immer an die Leine. Und abends bekommt er immer ein kleines Stück von dem Kauknochen. Das ist wichtig für seine Zähne hat der Tierarzt gesagt. Er mag auch überhaupt kein Nassfutter mit Rind, das brauchst du nicht zu kaufen, das frisst er nicht. Ich komme ihn jeden Tag besuchen und gehe mit ihm spazieren. Also ich gebe dir noch meinen Stundenplan, damit du immer weißt wann ich komme, nicht das du gerade nicht da bist, wenn ich hier bin." „Das machen wir anders, Viviane. Was hältst du davon, wenn du immer nach der Schule hier vorbeikommst, dann können wir zusammen Mittag essen und du kannst mit Pepe spielen oder mit ihm spazieren gehen. So um 16.00 Uhr machst du dich dann nach Hause. Dann hast du noch genügend Zeit für die Hausaufgaben." „Danke, Oma, das ist eine super Idee und bei dir schmeckt es ja auch immer so gut." „Von mir aus können wir das gerne so machen, aber rede bitte erst mit Mama, ob sie einverstanden ist, oder noch besser sag ihr, dass sie auch zum Essen kommen kann, sie hat ja auch Zeit." Frieda lächelte ihre Enkelin an. Endlich schienen die Tränen zu trocknen. „Ja, das mach ich, Mama hat bestimmt nichts dagegen, dann sind wir auch nicht immer so allein." „Also abgemacht, du sprichst mit Mama und ab Montag kommt ihr immer hier vorbei." „Ja, Oma so machen wir das. Aber jetzt muss ich gehen, ich soll noch meine Kartons auspacken." Viviane beugte sich zu ihrem kleinen Pepe herab. Als ob der Hund ahnte, dass etwas nicht stimmte, stupste er sie mit seiner kleinen Nase an. „Pepe mach 's gut, und pass auf dich auf. Ich komme Morgen wieder, versprochen. Du wirst es gut bei Oma Frieda haben." Viviane weinte wieder. Es zerriss Frieda fast das Herz ihre Enkelin so zu sehen. Was musste dieses tapfere kleine Mädchen noch alles ertragen?

Die Kartons waren fast alle ausgepackt, auch das Ungetüm von Waschmaschine hatte den Weg ins Bad gefunden. Nils und seine zwei Kumpels saßen in der kleinen Küche und tranken ein Bier. Für heute reichte es. Karen hatte Brote geschmiert und sie ließen es sich schmecken. Viviane saß im Wohnzimmer vor dem Fernseher, heute hatte sie keine Lust mehr mit anderen zu reden. Nachdem Nils mit seinen Freunden aufgebrochen war, setzte sich Karen zu ihrer Tochter. „Na, Schatz, alles klar bei dir?" Karen lächelte ihre Tochter an. „Mama, die Frage meinst du jetzt nicht ernst, oder. Nichts ist klar. Mein Vater sitzt im Knast, in der Schule redet niemand mit mir, unser Haus ist weg, meine Schaukel gehört jetzt jemand anderem, diese Wohnung ist winzig, es gibt keinen Garten und mein Hund ist weg. Also bitte frag mich nicht, ob alles klar ist." Viviane war wütend. Ihr Kopf war gerötet und wieder waren Tränen in ihren Augen. „Ich hasse das alles, Mama, und alles nur, weil Papa böse geworden ist. Mein Papa, der immer gesagt hat, dass er immer für mich da sein wird, immer auf mich aufpasst. Hat ja super geklappt. Wo ist er denn jetzt, hilft er uns? Nein. Wegen ihm sitzen wir doch hier in dieser Bude. Wegen ihm haben wir kein Auto und kein Haus mehr und ich keinen Hund. Ich hasse ihn. Er hat alles kaputt gemacht. Ich werde ihn auch nicht mehr besuchen, was soll ich da. Ich will ihn nicht mehr sehen." Karen war erschrocken. Alles was Viviane sagte stimmte und es gelang Karen nicht, darauf zu reagieren. So sprach sie nur beruhigend auf ihre Tochter ein. „Schatz, Papa liebt dich, das musst du ihm glauben, und er weiß, dass er einen Fehler gemacht hat. Und ja, leider ist die Strafe so hoch, leider müssen wir das alles hier ausbaden. Doch die Zeit geht vorbei und dann können wir wieder glücklich werden." „Mama, bis Papa aus dem

Knast kommt, bin ich 18. Da sitz ich bestimmt nicht mehr mit ihm auf dem Schäfchenstein und werfe Kiesel ins Meer. Ich werde jetzt 11. Im Sommer gehe ich aufs Gymnasium. Ich mache G8 dann hab ich mit 18 schon mein Abitur und dann seht ihr mich nicht mehr. Egal ob Papa im Gefängnis ist, oder nicht." Wie erwachsen ihre Tochter klang. Sie war doch noch ein Kind von nicht einmal elf Jahren. Man hatte ihr die Kindheit geraubt und Karen überlegte fieberhaft, wie sie noch etwas davon retten konnte. „Hör mal zu, Viviane, ich habe ja durch den Hausverkauf noch etwas Geld übrig. Ich habe mir überlegt, dass wir von einem Teil des Geldes etwas Schönes machen. Zum einen kaufen wir uns Morgen neue Fahrräder, deines kann Nils bei eBay verkaufen, du bist eh rausgewachsen und meins ist so alt, das kann zum Schrotthändler. Von hier aus ist es aber besser, wenn du mit dem Rad zur Schule fährst und besonders für deine Fahrt zu Oma hast du es nötig. Wir machen das so wie Oma gesagt hat, wir treffen uns immer nach der Schule bei Frieda und essen da. Zum anderen habe ich mit Mike und Laura gesprochen. Wenn ihr Lust habt, könnt ihr diesen Sommer wieder auf den Ponyhof, nur mit dem Unterschied, das wir Erwachsenen mitkommen und uns eine Ferienwohnung mieten. Wir wollen ein bisschen wandern und ich muss auch mal runter von der Insel." Viviane sah ihre Mutter erstaunt an. „Echt, Mama, das wollen wir machen, das ist ja super. Aber versprich mir, dass wir nur eine Ferienwohnung nehmen, wo Pepe mit darf, sonst will ich nicht verreisen." „Versprochen, Viviane. Ich werde es gleich Mike mitteilen, denn er kümmert sich um die Wohnung." Karen nahm ihre Tochter in den Arm und drückte sie fest an sich. Armes kleines Mädchen. So schnell war sie erwachsen geworden, zu schnell, sie hätte noch so viel Zeit gehabt.

Zwei Jahre waren vergangen, zwei Jahre, in denen im Grunde nichts passiert war. Viviane und Karen hatten sich an die neue Wohnung gewöhnt. Ihre gemeinsamen Mittagessen mit Frieda waren zu einem festen Bestandteil ihres Lebens geworden. Viviane hatte sich mit Pepe arrangiert und verbrachte immer noch viel Zeit mit ihm. Es war schon eine Weile her, dass Karen Frieda gefragt hatte, ob sie denn nach der Verhaftung ihres Sohnes keine Probleme auf der Insel bekommen habe. „Doch, Karen, das habe ich. Aber ich bin schon so alt und so fest verwurzelt, meine guten Freundinnen haben zu mir gehalten und mich getröstet. Die anderen waren mir egal, ich bin ihnen einfach weiterhin freundlich begegnet und jetzt nach beinahe 5 Jahren spüre ich nichts mehr von einer Ablehnung." „Und Kurt, wie war es bei ihm?" „Du kennst doch deinen Schwiegervater. Er hat sich sofort nach der Verhaftung auf die Seite der Verurteiler gestellt und jedem gesagt, dass er die Strafe zu niedrig findet, dass so einer lebenslang kriegen müsste. Es war ein Wunder, dass er nicht die Todesstrafe gefordert hat. Das hat seinen alten Kumpels, allesamt so Haudegen wie er, natürlich imponiert und niemand hat sich von ihm abgewandt. Ich weiß bis heute nicht warum, aber es war Kurt nie möglich seinen Sohn zu lieben und er versteht es bis heute nicht, dass er Schuld an allem hat. Du kannst mit ihm darüber nicht reden. Wenn ich jünger wäre, würde ich gehen, glaube ja nicht, dass das Leben mit ihm leicht ist, aber wo soll ich hin?" Frieda tat Karen Leid. Sie hatte Mitleid mit ihrer Schwiegermutter. „Aber sag, Karen, wie läuft es mit Viviane, sie ist jetzt 13, bestimmt schon etwas pubertär, kommt ihr noch gut miteinander klar?" Karen seufzte. „Im Grunde genommen, ja. Sie besucht ihren Vater nicht mehr und das ist für mich ein großes Problem, da ich sehe wie Markus darunter leidet. Aber ich muss auch sie verstehen. Sie gibt ihm zu Recht die Schuld an ihrem erbärmlichen Leben und hat keine Verbindung mehr zu ihm. In der Schule läuft was die

Noten angeht, weiterhin alles bestens, sie gleicht einfach die mangelnden Freundschaften durch Ehrgeiz aus. Es ist auch nicht mehr ganz so extrem, zwar sucht niemand ihre Freundschaft aber Gruppenarbeiten oder Mannschaftsspiele stellen keine Probleme mehr dar. Früher hat man sie ja nie in eine Gruppe oder Mannschaft gewählt und der Lehrer musste intervenieren. Freunde hat sie keine. Ich habe auch Angst, dass wenn jetzt die Pubertät losgeht und das Alter kommt, in dem die Jugendlichen schon mal weg wollen, alles nur noch schlimmer für sie wird. Der Kontakt zu Jette ist ziemlich abgebrochen. Sie ist ja zwei Jahre älter und als sie jetzt nur noch über Feten und Jungs schrieb, ging die Freundschaft leider in die Brüche. Viviane ist sehr einsam. Der Kontakt zu ihrem Bruder ist es der sie aufrecht hält, Nils ist echt super, nach wie vor nimmt er sie mit zum Sport, aber er holt sie auch mal ab und geht mit ihr ins Kino. Die zwei verstehen sich prächtig. Er ist ja mit dem Studium fertig und hat einen tollen Job in einer großen Firma in Hamburg. Er lebt mit seiner Freundin in einer schicken Wohnung an der Alster. Viviane ist manchmal das Wochenende über da, das macht ihr große Freude." „Und du, Karen, wie sieht es bei dir aus. Gibt es noch andere Menschen, außer deiner Familie mit denen du sprichst?" Karen senkte die Augen. „Nicht viele. Aber ich helfe jetzt an den Wochenenden ehrenamtlich bei der Tafel, das macht mir Spaß und die Menschen dort fragen nicht wo du herkommst, denen geht es allen nicht besser als dir selbst."
Viviane kam vom Einkaufen. Ihre Mutter verließ immer weniger das Haus. Mittags mit dem Fahrrad zu Frieda und am Wochenende zum Dienst bei der Tafel. Das war neben den Besuchen bei ihrem Mann alles. Viviane schleppte zwei schwere Taschen und ärgerte sich über sich selbst, warum sie nicht das Fahrrad genommen hatte. Sie kam an der Bushaltestelle vorbei, wo, wie eigentlich an jedem Spätnachmittag mehrere Jugendliche auf der Bank saßen. Sie kannte sie nicht. Einige

waren sichtbar älter als sie, andere konnten in ihrem Alter sein. Sie ging auf dem Bürgersteig an ihnen vorbei. Ein Junge pfiff ihr nach. „Hey Blondchen, guck doch nicht so grimmig, die Sonne scheint doch." Viviane drehte sich um. „Guck du woanders hin, und pfeifen kannst du nach einem Hund, aber nicht nach mir." Nee, im Ernst, komm doch mal her. Ich hab dich schon öfters gesehen, du wohnst doch auch im Assiblock, oder?" „Ja, warum?" „Na, wir sind alle hier aus der Ecke und hängen hier immer ab, also wenn du mal Zeit und Lust hast, kannst du gerne zu uns kommen. Wir sind eigentlich immer so ab 17.00 Uhr hier am Start." Die anderen nickten. „Ok, mal schauen. Vielleicht komm ich mal vorbei." Viviane ging weiter. Sie drehte sich noch einmal um. Sie konnte es nicht fassen. Sie war gerade angesprochen, mehr oder weniger sogar eingeladen worden. Sie freute sich. Ja, sie wollte diese Jugendlichen kennen lernen, ja sie wollte mit jungen Menschen reden. Beschwingt trug sie ihre Einkäufe nach Hause. „Hi, Ma, ich bin wieder da." Fröhlich stellte Viviane die Einkäufe auf den Tisch. „Ich pack schnell aus, was soll ich denn zum Essen draußen lassen?" „Nur das Brot, die Wurst und den Käse, alles andere kannst du wegräumen. Wir essen heute auch nicht so spät, ich will noch mal weg." „Viviane schaute ihre Mutter erstaunt an. Erst jetzt bemerkte sie, dass sie hübsch geschminkt war und ihre Haare ordentlich geglättet über die Schulter fielen. „Wow, Mama, gut siehst du aus, wo willst du denn hin und mit wem?" „Na ja, mit niemandem, aber ich muss mal raus. Es sind schon so viele Touristen auf der Insel, dass ich es mal wagen kann, auszugehen. Ich werde keine blöden Blicke ernten, da mich ja keiner kennt. Weißt du ich habe mit Papa gesprochen und er meint auch, dass ich mich nicht so verkriechen darf, also geh ich einfach mal raus. Vielleicht 'nen Cocktail trinken oder so, mal sehen." „Ok, aber so ganz alleine, das ist doch langweilig." „Ja, aber ich sehe und höre mal was anderes und vielleicht komme ich ja auch mal mit jemandem ins Gespräch." „Ich wünsch dir viel Spaß, Mama, nur sei nicht enttäuscht, wenn es langweilig wird." „Nein, bin ich bestimmt nicht, aber ich habe einfach mal Lust, etwas anderes zu sehen." Viviane freute sich für ihre Mutter, denn sie wusste, dass deren Leben sehr eintönig war und sie gönnte ihr die Abwechslung. Gemeinsam aßen sie noch zu Abend, dann machte sich Karen auf den Weg in das Städtchen. Viviane blieb alleine zurück. Sie freute sich. Jetzt hatte sie den Computer für sich allein und konnte im Internet surfen. Nils hatte ihnen ein altes Modell besorgt, das nicht WLAN-tauglich war, so dass es immer auf seinem angestammten Platz im Wohnzimmer stehen musste. Dadurch, dass ihre Mutter immer anwesend war, konnte Viviane nie frei darüber verfügen. Heute war die Gelegenheit da. Seit Monaten schon quälte sie die Frage, was damals wirklich mit ihrem Vater passiert war. Sie wusste, er hatte die junge Frau verletzt weil er Blut sehen wollte, aber inzwischen vermutete sie mehr dahinter. Häufiger hatte sie Karen darauf angesprochen, aber nie eine befriedigende Antwort erhalten.

Eine Stunde später saß Viviane geschockt von dem Computer. Sie hatte sich die alten Zeitungsberichte über die Verhaftung ihres Vaters angesehen. Die fetten Überschriften und die schaurigen Texte gelesen. Was war ihr Vater für ein Monster. Um Sex war es gegangen, um blutigen Sex, den er brauchte, wie andere die Luft zum Atmen. Das war ja eklig. Viviane verstand dieses ganze Gerede um Sex nicht. Wenn es Menschen so zerstörte, musste es doch einfach etwas Unangenehmes sein, was man besser von sich fernhielt. Jedenfalls bestätigte sie das Gelesene darin in Bezug auf ihren Vater alles richtig zu machen. Sie wollte ihn nicht mehr sehen. Er war ja pervers. Sie nahm sich vor mit ihrer Mutter über ihre neuen Erkenntnisse zu reden. Sie würde sie zwingen endlich ehrlich zu sein und sie nicht wie ein kleines Kind zu behandeln. Oder noch besser, sie würde mit Nils reden. Nils war immer ehrlich zu ihr. Er stand Markus auch nicht so nah, mit ihm konnte sie sich sicherlich besser austauschen. Ja, das würde sie tun. Viviane schaute auf die Uhr. Schlafenszeit, ihre Mutter war immer noch nicht zu Hause. Sie verstand nicht, wo sie war. Ihre Mutter war immer zuhause, warum heute nicht. Viviane ging ins Bad und machte sich bettfertig, danach legte sie sich ins Bett. Morgen hatte sie einen Englischtest, vielleicht war es besser sich noch einmal die Vokabeln anzusehen. Sie stand noch einmal auf und holte sich ihr Übungsheft. Sie ging noch einmal alles durch und schlief dann zufrieden ein.

Am nächsten Morgen war ihre Mutter da. Sie sah müde aus aber wirkte aufgekratzt und gelöst. Sie frühstückten gemeinsam, bevor Viviane zur Schule ging. „Guten Morgen, Mama, na einen schönen Abend gehabt?" „Ja, Schatz, es war nett, ich habe einige sehr nette Urlauber kennengelernt und wir hatten Spaß." „War wohl ganz schön spät, als du nach Hause kamst, du siehst müde aus." „Ja, das stimmt, ich glaub ich leg mich jetzt auch noch mal hin. Ich hab ja sonst nichts zu tun." Ihre Stimme klang resigniert. „Mach, das"; Viviane gab ihrer Mutter einen Kuss. „Tschüss bis später, wir sehen uns bei Oma." „Ja, mach 's gut und viel Erfolg für deinen Englischtest." „Das wird schon, ciao bis heute Mittag..." Karen blieb alleine zurück. Sie stützte den schweren Kopf in ihre Hände. Was für ein Abend. Sie hatte zu viel getrunken. Sie hatte sich selbst nicht wieder erkannt. Die drei Männer aus Bayern, die sie kennen gelernt hatte, waren sehr nett gewesen. Sie hatten viel gelacht. Es war so wunderbar gewesen, einfach sie selbst zu sein, sich nicht erklären zu müssen. Ihre ganze miserable Situation war zu Hause geblieben, es war herrlich. Einen Abend wie den gestrigen würde sie mit Sicherheit wiederholen. Es hatte einfach gut getan.

„Mama, ich geh noch mal raus. Soll ich was einkaufen?" „Nein, alles da, frisches Brot brauchen wir erst Morgen, das kannst du dann ja nach der Schule mitbringen. Aber wo willst du denn hin, es ist doch ziemliches Mistwetter." „Ja, aber ich brauch noch mal frische Luft, zum Abendessen bin ich wieder da." „Ok, dann bis später." Viviane hüpfte aus dem Haus. Sie war aufgeregt. Sie wollte zur Bushalte, vielleicht waren die Jugendlichen von gestern wieder da und sie würde sie kennenlernen. Schon von weitem sah sie, dass sie Recht hatte. Es waren nur vier, aber sie alle saßen auf der Lehne der Bank unter dem Dach. Zögernd näherte sie sich ihnen. Sie war nervös. „Hallo"; begrüßte sie der Junge, der sie gestern schon angesprochen hatte. Er trug eine Brille, seine Figur war stämmig, sein dunkles Haar war kurz geschnitten und man ahnte, dass es lockig war. Er hielt eine Flasche Bier in der Hand. Er streckte ihr die Hand hin. „Ich bin Paul und das sind Andi, Max und Susi. Und wie heißt du?" „Viviane". „Willst du ein Bier, ich hab noch zwei Flaschen übrig?" „Nein, ich bin 13, ich trinke keinen Alkohol." Paul lachte; „Ok macht man das jetzt am Alter fest, aber wenn du nicht willst, bleibt mir 'ne Flasche mehr." Die anderen drei beäugten Viviane. Sie schätzte, dass Paul der Älteste war. Sie vermutete, dass er schon 16 war. Die anderen drei waren jünger, Susi sicher nicht älter als sie, aber auch sie hielt ein Bier in der einen und eine Zigarette in der anderen Hand. Das gefiel Viviane nicht. Trotzdem war sie neugierig und froh mit Jugendlichen zusammen zu sein, die mit ihr redeten. „Und Viv, was treibst du so, warum wohnst du hier im Assiviertel, du siehst gar nicht so aus, als würdest du hierhin gehören:" „Das ist eine lange Geschichte und wenn ihr von der Insel seid, habt ihr sie sicherlich auch schon gehört. Mein Vater ist schuld daran, dass meine Mutter und ich hier hausen, er hat unser Leben versaut und dafür sitzt er jetzt im Gefängnis." „Wow, das ist ja mal 'ne krasse Geschichte, damit können wir nicht dienen, nicht wahr, Kumpels." Die vier lachten und schauten Viviane neugierig an. „Was hat er den angestellt, dein Alter, dass er in den Bau wandern musste?" Paul war neugierig. „Erinnert ihr euch an den Tod von Mila K. vor fünf Jahren? Es war mein Vater, der dafür verantwortlich war. „Ach bloody M, klar, ich weiß noch wie die Zeitungen voll davon waren, " Andy rückte neugierig nach vorn. „Und der hat die arme Nutte echt aufgeschlitzt, krass." Viviane war froh gestern die Zeitungsberichte gelesen zu haben, denn sonst hätte sie nicht reagieren können. „Nein, nicht aufgeschlitzt, im Grunde nur angeritzt. Aber mal ehrlich, ich will nicht darüber reden, er hat mir eh mein ganzes Leben versaut, und ich will nichts mehr mit ihm zu tun haben." „Ok, aber wenn du hier von der Insel bist, warum sehen wir dich dann nicht in der Schule"; fragte Susi, „du bist doch sicherlich in meinem Alter, aber ich habe dich noch nie gesehen." „Kommt darauf an, in welche Schule ihr geht, ich bin hier in Burg auf der Inselschule auf dem Gymnasium." „Gymnasium, " Max pfiff durch die Zähne, „damit können wir nicht dienen, was Freunde!" Sie lachten. „Wir sind auf der Hauptschule, und da sicherlich auch nicht die Besten." „Ok und warum seid ihr hier in diesem Viertel gelandet?" „Na ja, wie das manch-mal im Leben so läuft, einfach Scheiße." Paul begann zu er-zählen. „Meine Mutter meinte gehen zu müssen, als ich fünf war. Irgendein blöder Kerl hat ihr den Kopf verdreht und sie geschwängert. Da hat sie wohl gedacht, neuer Mann, neues Kind, da lass ich die anderen mal zurück. Mein Dad war total fertig, hat sich wirklich gut um mich gekümmert. Er musste aber hart arbeiten, war Maurer am Bau und dementspre-chend war ich viel allein. Aber die Abende gehörten uns, und wir hatten eigentlich ein gutes Leben. Und dann vor drei Jah-ren hatte er einen Unfall am Bau. So ein Scheiß Stahlträger ist ihm auf den Fuß gefallen und hat den komplett zertrümmert. Der Fuß musste abgenommen werden und seitdem ist er ein Wrack und säuft nur noch. Alles andere ging dann ganz schnell. Kein Geld keine Wohnung und ab ins Assiquartier. Zum Glück hat er es geschafft, dass ich bei ihm bleiben konn-te, das ist echt das einzig Positive an der ganzen Geschichte."

„Und du Susi, was ist bei dir los?" „Meine Mama hat mich bekommen, da war sie 14. Der Vater, ein Typ von ebenfalls 14 Jahren, hat sich nicht darum gekümmert und ihre Eltern, scheißkatholisch, fanden es einfach nur eine Katastrophe. Also ab in ein Haus für gefallene Mädchen. Den Rest kannst du dir vorstellen. Die Schule hat sie gerade noch so geschafft, eine Ausbildung hat es aber nie gegeben. Jetzt jobbt sie in einer Bäckerei. Geld von meinem „Vater" gibt es nicht, so dass wir ebenfalls keine andere Möglichkeit haben als hier zu wohnen." „Und Max, bei dir?" Max begann zu reden und Viviane hatte Schwierigkeiten ihn zu verstehen. Er hatte einen massiven Sprachfehler und stotterte zudem noch intensiv. Er lebte nicht hier sondern in Niendorf. Seine Eltern hatten dort eine Landwirtschaft. „Ich bin echt neugierig", Viviane schaute Andi an, jetzt fehlst nur noch du." „Ach, von mir gibt es nicht viel zu erzählen, meine Mutter wollte mich nicht und hat mich zur Adoption freigegeben, eigentlich komme ich aus Bayern, hier habe ich dann meine Adoptiveltern gefunden, aber je älter ich werde, umso weniger komme ich mit ihnen klar, die nerven einfach nur. Andi mach dies, Andi mach das, Andi das darfst du nicht. Die können mich mal. Ich hab keine Lust auf so ein Gegängel. Also ärgere ich sie ein bisschen und hänge hier ab. Das bringt sie zur Weißglut." „Und seid ihr bei besserem Wetter noch mehr?" „Ja, da gibt es noch Ron und Szinta, unsere beiden Zigeuner, die haben es auch nicht leicht." „Warum?" Vivianes Interesse an dem Schicksal der anderen war geweckt. „Die zwei sind Zwillinge und lebten mit ihren Eltern und Großeltern in den Wohnwagen, gehörten also zum fahrenden Volk. Sie sind schon 18 und haben auf dieses Scheißleben keine Lust mehr, also haben sie sich Hilfe beim Jugendamt geholt und wünschen sozusagen eine Eingliederung in die Gesellschaft. Ihre Familie ist natürlich stinksauer, da sie mit den Traditionen brechen und haben ihnen jegliche Unterstützung gestrichen. Sie sind völlig auf die Ämter angewiesen.

Aber die zwei sind irre. Total fleißig und nicht unterzukriegen. Sie wollen beide einen Beruf lernen und haben auch Ausbildungsstellen, aber so lange nicht mehr Geld reinspült, sind sie natürlich auch noch auf die Stütze angewiesen und leben hier." „Das ist ja echt interessant, ich freue mich euch kennen zu lernen. Habt ihr was dagegen, wenn ich jetzt öfters zu euch komme?" „Ne, quatsch, bei uns ist jeder willkommen. Du musst nur Eintritt zahlen, sozusagen deinen Einstand geben. Also bring das nächste Mal 'nen Sixpack mit und alles ist gut." „Wie soll ich den denn kriegen? Ich bin 13. Mir verkauft keiner Alkohol." „Echt, du bist 13. Siehst aber älter aus. Mal dich mal ein bisschen an und geh vorne an die Tanke. Die nehmen es nicht so genau. Da bekommst du sicherlich das Bier." „Ok, ich versuch 's. Aber jetzt muss ich heim. Macht 's gut und bis die Tage." „Ciao, Viv, und halt die Ohren steif. Machen wir auch." Viviane drehte sich noch einmal um und lächelte. Sie war glücklich. Es gab jetzt Menschen in ihrem Leben, die die Geschichte ihres Vaters kannten und trotzdem mit ihr zu tun haben wollten. Das mit dem Bier würde sie schon schaffen. Sie freute sich auf die nächsten Tage.

Es war ein schöner Abend. Karen und Viviane waren gut gelaunt und jede von ihnen berichtete über ihre Erlebnisse. Endlich hatten sie sich etwas zu erzählen. Viviane vermied es das Gespräch auf ihren Vater zu bringen. Erst wollte sie mit Nils reden, das war wichtiger.

Die Wochen vergingen, der Sommer kam und Viviane verbrachte viele Nachmittage mit ihren neuen Freunden am Strand. Es war lustig und sie lebte richtig auf. Sie genoss es, sich mit Gleichaltrigen zu unterhalten und zu lachen, es tat einfach gut. Das Gespräch mit Nils hatte sie geführt und jetzt endlich kannte sie alle Zusammenhänge. Sie war geschockt über das Gehörte. Nils hatte versucht ihr zu erklären, dass alles was Markus getan hatte, nichts mit ihr zu tun hatte. Er war ihr Vater, der sie liebte, sie immer lieben würde. Er hatte ihr niemals etwas Böses getan. Viviane musste lachen, als Nils diesen Satz sagte und unterbrach ihn. „Nichts Böses getan, Nils, wovon träumst du? Was für ein Leben hatte ich die letzten 5 Jahre, da willst du sicherlich nicht mit mir tauschen. Du hattest Glück, lebst in Hamburg, hast einen anderen Nachnamen dich hat niemand in Zusammenhang mit bloody M gebracht, aber ich? Seit fünf Jahren hatte ich keine Freunde, nicht einen Tag Spaß in der Schule, nichts einfach gar nichts. Eine Mutter, die sich nicht mehr aus dem Haus traut. Kein Geld, um sich mal was Schickes zu kaufen. Unser Haus weg, das Auto weg, einfach alles. Ich kann ihm das nicht verzeihen, da kann er hundertmal sagen, dass er mich liebt. Er hätte einfach mal früher daran denken müssen, was er uns antut." „Viviane, du hast ja Recht, aber er hat euch sicherlich nicht mit Absicht in diese Situation gebracht. Ehrlich, ich kann ihn verstehen. Er wollte einfach nicht, dass irgendjemand weiß, wie es um ihn steht. Er war ein toller Mann und Vater und ein super Lehrer, die Kids haben ihn alle geliebt, denk nur mal an seine Musik AGs. Die waren immer proppenvoll und das am Nachmittag. Er hatte dieses gute tolle Leben und er war der Mann, den ihr alle gekannt habt. Diese beschissene Störung war schuld, dass alles in die Hose gegangen ist und du weißt, wie sehr ihm das selbst leid tut und wie sehr er es bereut, nichts dagegen unternommen zu haben. Wende dich nicht von ihm ab, es ist meiner Meinung nach falsch und ich kann dir nur sagen, immer wenn ich ihn mal besuche, das ist nicht oft, vielleicht dreimal im Jahr, fragt er nach dir. Er vermisst dich." Viviane sah ihren Bruder verunsichert an. „Er fehlt mir doch auch, Nils. Ich kann den ganzen Mist aber nicht einfach vergessen. Ich finde, das was er getan hat, einfach total eklig und es macht mir Angst. Ich vertraue ihm nicht mehr und ich kann es ihm nicht verzeihen, das wir wegen ihm so leben müssen wie wir leben. Daran ist er, egal wie, schuld." „Ja, Viviane, das ist er, aber glaube mir, es tut niemandem mehr leid als ihm selbst. Denk noch mal nach. Du könntest ihm helfen, die Haft zu überstehen." „Und dann, wenn er rauskommt? Machen wir dann wieder einen auf heile Familie? Nils, ich kann mir das nicht vorstellen. Ich glaube, er passt nicht mehr in mein Leben." „Wie du meinst, aber du wirst älter, Viviane, und ich rate dir dich mehr mit der Thematik zu beschäftigen. Je mehr du über solche Störungen weißt, umso leichter wird es dir fallen deinen Vater zu verstehen. Es gibt so viele Dinge, die unser Leben beeinflussen und die für andere nicht nachvollziehbar sind. Für mich ist Markus immer noch der, der er immer war. Ich rede gerne mit ihm. Obwohl er jetzt im Knast wirklich nichts Neues erlebt, hilft er mir immer noch weiter. Er versteht mich." „Na dann, mach du mal einen auf lieben Stiefsohn, ich brauche es nicht. Es ist zu viel passiert." Viviane blieb hart, obwohl ihr die Worte von Nils zu denken gegeben hatten. Sie wusste ja auch, dass ihre Mutter die Besuche bei Markus genoss und irgendwo bewunderte sie ihre Mutter. Markus hatte Karen genauso viel genommen wie ihr und trotzdem stand diese inzwischen wieder zu ihm und half ihm durch die schwere Zeit. Soweit konnte Viviane nicht gehen, sie hatte zu viel verloren.

Es war ca. 6 Wochen nachdem Viviane Paul und die anderen kennengelernt hatte. Sie hatten sich wieder an der Bushalte getroffen und einen Plan für's Wochenende gemacht. Wenn das Wetter so blieb, wollten sie Samstagabend am Strand Grillen. Sie hoffte, dass ihre Mutter nichts dagegen hatte, wenn sie ausnahmsweise mal etwas länger draußen blieb. Viviane kam nach Hause. Ihre Mutter saß am Küchentisch. Es war kein Essen vorbereitet und kein Tisch gedeckt. Sie war blass und Viviane sah deutlich, dass sie geweint hatte. „Mama, was ist los? Ist was mit Papa? Oder wieder irgendeine Hiobsbotschaft und wir müssen hier raus?" „Nein, nein Viviane, alles gut, aber ich habe Riesenmist gebaut und ein großes Problem." „Du hast Mist gebaut, Mama? Wann denn, du bist doch eigentlich immer nur hier. Oder hast du bei der Tafel 'ne Banane geklaut?" Viviane lachte. „Ach, Schatz, ich weiß nicht, wie ich es dir sagen soll, aber was hältst du davon, ein Geschwisterchen zu bekommen?" „Ein was? Mama, Papa ist im Gefängnis, wie solltest du also schwanger werden?" Karen sah betreten zu Boden. „Du weißt doch, dass ich vor sechs Wochen abends unterwegs war." „Ja und du hast erzählt, dass du nette Leute getroffen hast mehr aber auch nicht." „Ja, das war ja auch so. Wir haben ziemlich viel getrunken, und ich bin dann noch mit dem einen in sein Hotel gegangen und habe mit ihm geschlafen." Viviane ekelte es. Was hatten die Erwachsenen nur mit diesem Sex. Das musste ja etwas verdammt Wichtiges sein. So wichtig, dass man nicht daran dachte, dass man davon schwanger werden könnte. „Und jetzt, bekommst du ein Baby von diesem Typ. Na super. Du kennst den doch gar nicht. Der sitzt doch schon längst wieder in Bayern, wahrscheinlich bei seiner Frau und denkt nicht mehr an dich." „Ja, Viviane, so wird es sein, aber das ändert nichts. Ich erwarte ein Kind." „Und was willst du jetzt machen, was soll Papa dazu sagen. Wie willst du ihm denn das verkaufen, Flugsperma, oder was?" „Viviane, bitte. Ich weiß es nicht. Es ist nun aber so wie es ist. Ich habe keine Ahnung, was Markus dazu sagen wird, ich bin völlig am Ende. Ich weiß aber, dass ich das Kind bekommen werde, eine Abtreibung kommt für mich nicht in Frage. Was kann denn der kleine Wurm dazu?" „Klar, noch ein Kind, Mama, wir kriegen doch so schon nicht mehr den Hintern hoch, wie soll das denn alles gehen?" „Das geht, Viviane, ehrlich gesagt, ich freue mich auf die neue Aufgabe, aber ich habe einen wahnsinnigen Bauch, wenn ich an das Gespräch mit Papa denke." „Na den hätte ich auch. Da erzählt ihr Erwachsenen uns immer was wir nicht tun dürfen und das wir aufpassen müssen, dass uns immer die Konsequenzen unseres Handels bewusst sein müssen und lauter so tolle Sprüche. Und ihr selbst? Baut riesengroßen

Bockmist und freut euch dann auch noch. Ich geh ins Bett, Mama. Hunger habe ich jetzt keinen mehr. Das muss ich erst mal verdauen." „Komm mal her, Schatz, bitte sei nicht böse auf mich. Ich weiß selbst, dass es Mist ist, aber was soll ich denn jetzt tun. Das Kind wächst in mir, ob ich nun will oder nicht:" Sie zog Viviane an sich heran und gab ihr einen Kuss auf die Stirn. „Du bist doch meine Große und bestimmt eine ganz tolle Schwester, also lass uns das Beste daraus machen." „Viviane umarmte ihre Mutter. „Mama, das geht mir zu schnell. Da muss ich erst mal drüber schlafen. Du hast ja Recht, wir zwei haben schon ganz andere Dinge überstanden, da wird uns so ein kleiner Schreihals nicht umbringen, aber verstehen tue ich es trotzdem nicht. Ihr wollt doch immer alles wissen. Ich weiß ja schon, dass man die Pille nehmen sollte um nicht schwanger zu werden und ich bin 13. Ich versteh 's nicht." Damit drehte sie sich um und ging in ihr Zimmer. Würde es mit den Katastrophen denn nie aufhören. Warum war sie erst 13 und nicht 18. Sie würde auf der Stelle ihre Koffer packen und gehen. Es war wirklich nicht zum Aus-halten.

Der nächste Mittwoch war ein Besuchstag bei Markus. Karen hatte Viviane angefleht mitzukommen. Diese hatte abgelehnt. „Mama, ich war seit zwei Jahren nicht mehr bei Papa, was soll das also. Was bringt es dir, wenn ich dabei sitze, wenn du ihm sagst, dass du ein Kind von irgendwem bekommst. Nee, das kannst du bitte alleine machen. Aber ich bin zuhause, wenn du kommst. Dann können wir reden." „Ok, Schatz, drück mir die Daumen. Ich fühl mich gerade wie damals, als ich mit Nils schwanger war und es meinen Eltern sagen musste." „Ja, das glaube ich dir, aber die haben doch auch super reagiert. Ich drück dir die Daumen. Bei dem Mist, den Papa angestellt hat, ist so ein Kind ja wirklich nicht schlimm. Bis dann Mama, das wird." Karen winkte ihr noch einmal zu und machte sich auf den Weg zum Bahnhof.

Markus erwartete sie schon ungeduldig. Er hatte Neuigkeiten zu berichten. Zum einen war seine Therapie abgeschlossen. Er galt als geheilt. Die Psychologen waren hoch zufrieden mit ihm, er hatte alle Belastungstests einschließlich einer Konfrontationstherapie gut überstanden. Er fühlte sich wohl. Zum anderen hatte er dafür gesorgt, dass es nun auch im Gefängnis eine Musik AG gab. Auf sein Betreiben hatte der Direktor einen Spendenaufruf organsiert und um Spenden alter Gitarren gebeten. Fünf Stück waren zusammengekommen und Markus unterrichtete jetzt 2x wöchentlich Mitgefangene im Gitarrenspiel. Die Häftlinge waren für jede Abwechslung dankbar und nahmen das Angebot gerne an. Auch Markus war dankbar für den sinnvollen Zeitvertreib und widmete sich eifrig dieser Aufgabe. „So, Schatz, jetzt weißt du alles Neue von mir. Wie sieht es bei euch aus. Was macht Viviane?" Karen erzählte ihm, nicht ganz ohne Sorgen von den neuen Bekanntschaften. Hier gegenüber Markus konnte sie ihre Bedenken ja äußern. Im Grunde genommen wollte sie nicht, dass Viviane mit diesen Straßenkindern verkehrte, obwohl sie wusste, dass es die einzigen Freunde waren, die Viviane hatte. „Mach dir keine Sorgen um unsere Tochter, lass ihr den Spaß. Sie kann glaube ich sehr gut einschätzen, was gut und richtig ist. Ich glaube auch nicht, dass sie zur Zigarette oder zum Alkohol greift. Zum einen ist sie sicherlich intelligenter als die ganze Gruppe und zum anderen ist sie aufgeklärt erzogen. Ich würde mir da keine Gedanken machen. Und was ist mit dir, du siehst blass aus, stimmt etwas nicht?" Karen fing an zu weinen. Markus schob erschrocken die Hände über den Tisch und nahm ihre Hände in die seinen. „Hey, was ist los? Gibt es Ärger mit der Wohnung, oder mit meinen Eltern? Was ist?" Karen schaute Markus durch einen Tränenschleier an. Sie schluchzte. „Markus, ich habe Riesenmist gebaut. Ich bin ausgegangen, wollte auch mal wieder Spaß haben. Ich habe nette Menschen kennengelernt. Wir hatten einen lustigen

Abend und wir haben zu viel getrunken." Sie stockte kurz und zog ihre Hände nervös zurück. „Ja und, da ist doch nichts gegen einzuwenden. Du sollst doch nicht nur zu Hause sitzen. Ich bin froh, wenn du mal raus gehst und Spaß hast." „Ja, aber", ihre Stimme wurde leiser und sie schaute unter sich, „es war zu viel Spaß, oder falscher Spaß. Ich bin mit einem der Männer ins Hotel gegangen." „Ok, das ist nicht schön, aber, Karen, ich kann es mir nicht leisten eifersüchtig zu sein, ich habe ja schließlich dafür gesorgt, dass du 10 Jahre lang ohne Mann leben musst, sofern du weiterhin zu mir hältst. Hast du dich verliebt?" Er war erschrocken und getroffen. „Nein, nein Markus, das ist es nicht. Ich weiß nicht, was mit mir los war. Ich habe es einfach genossen, mal wieder begehrt zu werden. Da war jemand, der mir Komplimente gemacht hat, vielleicht wollte er auch nur 'ne schnelle Nummer schieben. Für mich war es einfach schön, ich habe mich gut gefühlt und hatte in diesem Moment einfach mal wieder Lust. Ich weiß, dass ich es nicht hätte tun sollen." „Quatsch, du bist auch nur ein Mensch. Meinst du hier drin ist es einfach. Wir Männer sitzen alle hier und sollen leben wie die Mönche. Viele bekommen es irgendwann hin, aber es gibt auch immer wieder Übergriffe sexueller Art an Mitgefangenen, obwohl die Täter eigentlich gar nicht schwul sind. Das ist ein echtes Problem. Also schäm dich nicht. Ich bin nur froh, dass es zwischen uns nichts ändert und das wird es nicht, das kann ich dir versprechen." „Doch, Markus, das wird es. Dieser One-Night-Stand ist nämlich nicht ohne Folgen geblieben. Ich erwarte ein Kind." Jetzt war es Markus, der sich in seinem Stuhl aufrichtete und die Schultern straffte. Er schaute Karen ernst an und sie beobachtete ängstlich seinen Gesichtsausdruck. Plötzlich glitt ein Grinsen über sein Gesicht. „Ich werde Vater, auch nicht schlecht, musste mich noch nicht mal anstrengen." Er lachte. Karen schaute ihn verwundert an. „Markus, nun bleib mal ernst, du kannst das doch nicht einfach so hinnehmen." „Warum nicht.

Das Kind ist während unserer Ehe gezeugt und somit dem Gesetz nach ehelich, das ist nun einmal so. Ich könnte jetzt auf jede Art und Weise reagieren, ändern würde sich dadurch aber nichts. Also schlage ich vor, dass wir das Beste daraus machen. Wenn du also das Kind bekommen möchtest, dann tue das. Du bist diejenige, die es austragen muss und die ersten Jahre alleine aufziehen muss. Wenn du dir das zutraust, dann tue es. Wenn du es abtreibst, verstehe ich dich auch, denn du hast weiß Gott genug durchgemacht. Das ist deine Entscheidung. Aber egal wie sie ausfällt, ich trage sie mit dir. Wenn ich hier raus bin, werde ich deinem Kind ein guter Vater sein, das verspreche ich dir. Vielleicht kann ich diesem Kind dann endlich alles geben, was mir bei Viviane versagt wurde." Seine Stimme wurde brüchig. „Ich möchte sie so gerne wiedersehen, ich möchte die Möglichkeit haben mit ihr zu reden, ihr zu erklären, mich bei ihr zu entschuldigen. Warum hat sie so eine Mauer um sich gebaut und lässt mich nicht an sich ran. Das macht mich fertig." „Ich versuche doch auch auf sie einzuwirken und Nils hat es auch probiert, aber bislang gibt es keinen Erfolg. Ich verspreche dir ich versuche es weiter. Vielleicht bringt es euch wieder näher zusammen, wenn sie erfährt, wie du auf das neue Kind reagiert hast. Ich danke dir, Markus und nein, ich werde dieses kleine Wesen nicht abtreiben. Es wird ein Aufbruch in ein neues Leben sein, an dem du wieder teilnehmen darfst." Jetzt hielten sich die beiden an den Händen und lächelten sich an. „Markus, du machst mich glücklich, wirklich glücklich, auch wenn sich das in unserer Situation fast schon makaber anhört." „Du mich auch, Karen, ohne deine Besuche würde ich hier durchdrehen. Ich danke dir, dass du für mich da bist. Versprich mir aber, dass du gut auf dich aufpasst und wenn irgendwas ist, gib mir Bescheid. Du weißt, das ist inzwischen möglich." „Ja, Markus, das mache ich und nochmals danke, danke, danke.

Eine Stunde später saß Karen im Zug nach Hause. In Gedanken ging so noch einmal das vergangene Gespräch durch. Sie war glücklich. Wenn sie bis heute Zweifel gehabt hatte, dass es ein Leben mit Markus nach seiner Entlassung geben würde, so waren diese jetzt beseitigt. Er hatte ihr durch seine Reaktion mehr als deutlich gemacht, dass er sie noch immer liebte und auch sie dachte jetzt liebevoll an ihn. Was für ein toller Mann, der Beste, der ihr je begegnet war. Sie würde die nächsten fünf Jahre noch überstehen, jetzt mit dem Wissen, dass es eine gemeinsame Zukunft gab, würden diese schneller vergehen, als die vorangegangenen fünf. Zumal sie ein Kind erwartete, das ihre gesamte Liebe und Aufmerksamkeit brauchen würde. Karen war zum ersten Mal seit der Verhaftung glücklich und freute sich auf die Zukunft, auch wenn diese noch in weiter Ferne lag. Alles würde gut. Jetzt war sie sich sicher.

Die Jahre vergingen. Nach einer weiteren problemlosen Schwangerschaft war die kleine Naomi im März 2015 geboren. Den Namen hatten Markus und Karen zusammen ausgesucht. Auch die Haft war erträglicher geworden. Nachdem seine Therapie erfolgreich abgeschlossen war, durfte Markus Karen privat empfangen. Ihnen blieben drei Stunden im Monat für ihre Zweisamkeit. Zwischen ihnen hatte sich nichts geändert. Sie genossen die Zeit und vergaßen in diesen wenigen Stunden die Härte ihrer Lage. Immer mehr freuten sie sich auf die baldige Haftentlassung. Sie wussten nicht, wie es danach weitergehen sollte, es gab keine finanzielle Perspektive und keine Aussicht auf einen Job für Markus, aber dennoch freuten sie sich auf einen Neuanfang.

Der Sommer 2017 kam. Das Leben von Viviane und Karen hatte sich nicht sonderlich geändert, es war bereichert durch die Anwesenheit der kleinen Naomi. Karen mied es weiterhin das Haus zu verlassen. Das Mittagessen bei Frieda gab es nicht mehr, mit dem Baby war es zu Beginn unmöglich gewesen mit dem Fahrrad nach Katharinenhof zu fahren. Darüber war die Tradition eingeschlafen. Viviane besuchte noch täglich ihre Großmutter und ihren Hund. Ihrer Oma ging es nach wie vor gut, ihren Großvater sah sie so gut wie nie. Er war immer noch viel unterwegs und auch jetzt mit fast 80 Jahren bestellte er noch seine Äcker mit dem Traktor. Seitdem Viviane wusste, dass ihr Großvater für das Fehlverhalten ihres Vaters verantwortlich war, mied sie den Kontakt. Er war ihr unheimlich. Umso mehr umsorgte sie ihre Oma, die immer gut zu ihr gewesen war. Auch der Kontakt zu Oma Eva und Opa Klaus war weiterhin gut und Nils blieb ein fester Bestandteil in ihrem Leben. Karens Vater war schockiert gewesen, als er von Karens Schwangerschaft erfahren hatte, aber die kleine Naomi hatte auch sein Herz erreicht und inzwischen war er ihr ein guter Großvater.

Viviane war weiterhin mit ihrer Clique unterwegs. Paul war inzwischen 19 Jahre alt und jobbte bei einer großen Spedition. Sein Ziel war es Fernfahrer zu werden. Er wollte hinaus auf die Straßen am liebsten europaweit. Er sparte jeden Cent, um den LKW Führerschein machen zu können, denn der Chef der Spedition hatte ihm versprochen ihn als Fahrer zu beschäftigen. In seinem Job war er Mädchen für alles, er wechselte Reifen, wusch die Zugfahrzeuge und half beim Be- und Entladen. Es machte ihm Freude. Ron und Szinta hatten die Insel verlassen. Sie hatten ihre Ausbildungen abgeschlossen und waren gemeinsam in eine Wohnung in Oldenburg gezogen. Hier hatten beide Arbeit gefunden und waren glücklich. Die Truppe hatte ihnen beim Umzug geholfen und sie hatten eine tolle Fete in der neuen Wohnung gefeiert. Viviane mochte die beiden und hielt noch immer Kontakt zu ihnen. Susi, die Viviane ebenso ins Herz geschlossen hatte, kam nicht wirklich im Leben an. Ihren Hauptschulabschluss hatte sie gerade so geschafft, sich dann aber weder um einen Job noch um eine Ausbildung gekümmert. Sie lebte weiterhin mit ihrer Mutter von Hartz 4 und die Mutter lebte ihr vor, dass es reiche Männer gibt, die Frauen aushalten können. Viviane hatte Angst, dass Susi in die Prostitution abrutschen könnte. Häufig erzählte ihr das Mädchen von tollen Kerlen, mit denen sie grandiosen Sex gehabt hatte, einen festen Freund gab es aber nicht. Susi tat ihr leid. Im Grunde genommen hatte das Mädchen niemanden und lebte in einer Scheinwelt. Andi machte inzwischen eine Ausbildung zum Maurer und war auf der Suche nach einer Bude, die er sich mit seiner Ausbildungsvergütung leisten konnte. Und Max, er war bei seinem Vater in die Lehre gegangen und machte eine Ausbildung zum Landwirt. Viviane war sich sicher, dass das nicht das richtige für ihn war, aber aufgrund seiner Behinderung hatte es keine andere Möglichkeit gegeben. Noch immer trafen sich die vier an der Bushalte, nicht mehr täglich, aber mehrmals pro Woche.

„Guckt mal, wisst ihr was das Schöne im Leben ist?" Paul zeigte mit dem Finger auf die andere Straßenseite. Es regnete und die vier standen dicht gedrängt unter dem Dach der Bushaltestelle. „Was meinst du?" Viviane sah Paul neugierig an. "Guck doch mal da rüber, denen geht es noch beschissener als uns." Auf der anderen Straßenseite unter dem kurzen Vordach eines Kiosks stand eine Gruppe von Flüchtlingen, die seit dem letzten Herbst die Insel bevölkerten. Auf dem Weg nach Schweden hier gestrandet, waren sie der Willkür der Beamten ausgeliefert, die sie von einer Unterkunft in die nächste verschickten. Viviane blickte interessiert auf die andere Straßenseite. Ausschließlich junge Männer befanden sich dort. Dem Aussehen nach Afghanen, aber auch Syrer, die deutlich an ihrer Hautfarbe zu erkennen waren. Etwas abseits hockte ein junger Mann auf dem Bürgersteig. Er hielt ein Buch in der Hand und las. Viviane kannte ihn. Er war seit kurzem in ihrer Jahrgangsstufe und mit ihr im Französischkurs. „Das ist Pierre", sagte sie und wies mit dem Finger auf ihn." „Du kennst den, nicht dein Ernst, mit dem Pack wollen wir nichts zu tun haben." Paul spuckte auf den Boden. „Was soll das, Paul, du kannst doch nicht über Menschen urteilen, die du gar nicht kennst. Dann bist du auch nicht besser, als alle hier auf der Insel. Was hätten wir darum gegeben, wenn man uns eine Chance gegeben hätte." „Ach hör doch auf mit dem Gefasel. Ich denke die Typen da drüben haben mehr Geld im Geldbeutel als mein Vater und ich zusammen und für was? Fürs Nichtstun, nur weil sie aus einem bescheuerten Land kommen, wo man angeblich nicht leben kann." „Paul, das ist echt Scheiße was du da redest und im Grunde genommen weißt du das auch." Viviane war verärgert. Paul drehte sich zu ihr. „OK Gutmensch, dann kannst du dich ja ab nächste Woche mit unserem neuen Streetworker zusammentun, der auf die Insel kommt, habt ihr schon davon gehört?" „Nee, Susi mischte sich ein, „was ist denn das für ein Typ, jung oder alt?" „Mein Gott, witterst du schon wieder Beute"; Andi lachte. „Erzähl Paul, weißt du mehr?" „Nicht wirklich. Ich habe nur gehört, dass hier ein Streetworker aktiv werden soll, damit es keine Probleme zwischen den Flüchtlingen und uns geben soll. Wir haben ja eine Menge unbegleiteter Jugendliche hier auf der Insel. Aber das Beste an dem Typ ist sein Name, ich könnt mich wegschmeißen." Paul lachte. Die anderen blickten ihn neugierig an. „Stellt euch vor der Kerl heißt Til Schwaiger, mit ai, aber hört sich doch genauso an wie der berühmte Schauspieler, oder?" „Oh, wenn der so aussieht, muss ich ihn unbedingt kennenlernen." Susi war in ihrem Element. „Ja und, ich finde das gut," Viviane ergriff das Wort, „ es ist doch auch wichtig, dass wir denen helfen sich zu integrieren, jetzt sind sie schon mal da, dann müssen sie auch die Chance bekommen hier glücklich zu werden." „Oh je, geh doch gleich rüber und frag, ob du für sie kochen kannst. Viviane, du hast sie doch nicht mehr alle, die sollen bleiben wo der Pfeffer wächst, so sehen sie ja auch aus." „Ich glaube, ich geh jetzt lieber, du bist heut echt blöd, Paul." Viviane drehte sich um und ging nach Hause. Sie war aufgebracht und richtig sauer auf Paul. So hatte sie ihn noch nie erlebt. Sie ging direkt in ihr Zimmer. Karen war gerade dabei, die Kleine ins Bett zu bringen. Viviane hörte, wie sie ihr die kleine Raupe Nimmersatt vorlas. Ganz tief in ihrer Erinnerung wusste sie, dass dies ihr Lieblingsbuch gewesen war, das ihr Vater ihr immer vorlesen musste. Nach der Geburt von Naomi hatten Karen und Viviane die Zimmer tauschen müssen. Karen war mit dem Baby in das große Schlafzimmer gezogen und Viviane hatte die bessere Abstellkammer bekommen. Damals hatte sie sich von ihrem Kinderzimmer verabschiedet. Sie war auf den Flohmarkt gegangen und hatte ihre liebgewonnenen Spielzeuge und Kuscheltiere verkauft. Der Rest war im Müll gelandet. Jetzt saß sie auf ihrem Bett. Für einen Stuhl war in diesem Raum kein Platz. Ein Bett, ein kleines Nachtschränkchen und ein Kleiderschrank: Das war's. Ihren Schreibtisch hatten sie noch ins Wohnzimmer gequetscht, das jetzt auch überfüllt aussah, aber diesen Platz zum Arbeiten hatte sie gebraucht. Sie saß auf ihrem Bett und betrachtete die Pinnwand, die neben der Tür an der Wand hing. Viele alte Fotos waren daran gepinnt. Bilder aus Guinea, wo sie mit ihren dunkelhäutigen Freundinnen vor der ecole maternelle stand und in die Kamera lachte. Fotos von ihrem Papa und ihr auf dem Schäfchenstein und ein Bild der ganzen Familie bei einem Strandspaziergang. Daneben hing das Geschenk ihres Vaters zu ihrem achten Geburtstag. Der Gutschein über 10 Klavierstunden, der niemals eingelöst wurde. Daneben das Geschenk ihrer Mutter, die schöne Kette mit dem Unendlichkeitszeichen und der Gravur. Auch sie hatte sie nie getragen. Viviane seufzte. Sie holte ihre oder besser gesagt die Gitarre ihres Vaters aus dem Spalt zwischen Kleiderschrank und Wand und begann zu spielen. In letzter Zeit hatte sie nicht mehr oft gespielt und sie brauchte eine Zeit, bis ihr die Griffe wieder geschmeidig gelangen. Sie war

stinksauer auf Paul. Was trieb ihn an, so über andere zu reden. Sie alle waren doch von der Gesellschaft gestraft und er begann nun selbst nach unten zu treten. Furchtbar. Sie musste noch einmal mit ihm reden und ihm klar machen, dass das so nicht ging. Ob er ihr zuhören würde? Sie bezweifelte es. Sie war neugierig auf diesen Til. Was das wohl für ein Typ war. Hoffentlich nicht so ein Überschlauer, der sie in allem belehren wollte. Und Pierre ging ihr nicht aus dem Kopf. Sie wollte ihn kennenlernen, fragen woher er kam und was er vor hatte. Sein Französisch war sehr gut, wenngleich auch mit starkem Akzent. Viviane konnte sich vom Klang der Sprache her vorstellen, dass er aus Guinea kam, aber ob das stimmte? Sie würde ihn einfach mal ansprechen. Sollte doch Paul denken was er wollte. „Viviane kommst du, Essen ist fertig"; ihre Mutter rief aus der Küche. „Ja, sofort": Viviane legte die Gitarre zur Seite und sprang vom Bett. Sie hatte einen Riesenhunger. Seitdem sie nicht mehr bei Oma Frieda aßen, gab es mittags mal einen Apfel oder einen Joghurt, so dass sie jetzt ordentlich Appetit verspürte. „Was gibt 's denn?" „Ich hab Milchreis gemacht, den isst die Kleine doch auch so gerne." „Oh lecker, den hatten wir ja schon ewig nicht mehr". Viviane lachte, mindestens alle zwei Wochen gab es Milchreis, nachdem Naomi ihre Leidenschaft dafür entdeckt hatte. „Mach dich nicht lustig, Große, hau rein. Morgen gibt es was mit Fleisch, wenn du zum Metzger gehst und schaust was er im Angebot hat." „Mach ich, ich hoffe Gehacktes, auf Frikadellen hätt ich mal so richtig Lust." „Gut, geh morgen mal vorbei und bring ein Pfund mit, auch wenn es nicht im Angebot ist." Karen zwinkerte ihr zu. Viviane ließ sich den Milchreis schmecken und freute sich schon auf das morgige Mahl.
Viviane ging früh in ihr Zimmer. Sie musste sich noch Bio ansehen, für Morgen war eine Klausur anberaumt. Die Naturwissenschaften waren nicht so ganz ihr Ding, alles andere lief. Sie war nach wie vor eine gute Schülerin und seitdem sie sich

mit der Störung ihres Vaters intensiv auseinandergesetzt hatte und auch über viele anderer Fälle psychischer Störungen gelesen hatte, war in ihr ein Berufswunsch erwacht. Sie wollte Psychologie studieren und Menschen helfen, die in ihrem Leben nicht klar kamen. Sie wusste, dass die Universität Hamburg hierfür einen NC erwartete, der schwierig zu erreichen war, aber zur Not würde sie eine Übergangstätigkeit finden um die Wartesemester zu füllen. Sie legte sich mit ihrem Buch ins Bett und ging noch einem den Aufbau der DNA durch. Diese Stoffwechselphysiologie brachte sie noch an den Rand der Verzweiflung. Am nächsten Tag ergab sich in der Schule die Gelegenheit Pierre anzusprechen. Der Französischunterricht war beendet und die Schüler strömten nach draußen. Sie gingen fast gleichzeitig durch die Tür und Viviane sprach ihn auf Französisch an. Er blickte sie erstaunt an und antwortete auf Deutsch. „Ich spreche deine Sprache, noch nicht hundertprozentig, aber ich denke schon ganz gut. Viviane war erstaunt. „Ach ja, woher kannst du das?" „In meiner Heimat gibt es eine deutsche Schule auf die ich gehen durfte, da haben wir vom ersten Tag an Deutsch gelernt." „Und wo ist deine Heimat, wenn ich fragen darf?" „Guinea". „Jetzt sag aber nicht dass du auf der Sainte Marie de Dixinn warst?" „Doch, klar, woher kennst du die?" Viviane lachte. „Ich bin Guinea geboren und habe meine ersten fünf Lebensjahre dort verbracht. Mein Vater war Deutschlehrer an der Schule und ich bin dort in die Maternelle gegangen. Du, das könnte doch sein, dass wir zusammen dort waren, du bist doch auch 16 oder?" „Nee, ich bin schon 18 und auf der maternelle war ich nicht. Ich bin erst in die elementaire gegangen." „Schade, sonst hätten wir vielleicht Kindheitserinnerungen austauschen können. Aber warum bist du jetzt hier, du hättest doch dort dein Bac machen können..." Als ich in der seconde war, ist mein Vater gestorben. Meine Mutter hat dann von mir verlangt, dass ich die Schule abbreche und nach Hause komme, um mich um sie und meine jüngeren Geschwister zu kümmern. Aber darauf hatte ich keine Lust. Ich will Arzt werden, den Menschen in meinem Land helfen. Das war vor 2 Jahren. Dann fing diese Flüchtlingswelle an und alle strömten nach Deutschland. Da hab ich mir gedacht, das kann ich auch. Ich hatte wenig Geld und es war verdammt hart, aber ich habe es geschafft. Ich weiß, dass ich kein Asyl bekommen werde, aber ich habe es beantragt. Ich brauche Zeit. Ich will unbedingt mein Abitur hier machen. Wenn ich das schaffe, stehen mir zuhause alle Türen offen. Ich werde in mein Land zurückkehren und dort studieren, aber das Abitur muss ich hier schaffen." „Wow, das ist ja echt irre. Bewundernswert mit welchem Engagement du vorgehst. Kommst du in allen Fächern klar?" „Geht so, Mathe ist nicht so meins, aber sonst läuft es und natürlich Deutsch, das bleibt halt eine Fremdsprache für mich, schriftlich bin ich da nicht so fit." „Na ja, im Abi kannst du es ja mündlich machen, und bei Problemen in Mathe kannst du dich gerne an mich wenden, ich finde das total easy." „Echt jetzt, das ist ja super lieb von dir. Er stutzte einen Augenblick. Ehrlich gesagt, hätte ich das nicht von dir gedacht. Du warst doch gestern auch an der Bushaltestelle bei dem etwas kräftigerem Typ, der hasst Flüchtlinge, und ich dachte ihr wärt euch alle einig." „Nein, Pierre, sind wir nicht. Ich mag Paul, aber gestern war ich über seine Ansichten mehr als erschrocken. Ich will auch noch mal mit ihm reden, aber er war sehr uneinsichtig." „Mach dir bitte wegen mir keinen Stress, ich komm schon klar." „Keine Angst, Stress mach ich mir keinen, aber ich kusche auch nicht vor Paul, das kann er vergessen."

Am Abend machte sich Viviane auf zu Giovanni, ihrem Lieblingsitaliener. Sie suchte einen Job für den Sommer und wollte nachfragen, ob er Bedarf hatte. Die Pizzeria war gut gefüllt und aufgrund des guten Wetters gab es keine freien Plätze auf der Terrasse. „Hallo, Viviane, na Lust auf Pizza Diavolo?"

Giovanni kannte das Mädchen noch aus der Zeit als sie mit ihren Eltern häufig auf eine Pizza vorbeigekommen waren. „Nein, Giovanni, heute nicht, ich habe eine andere Frage. Ich bin jetzt 16 und würde mir gerne über den Sommer ein paar Euros verdienen. Brauchst du vielleicht jemand, der dir beim Bedienen hilft?" „Dich schickt der Himmel, Viviane, ich bin echt am Ende. Zwei meiner Aushilfen sind abgesprungen. Lena ist schwanger und will nicht mehr und Sarah hat einen Ganztagsjob gefunden. Also von mir aus gerne, wie oft kannst du denn kommen?" „Also jetzt während der Schulzeit nur am Wochenende, aber in den Ferien, so oft du mich brauchst." „Super, das machen wir. Viel kann ich dir nicht zahlen, neun Euro pro Stunde, mehr geht nicht, ist das ok?" „Klar, Giovanni, ich bin dabei, vielen lieben Dank." „Kein Problem, sehen wir uns Freitag um sechs?" „Auf jeden Fall, es gibt nur ein Problem. Kannst du mich jeden Abend bar bezahlen, du weißt doch ich muss alle Einnahmen dem Amt melden und ich möchte nicht, dass Mama die Stütze verringert wird, nur weil ich was dazu verdiene." „Das ist kein Problem, das machen wir so. Ist ja nur ein Aushilfsjob." „Super, dann sehen wir uns Freitag." „Ciao, Viviane und grüße deine Mutter von mir, die habe ich ja schon ewig nicht mehr gesehen." „Das stimmt, du weißt doch, seit der Katastrophe mit Papa geht sie nicht mehr unter die Leute. Man muss sie förmlich aus dem Haus treiben." „Ich kann es verstehen, die Menschen können grausam sein. Also grüß schön." „Mach ich, danke, Giovanni." Viviane verließ das Lokal. Sie war glücklich. Nie hätte sie gedacht, dass es einmal so gut laufen könnte. Heute war ein toller Tag. Pierre war ein so netter Mensch und jetzt noch der Job.

Sie berichtete ihrer Mutter von den Neuigkeiten und Karen freute sich für ihre Tochter. Ganz langsam ging es ein wenig aufwärts, aber es wurde auch höchste Zeit.

Der Montag war ein herrlicher Sommertag und die Freunde trafen sich am Strand. Viviane war müde. Der Job in der Pizzeria war anstrengender als sie gedacht hatte. Ihr taten die Füße weh. Unzählige Male war sie den Weg von der Terrasse zur Küche und zurück gelaufen, aber es hatte Spaß gemacht. Die Gäste waren freundlich gewesen und sie hatte eine Menge Trinkgeld bekommen. Mit einem Sixpack Radler und zwei Tüten Chips bewaffnet, kam sie zum Strand, wo die anderen schon auf sie warteten. „Na, Viv, was hast du denn da Schönes?" Viviane legte die mitgebrachten Dinge auf die Decke. „Ich gebe einen aus. Mein neuer Job war super, und ich bin total glücklich, also bedient euch." „Nee, Leute, erst geht es ins Wasser, los, heute sind sogar ein paar Wellen da, also auf, wer zuerst drinnen ist." Das Wasser war noch ziemlich kühl, aber es machte einfach Spaß durch die Wellen zu springen. Ausgelassen sprangen die vier durchs Meer, um dann wenig später, in Handtücher gehüllt auf der Decke Platz zu nehmen. Paul teilte die Radler aus und legte die offene Tüte Chips in die Mitte der Liegefläche. Sie unterhielten sich und genossen das schöne Wetter. „Schaut mal wer da kommt", Andi zeigte auf einen jungen Mann, der sich der Gruppe näherte. „Das ist bestimmt unser Til, aber außer dem Namen hat er wohl nicht viel von dem Schauspieler abbekommen." Die anderen schauten neugierig in die Richtung. Ein sehr dünner, fast schon hagerer junger Mann näherte sich ihrem Lager. Er war riesig und aufgrund seiner Figur, wirkte er wie eine Bohnenstange. Sein dunkles Haar war halblang und im Nacken zu einem kleinen Pferdeschwanz gebunden. Um den Hals trug er ein Lederband und auch seine Handgelenke waren mit Armbändern verziert. „Oh je, so eine Grünpflanze", murmelte Paul, „ der will bestimmt die Welt verbessern." Der junge Mann war bei ihnen angekommen. „Hallo, grüßt euch." „Hallo", vier Augenpaare richteten sich neugierig auf den Neuankömmling. „Ich denke, ihr habt sicherlich schon von mir gehört. Ich bin Til, der neue Streetworker hier auf der Insel. Ich möchte euch gerne kennenlernen." „Kennenlernen, oder erziehen?" Paul ging sofort in die Offensive. „Kennenlernen, wenn es was zum Erziehen gibt, reden wir später drüber", Till lachte. Viviane gefiel seine Art und sein Lächeln. Er war sympathisch. „Also wollt ihr was von euch erzählen, oder habt ihr keinen Bock, dann geh ich erst mal wieder. Ich will euch nicht maßregeln, dass das mal klar ist. Ich will und kann euch unterstützen, wenn ihr es wollt, aber es ist ganz allein eure Entscheidung." „Ok"; räumte Paul ein, „dann setz dich mal. Willst du ein Radler?" „Ja, gerne, gibt es was zu feiern?" „Na ja, ich habe einen Aushilfsjob bekommen und mein erstes Geld am Wochenende verdient, deshalb hab ich das mitgebracht." „Oh schön und was ist das für ein Job?" „Ich bediene in einer Pizzeria. Das macht echt Spaß und Giovanni, der Chef ist total nett." „So wie heißt ihr denn, erzählt doch mal ein bisschen was über euch, dann kann ich euch kennenlernen." Andi fing an. Die anderen folgten seinem Beispiel und erzählten nur das Nötigste. Tils Augen blieben an Viviane hängen. Das Mädchen passte irgendwie nicht in die Gruppe. Sie war wesentlich intelligenter als die anderen und auch ihre Einstellungen schienen massiv von denen der anderen abzuweichen. Til fand sie bildhübsch mit ihren langen strohblonden Haaren, die sich ganz leicht wellten. Sie hatte eine tolle Figur und einen wunderschön geschwungenen Mund. „So, jetzt weiß ich ja schon mal was über euch, dann erzähle ich mal über mich. Also eins vorweg, ich bin niemand, der eure Situation nicht kennt. Ich war ganz unten und manchmal auch davor abzurutschen, aber ich habe es geschafft. Das ist das, was ich euch vermitteln möchte. Jeder kann es schaffen. Was ihr braucht ist der unbedingte Wille dazu." Jetzt war die Neugier bei den Jugendlichen geweckt. „Also ich bin 25 Jahre alt, komme jetzt direkt aus Frankfurt, wo ich ein Jahr lang nach meinem Studium bei der Jugendhilfe gearbeitet habe. Ich bin im Heim aufgewachsen. Meinen Vater kenne ich nicht und meine Mutter war eine Stricherin im Frankfurter Bahnhofsviertel. Sie konnte sich

nicht um mich kümmern, hat es versucht, aber das Jugendamt hat mich ihr weggenommen, als ich ein halbes Jahr alt
war. Sie war auf Droge und das auch schon während der
Schwangerschaft. Das ist denke ich auch der Grund dafür,
warum ich nie Pflege- oder Adoptiveltern gefunden habe. Alle
hatten Angst, dass die Drogen auch schon bei mir Schaden
angerichtet haben könnte und ich ein nicht erziehbarer Kerl
werden würde. Aber ich habe Glück gehabt. Ich habe keine
Folgen ihrer Drogensucht erlitten. Also wurde ich im Heim
groß. Das war so lala, wie das halt so ist, keine Mutter, keinen
Vater und im Laufe der Jahre immer wechselnde Bezugsper-
sonen. Ich habe mich durchgekämpft. Ziemlich früh stand
schon für mich fest, dass ich einer von denen werden wollte,
der anderen aus diesen beschissenen Situationen helfen
möchte und so habe ich mich angestrengt, um Abitur und
Studium zu schaffen. Ich habe es geschafft und darauf bin ich
stolz, aber ich bin nicht überheblich, ich will euch nicht belehren. Ihr sollt einfach nur wissen, dass da jetzt jemand ist mit
dem ihr reden könnt, egal über was. Ich kann keine Wunder
bewirken, aber ich kann euch helfen, wenn ihr Probleme
habt, einen Job zu finden z. B. oder wenn ihr Probleme mit
anderen Jugendlichen habt, oder, oder, oder. Ihr kennt die
Palette. Also ich kann es euch nur anbieten. Ich habe ein Büro
im Rathaus, aber ich werde auch häufig auf der Straße sein.
Sprecht mich an, wann immer ihr wollt, ok?" Er stand auf und
verabschiedete sich. „So, ich lass euch jetzt erst mal allein. Ihr
wisst wo ihr mich findet Macht ́s gut." „Tschüs", schweigend
blickte die Gruppe ihm nach. „oh, Mann, noch so ein Gutmensch. Man kann alles schaffen, wenn man nur will", Paul
äffte Til nach, „der soll mal zu mir nach Hause kommen und
den einfüßigen besoffenen Alten am Tisch sitzen sehen, dann
denkt er vielleicht um." „Ach Paul, sei doch nicht immer so
misstrauisch, dass hat sich doch alles sehr nett angehört. Er
war doch unglaublich offen zu uns im Gegensatz zu uns, wir

haben ihm ja nur ein paar Brocken hingeworfen." „Mehr wird er auch von mir nicht erfahren, der Dussel. Wir sind jahrelang ohne einen solchen Streetworker ausgekommen, jetzt brauch ich den auch nicht mehr. Wenn ich so weiter schufte, kann ich im September mit meinem Lappen beginnen und dann bin ich sowieso bald auf den Straßen Europas unterwegs." „Ich find ihn süß", Susi war schon wieder in ihrem Element, „ich glaube ich will ihn näher kennen lernen." „Na da hast du aber was nicht gecheckt, Susi. Hast du nicht gesehen, wie der Viviane begafft hat, also wenn ihn jemand näher kennenlernen kann, dann du, Viv." „Paul du spinnst, der war einfach nur nett, sonst nichts. Wir müssen uns ihm ja nicht aufdrängen, aber grundsätzlich ist es doch gut zu wissen, dass da jemand ist, an den man sich wenden kann. „Iiiiich brrrauch niemand"; Max meldete sich zu Wort, was selten vorkam, „iiiich blllleiiib bei meiiiiinen Kühen." Er lachte. „Ach, Max, du bist echt lustig." „Kommt, lasst uns noch mal schwimmen, bevor die Sonne weg ist und dann muss ich nach Hause, Morgen ist Mathe Klausur und ich muss noch mal ran." Viv, du nervst, deine Lernerei macht einen ja ganz krank. Da kriegt man ja ein schlechtes Gewissen, wenn man so faul ist wie ich." „Ja Paul, damit hast du Recht, du könntest durchaus mehr aus dir ma- chen, als an irgendwelchen Trucks rumzuschrauben und das Ziel zu haben Fernfahrer zu werden. Was ist denn, wenn du mal eine Frau kennenlernst und Kinder bekommst. Willst du dann ewig eine Beziehung führen, in der du deine Family nicht siehst, weil du irgendwo in der Welt mit deinem Truck unterwegs bist? Du könntest dir auch andere Ziele stecken." „Mensch, Viv, es hat nicht jeder deinen Ehrgeiz und an Frau und Kinder denk ich nicht. Ich hab keinen Bock auf diesen ganzen Beziehungsscheiß. Ich hab es doch bei meinen Eltern gesehen. Meine Mutter ist einfach gegangen, weil da ein Bes- serer war, nee, sowas fang ich mir gar nicht erst an." „Na, ok, du hast es wie wir alle in der Hand, aber ich mach es wie Til, ich komm hier raus, und irgendwann werden diese Jahre nur noch ein blasse Erinnerung sein." „Oh, wie philosophisch, Frau Schindler, ich hoffe nur nicht, dass dich die Gegenwart irgendwann einholt." „Paul, manchmal bist du echt blöd, ich geh jetzt, macht 's gut." Viviane packte ihre Sachen zusammen und schwang sich auf ihr Fahrrad. Für heute hatte sie genug von ihren Freunden. Manchmal war es wirklich nervig und sie fühlte sich nicht dazugehörig. Pierre war da ganz anders. Mit ihm konnte sie besser reden, obwohl er bislang so gut wie nichts von ihr wusste.

Der Sommer verging wie im Flug. Der Job machte Viviane viel Spaß und sie verdiente sich gutes Geld. Am Ende der Sommerferien hatte sie ihr Ziel erreicht. Sie hielt ein nagelneues Smartphone in ihren Händen und war überglücklich. Nils hatte ihr geholfen, etwas Passendes zu finden. Einen Vertrag konnte sie sich nicht leisten, aber mit den guten Prepaid Tarifen aus dem Internet würde sie auch gut zurechtkommen. Sie hatte sich noch eine schöne Hülle besorgt und war unendlich stolz. Von dem restlichen Geld hatte sie ihrer Mutter eine hübsche Bluse und einen wunderschönen Blumenstrauß gekauft und für Naomi ein gebrauchtes Laufrad vom Flohmarkt. Ihre Mutter blickte den herrlichen Strauß an. Sie hatte Tränen in den Augen. „Viviane, das sind die ersten Blumen, die in dieser Wohnung stehen, ich danke dir, es sieht so herrlich aus." „Gerne Mama, und versprich mir bitte, dass du jetzt mit Naomi auch rausgehst und sie mit ihrem Laufrad unterwegs sein kann, denn für die Wohnung ist das nicht gedacht." „Ich versuche es, Schatz, noch sind ja Touristen da, da kann ich mich verstecken." „Mama, Papa ist jetzt seit acht Jahren im Knast, glaub mir, da draußen ist es ruhiger geworden, trau dich geh raus. Du wirst sehen, es ist nicht mehr schlimm." „Ich weiß nicht, Viviane, ich kann das alles nicht vergessen und ich möchte diese Blicke und diese Anfeindungen nicht mehr ertragen." „Versuch es, Mama, es geht wirklich." Viviane wusste, dass sie gegen Mauern sprach. Ihre Mutter würde ihr Schneckenhaus nicht verlassen. Sobald die Touristen die Insel verlassen hatten, würde auch sie wieder in ihrer Wohnung hocken und warten, dass die Zeit herum ging.

Die Schule hatte wieder begonnen und Viviane freute sich auf die kommenden zwei Jahre. Jetzt war die heiße Phase angebrochen, noch zwei Jahre und sie würde ihr Abitur in den Händen halten. Als Leistungskurse hatte sie sich für Französisch und Musik entschieden, zwei Fächer, die ihr besonders gut lagen. Sie war mit sich selbst zufrieden, wusste aber dass sie den NC für Psychologie in Hamburg nicht erreichen würde. Das machte ihr keine großen Sorgen. Sie würde etwas finden, das sinnvoll war und der Überbrückung diente. Jetzt konzentrierte sie sich aber erst einmal auf die Schule und seit es Pierre gab, machte auch diese ihr wirklich Spaß. Sie verbrachte jede Pause mit ihm. Er war nett und sie unterhielt sich gerne mit ihm. Er kämpfte für sein Bleiberecht, wenigstens die Schulzeit wollte er in Deutschland verbringen. Wenn er erst einmal das deutsche Abitur in der Tasche hatte, würde ihm die Uni in Guinea offen stehen und er könnte sein Medizinstudium beginnen. Er war ehrgeizig und zielstrebig, das gefiel Vivienne. Mit ihrer Mutter verstand sie sich weiterhin recht gut. Ab und an gab es Streit, wenn Viviane am Wochenende zu lange wegblieb, aber meistens beruhigte sich Karen schnell wieder, da Vivienne sich rührend um die kleine Naomi kümmerte, mit ihr auf den Spielplatz ging oder sie mit zu Pepe nahm.

Die Monate gingen dahin, der lange Winter zog sich wie immer. In diesem Jahr war das Wetter besonders übel, es regnete fast ununterbrochen, dazu war es stürmisch und kalt. Die Treffen an der Bushalte wurden weniger. Bei diesem Sauwetter hatten auch die Jugendlichen keine Lust in der Kälte zu stehen. Paul hatte inzwischen mit seinem LKW Führerschein angefangen. Er war hochmotiviert und fieberte der Prüfung entgegen. Er sah sich schon mit dem Truck auf den Straßen Europas und konnte es kaum abwarten.

An einem Abend im November fanden sich die Freunde mal wieder am Treffpunkt ein. Paul war der Erste, er hatte Bier dabei und wirkte schon nicht mehr nüchtern als die anderen dazu kamen. „Hey, Leute, was geht?" Andi hatte gute Laune. „Wisst ihr, dass Til mir geholfen hat, eine Bude zu finden? Ihr müsst sie euch unbedingt ansehen. Sie ist echt klein, gerade mal ein Raum , in dem alles ist, eine Mini Küchenzeile und Platz für ein Bett, einen Schrank, vielleicht ein Sofa und einen Fernseher. Aber ich kann sie bezahlen. Til hat mir bei allem geholfen. Der Typ ist echt super. Im Dezember kann ich einziehen. Ihr helft mir doch bestimmt, da muss noch Farbe an die Wand." „Klar, auf jeden Fall, ich bin dabei." Viviane freute sich für Andi. „Paul, was ist mit dir, du sagst ja gar nichts?" „Lasst mich in Ruh." Schon an der Stimme merkte Viviane, dass ihr Freund nicht mehr nüchtern war. „Paul? Komm raus mit der Sprache, was ist los?" „Alles totale Scheiße, ich könnte kotzen. Jetzt stehe ich kurz vor meiner Prüfung und dachte ab Januar hab ich einen Job. Da komm ich gestern in die Spedition und wundere mich, warum alles so ruhig ist. Kein Truck war zum Beladen da und die Mitarbeiter saßen alle zusammen im Aufenthaltsraum. Mich blöden Depp hat natürlich keiner eingeladen. Also hab ich die anderen gefragt was los ist und Bullshit. Die Firma ist pleite. Jetzt gibt es ein Insolvenzverfahren, das wenigstens das Stammpersonal bleiben kann, aber Neueinstellungen sind erst mal vom Tisch. Also lieber Paul, wieder mal die Arschkarte gezogen. Das war's mit der Truckerkarriere." Er nahm einen Schluck aus der Bierflasche und spuckte auf den Boden. „Ich sag es euch, wenn du einmal am Arsch bist, dann bleibst du da. Verdammte Scheiße." Die anderen waren betroffen. Er tat ihnen leid. Seit Jahren hatte er dieses Ziel vor Augen gehabt, es war greifbar gewesen und jetzt so was. Auch seinen Job würde er nicht behalten, der

Eigentümer musste von nun an sparen wo es nur ging. „Wisst ihr, ich habe echt keinen Bock mehr und, Andi, es ist ja schön für dich, dass dir der gute Til helfen konnte, aber mir kann keiner helfen. Prost." „Nun komm mal runter, Paul, die Welt dreht sich weiter, hört sich jetzt blöd an, aber es gibt immer eine Lösung. Es gibt doch mehr Speditionen hier in der Gegend und wenn du deinen Schein hast, kannst du dich doch bewerben." „Bewerben schon, aber die werden mich nicht nehmen. Die wollen einen gelernten Automechaniker oder so, aber nicht so eine ungelernte Kraft wie mich." „Ja, aber du kannst denen doch sagen, dass du schon jahrelang bei der Spedition gejobbt hast, du hast doch auch Erfahrung." „Ich kann es versuchen, aber ich glaube nicht daran." „Wie wäre es, wenn du dann eine Lehre machst, und deine Truckerkarriere verschiebst". Viviane wandte sich ihm zu. „Wie du vielleicht weißt Frau Oberschlau habe ich nur die Hauptschule, da nimmt mich doch keiner." „Quatsch, du musst dich nur gut verkaufen und deine Erfahrungen aus deinem Job mit einbringen. Glaub mir, das kann gehen, du musst es nur versuchen. Rede mit Til, der hilft dir." „Ach diese Schwuchtel soll bleiben wo er ist. Ich komme schon alleine klar." Paul drehte sich um und ging. Die anderen blieben betroffen zurück. Viviane nahm sich vor mit Til zu reden. Er konnte Paul bestimmt helfen. Jetzt musste man nur erst einmal abwarten, bis er sich wieder beruhigt hatte. „Schöner Mist, und was gibt es bei dir Neues, Susi?" Ihr glaubt es nicht, aber der süße Til hat mit meiner Ma gesprochen und sie geimpft, dass aus mir was werden müsste. Jetzt ist sie infiziert und will unbedingt, dass ich eine Lehre mache. Til hat mir ein Praktikum bei einem Frisör besorgt und wenn ich mich nicht ganz doof anstelle, kann ich da im Sommer die Lehre beginnen." „Das ist doch total super, Susi, freust du dich?" „Na, ja, Freude sieht anders aus. Jeden Morgen um acht im Laden stehen und irgendwelchen Omis die Haare waschen, ist ja jetzt auch nicht unbedingt die Erfüllung." „Willkommen in der Realität, Susi, nimm die Chance und mach was draus." „Ach, Viviane du nervst, du bist echt immer so Mega vernünftig, da kann einem echt manchmal schlecht werden." Auch Susi ging und Viviane blieb mit Andi allein zurück. Andi schüttelte den Kopf. „Nimm 's nicht so ernst, Viv, im Grunde sind sie alle neidisch auf dich, du hast nämlich Ziele und tust was dafür, da kommen die nicht mit. Komm, ich zeig dir meine Bude, hast du Lust?" „Ja gerne, lass uns gehen."

Auf dem Weg trafen sie Til, der seine Runde durch die Stadt machte und die verschiedenen Ecken, an denen sich die Jugendlichen trafen abklapperte. „Na, nur zu zweit, wo ist denn euer Paul?" Viviane erzählte ihm kurz von der Misere. Sie wusste, dass Til Paul helfen konnte, war sich aber nicht sicher, ob dieser die Hilfe annehmen würde. „Ich versuch mit ihm zu reden, lass aber noch mal ein paar Tage ins Land gehen, damit er sich beruhigen kann. Aber Viv dich wollte ich mal fragen, hast du nicht mal Lust mit mir ins Kino zu gehen? Ich lade dich ein." Viviane schaute ihn an. War das eine Einladung zu einem Rendezvous. Sie war verwirrt. Ja, sie fand Til nett, aber an so etwas hatte sie bislang nicht gedacht. „Äh, ja ok, warum nicht, am Samstag?" „Ja, super, ich freue mich, treffen wir uns am Kino?" „Ja, gerne, ich bin da. 20.00 Uhr?" „Ja, so machen wir das, bis dann. Til schwang sich auf sein Fahrrad und war verschwunden. „Oh la la, was ist das denn. Unser Streetworker holt sich ein Date mit einer seiner Schützlinge. Na dann viel Spaß, Viv." Andi lachte.

Es blieb nicht bei der einen Kinoeinladung. Til suchte eindeutig Vivianes Nähe. Sie konnte damit wenig anfangen und blieb auf Distanz.

Der Winter ging vorüber und ein neuer Sommer bahnte sich an. Wie in jedem Jahr füllte sich die Insel mit Touristen und alles erwachte zum Leben. Karen ging wieder raus und verbrachte viele Stunden mit Naomi am Strand. Die Kleine kannte jetzt auch den Schäfchenstein und wie damals Viviane sprang sie begeistert von ihm ins Wasser. Viviane hatte wieder ihren Job bei Giovanni und freute sich auf die Sommerferien. Die letzten. Nächstes Jahr würde sie ihr Abitur haben und sie musste jetzt so langsam sehen, was sie danach machen würde. Gerne ein Praktikum an einer Schule, als Betreuerin in den Nachmittagsstunden oder bei den Hausaufgaben, das konnte sie sich gut vorstellen. Aber ob sie sich hier auf der Insel bewerben sollte, oder ob ihr die Vergangenheit immer noch nachhing. Sie wusste es nicht, hatte aber Angst vor der Reaktion. Paul hatte sich wieder beruhigt und Til war es tatsächlich gelungen mit ihm in Kontakt zu treten. Sie hatten gemeinsam die verschiedenen Speditionen abgeklappert und einen neuen Job gefunden. Der Chef war streng und noch misstrauisch, aber wenn Paul sich bewährte würde er ihm erste Fahrten innerhalb Deutschlands erlauben. Es lag jetzt an Paul. Andi war glücklich in seiner Bude und Susi hatte das Praktikum im Frisörsalon geschmissen. Das frühe Aufstehen war ihr schwer gefallen. Auch hatte sie es nicht geschafft, den Anweisungen der Chefin zu folgen. Til biss sich die Zähne an ihr aus und so langsam wusste er auch keinen Rat mehr. Oft sprachen Viviane und er über die anderen. Til war dankbar, mehr von ihnen zu erfahren.

Auch Karen und Markus begannen ihre gemeinsame Zukunft nach der Haftentlassung zu planen. Noch ein Jahr, ein einziges Jahr, dann würde ihr neues gemeinsames Leben beginnen. Karen freute sich darauf. Sie hatten beschlossen, die Insel zu verlassen, denn hier gab es keine Zukunft für sie und nichts hielt sie hier. Sie planten in den Osten zu gehen, auf jeden Fall an der Ostsee zu bleiben und orientierten sich in Richtung Rostock. Markus träumte davon ein kleines Musikgeschäft mit angeschlossener Musikschule zu eröffnen. Das Problem war nur, dass sie kein Geld hatten, um sich diesen Traum zu erfüllen. Er würde erst einmal einen Job finden müssen, egal was, um Karen und Naomi zu ernähren. Viviane hatte ihrer Mutter mitgeteilt, dass sie auf keinen Fall mit ihr und ihrem Vater zusammenleben würde. Karen war darüber traurig, aber sie konnte es verstehen. Seit nun mehr sechs Jahren hatte Viviane keinen Kontakt mehr zu ihrem Vater, insofern war es mehr als nachvollziehbar, dass sie nicht wieder mit ihm unter einem Dach leben wollte.

Im Juli organisierte Til ein großes Fest, er nannte es Begegnungsfest. Eingeladen waren Einheimische und Flüchtlinge jedes Alters. Natürlich kümmerte sich Til vornehmlich um die Jugendlichen, aber er hatte das Fest ganz bewusst so groß aufgestellt, um die Zielgruppe zu erreichen. Es war ein Mitbringfest, jeder trug etwas zum Buffet bei. Durch die Vielzahl der Nationen hoffte Til auf ein buntes Buffet und einen regen Austausch. Til hatte sich sehr viel Mühe gegeben, sogar eine Band besorgt, die für den guten Zweck auf ihre Gage verzichtete. Der örtliche Getränkegroßhändler hatte ein Zelt zur Verfügung gestellt und zusammen mit den Flüchtlingen hatte er Tische und Bänke aufgestellt. Alles war vorbereitet, das Wetter war gut und es konnte losgehen. Zögerlich füllte sich das Zelt, die Flüchtlinge nahmen die Abwechslung ihres trägen Alltags gerne an, aber die Einheimischen blieben zum Großteil aus. Auch Paul und die anderen lehnten es ab, dorthin zu gehen. Viviane war allein mit Til und stand ein wenig verloren am Eingang des Zeltes. Es waren überwiegend männliche Flüchtlinge anwesend, und sie fühlte sich nicht ganz wohl in ihrer Haut. „Komm Viviane, ich hol uns was zu trinken." Til zog sie an der Hand. „Alles ist gut, warte es ab, auch wenn ich enttäuscht bin, dass nicht mehr Deutsche da sind, das wird bestimmt ein netter Abend." Til sollte Recht behalten. Das Essen war super lecker und die Band spielte tolle Musik. Die Flüchtlinge genossen den Abend und bald war die Tanzfläche voller Menschen. Til und Viviane tanzten auch und Viviane spürte, dass Til ihr immer näher kam. Als die Band ein langsames Stück spielte zog er sie in seine Arme. „Viv, ich denke du weißt, was ich für dich empfinde, sag mal, habe ich eine kleine Chance?" Viviane schaute ihn an. Er beugte sich zu ihr herab und küsste sie zart. Viviane ließ es geschehen. Es fühlte sich gut an, und sie schmiegte sich sanft an ihn. Er umarmte sie fester und sein Kuss wurde intensiver. Viviane genoss es und erwiderte seinen Kuss. Sie war verwirrt, aber es gefiel ihr. Til war glücklich. Er tanzte noch lange mit ihr und genoss es, sie an seiner Seite zu haben. Von nun an trafen die beiden sich noch regelmäßiger. Viviane stellte sich die Frage, ob das was sie für ihn empfand, etwas mit Liebe zu tun hatte, aber sie konnte die Frage nicht beantworten. Ja, sie genoss seine Nähe und war gern mit ihm zusammen. Große Gefühle stellten sich aber nicht bei ihr ein. Sie fragte sich, ob sie dazu überhaupt in der Lage war.

Es war an einem schönen Spätsommerabend. Die beiden machten eine Radtour über die Insel. Es wurde schon langsam dunkel und die beiden radelten durch die Felder. Sie hatten einen Picknickkorb dabei und suchten nach einem schönen Platz. Sie kamen an einer großen Wiese vorbei, auf der ein kleiner Heuschober stand und hielten an. „Hier ist es herrlich, Viviane, wollen wir hier Rast machen?" „Ja gerne, komm neben der Hütte steht eine alte Bank und ein wackeliger Tisch, das ist doch super." Sie packten ihren Picknickkorb aus und machten es sich gemütlich. Es war schön mit Til hier zu sitzen. Er schmiegte sich eng an sie und begann sie mit Zärtlichkeiten zu verwöhnen. Viviane genoss seine Küsse und fühlte sich wohl. Doch etwas war anders als sonst. Seine Küsse waren intensiver, seine Hände suchten ihren Körper, wanderten unter ihr T-Shirt. Was wollte er? War das jetzt das, wovon Susi immer sprach, dieser tolle Sex, der so viel Spaß machte. Viviane war neugierig, blieb aber sehr rational. Ihr Körper akzeptierte die Berührungen, die erwartete große Sehnsucht stellte sich aber nicht ein. Til nahm die Picknickdecke und ging in den Schober. Altes Heu lag auf der Erde. Er breitete die Decke darauf aus und zog Viviane an der Hand mit hinein in die Hütte. Viviane schloss die Augen und erwartete mit Spannung was passieren würde. Sie kam sich vor wie in einem Film, bei dem sie der Regisseur war und die Schauspieler beobachtete. Til wurde immer ungehaltener. Er strich ihr das T-Shirt über den Kopf und liebkoste ihre Brüste. Auch sie umschlang ihn und streichelte seinen Rücken. Er schob ihren kurzen Rock nach oben und berührte ihre Scham. Sie wehrte sich nicht. Til verstand das als Einverständnis weiter gehen zu können. Er öffnete seine Hose und entkleidete sich. Viviane sah seinen erigierten Penis und erschrak. Und jetzt, konnte sie noch zurück, oder sollte sie geschehen lassen, was er vorhatte. Die Neugier siegte. Sie wehrte sich nicht als er sich auf sie legte. Sie spürte den harten Druck seines Gliedes auf ihrem Unterleib und in ihr erwachte so etwas wie Abscheu. Aber jetzt würde sie keinen Rückzieher mehr machen. Sie zog den Rock und den Slip herunter und lag jetzt nackt unter ihm „Viviane, du machst mich wahnsinnig, aber sag, ist es das erste Mal für dich?" Viviane nickte, sie war nicht in der Lage zu sprechen. Er küsste sie sanft und spreizte langsam ihre Schenkel. Dann versuchte er in sie einzudringen, aber ihre Scheide war trocken, es war nicht einfach. „Schatz, ich will dich, mach dich noch ein bisschen breiter, dann geht es." Viviane gehorchte. Sie spreizte ihre Beine weiter und dann spürte sie es. Das Eindringen tat weh, aber dann war er in ihr und Til stöhnte. Er bewegte sich langsam, stütze die Unterarme ab und sah ihr ins Gesicht. Viviane schloss die Augen. Wie lange würde das dauern, was musste sie tun, sich bewegen oder einfach liegen bleiben. Ihr Körper reagierte automatisch. Sie passte sich dem Rhythmus seiner Stöße an. Sein Atem ging immer rauer. Sein Stöhnen wurde lauter und dann nach einer gefühlten Ewigkeit brach es aus ihm heraus und er fiel auf sie herab. Viviane lag da und strich ihm gedankenverloren über den Rücken. Das war es jetzt also gewesen. Das war das, von dem ihr Vater besessen gewesen war, das was ihre Familie zerstört hatte. Ihr wurde schlecht. Sie konnte nicht bleiben. Sie schob Til von sich und suchte ihre Klamotten zusammen. Sie kleidete sich an und lief aus der Hütte. Die Tränen liefen ihr über das Gesicht. Sie hörte Til noch nach ihr rufen, als sie schon auf dem Fahrrad saß und das Weite suchte. Viviane war total verwirrt. Warum hatte sie es zugelassen. Sie hatte nichts empfunden außer Ekel, dieses widerliche Stöhnen in dem Moment wo er gekommen war. Sie spürte wie das Sperma aus ihr herauslief und trat noch fester in die Pedale. Nur weg hier, weg von Til und am besten ganz weit weg von ihr selbst. Sie dachte gar nicht darüber nach wohin sie fuhr doch plötzlich lag der Strand von Katharinenhof vor ihr. Sie warf das Fahrrad in den Sand, zog die Schuhe aus und lief durch den Sand. Inzwischen war es dunkel geworden und der Strand lag einsam und verlassen vor ihr. Doch weiter hinten in der Nähe des Schäfchensteins sah sie die Flammen eines kleinen Lagerfeuers und sie hörte wunderschöne Gitarrenmusik. Es war Musik, die sie von irgendwoher kannte, aber nicht spielen konnte. Sie versuchte sich zu erinnern, wo sie diese Musik schon einmal gehört hatte und näherte sich langsam der einsamen Person die am Lagerfeuer saß und Gitarre spielte. Es war Pierre, der hier am Feuer saß und afrikanische Musik auf seiner Gitarre spielte. Es war wunderschön. Er war so vertieft in sein Spiel, dass er ihre Ankunft nicht bemerkte. Sie setzte sich neben ihn, die Tränen liefen noch immer über ihr Gesicht. Was hatte sie nur getan, wie sollte sie Til jemals wieder normal begegnen. Wie sollte sie ihm ihre Reaktion erklären. Sie verstand sich ja selbst nicht. Pierre beendete sein Spiel und sah auf. Er erschrak, doch dann erkannte er sie. „Viviane, was machst du hier? Und was um Himmels Willen ist los? Du weinst ja. Willst du reden?" Viviane kam näher und setzte sich neben ihn. Sie schluchzte. Pierre legte seinen Arm um sie und hielt sie. Es tat gut. Er fragte nicht, ließ sie weinen und wartete, ob sie reden wollte oder nicht. Dann brach es aus ihr heraus. Sie berichtete über den Verlauf des Abends, aber auch über ihre Unfähigkeit, Gefühle zu haben. Sie hörte nicht mehr auf zu reden. Sprach über ihren Vater und das was er getan hatte. Über die Veränderungen in ihrem Leben und wie sie damit umgegangen war. Noch niemals hatte sie sich jemandem so anvertraut wie in diesem Moment. Pierre hielt sie fest und hörte ihr geduldig zu. „Sag Pierre, was stimmt mit mir nicht? Warum kann ich nicht so sein wie andere? Nur ein bisschen. Susi schwärmt immer von dem tollen Sex und wie geil das ist. Und ich liege da und habe das Gefühl zu sterben." Pierre nahm ihr Gesicht in seine Hände. Seine Augen waren das einzige was sie sah. Seine dunkle Haut ging in der Schwärze der Nacht unter. „Nichts, machst du falsch Viviane. Gar nichts. Er war nicht der Richtige, das ist das einzige was sicher ist. Wenn du mit einem Mann schlafen möchtest, wird es dein Körper dir sagen. Du wirst spüren, dass du es auch willst. Ich kann verstehen, dass du es ausprobieren wolltest, aber du hast dir damit keinen Gefallen getan. Dein Leben war und ist wirklich nicht einfach. Die Situation mit deinem Vater nicht geklärt. Was erwartest du? Du kannst nicht reagieren wie ein normales Mädchen, dazu bist du viel zu sehr belastet. Ich finde du musst dein Verhältnis zu deinem Vater klären. Ich glaube hierin liegt der Schlüssel. Liebst du ihn noch, vermisst du ihn?" Viviane fing erneut an zu weinen. „Pierre, ich habe das noch niemals zu jemandem gesagt, auch nicht zu meiner Mutter, aber ja, ich vermisse ihn. Jedes Mal wenn ich ein Foto von früher betrachte, auf dem er mit mir lacht, zerreißt es mir mein Herz. Er war doch immer mein Papa, mein großes Vorbild, ich habe ihn geliebt, ich hätte für ihn alles gegeben, aber er hat alles zerstört." „Hat er das, Viviane, bist es nicht eher du, die das glauben will? Dein Vater hat einen Riesenfehler gemacht, den er bitter bereut, aber warum hat er denn so gehandelt, wie er gehandelt hat. Doch nur weil er für euch weiter der liebe Papa und der gute Ehemann, der beliebte Lehrer sein wollte. Er hat dafür gekämpft, aber er hat verloren. Er weiß das jetzt, er hat gebüßt und du solltest es verstehen. Er hat dir nie schaden wollen." „Hat er aber. Wegen ihm haben wir kein Geld, keine Freunde, wegen ihm hausen wir in dieser Bruchbude, wegen ihm geht meine Mutter nicht mehr aus dem Haus. Nur er ist schuld." „Ja Viviane, das weiß er und das bereut er, schau selbst deine Mutter will wieder mit ihm zusammen leben. Sie hat erkannt, dass der Markus der die Tat begangen war, niemals der Markus war, den sie geliebt hat. Den „bösen" Markus gibt es nicht mehr, also gib dem guten eine Chance..." „Das sagst du so leicht. Soll ich jetzt einfach hingehen und sagen, schau Papa, wie groß ich geworden bin. Sechs Jahre habe ich dich nicht besucht, aber jetzt bin ich da. Das geht doch nicht." „Doch, Viviane, das geht und das weißt du auch. Stell dir vor du tust es nicht und irgendwann erfährst du, dass dein Vater gestorben ist, was dann? Glaubst du, du könntest damit umgehen?" Vivianes Augen weiteten sich. „Nein, Pierre, das könnte ich nicht." „Siehst du, da hast du deine Antwort." Viviane schwieg. Sie ahnte, dass das Verhältnis zu ihrem Vater der Schlüssel war, aber jetzt umzukehren fiel schwer. „Aber sag, Pierre, was machst du hier allein am Meer, ist was passiert?" „Ja, Viviane, ich habe heute erfahren, dass ich bis zum Abitur hier bleiben darf, was mich sehr freut. Spätestens am 01.07. muss ich aber ausreisen. Wenn ich das tue, bekomme ich von eurem Staat den Flug bezahlt, tue ich es nicht werde ich irgendwann willkürlich abgeschoben." „Ist das jetzt gut oder schlecht?" „Das ist gut, Viviane, ich bin damit mehr als zufrieden. Ich wollte heute Abend einfach mal die Musik aus meiner Heimat spielen, und mich darauf freuen nach Hause zu fahren. Ein bisschen sentimental, aber ich schäme mich nicht dafür." „Das brauchst du auch nicht." Die beiden schauten in die immer kleiner werdenden Flammen und schwiegen. „Pierre, ich habe gerade eine Idee. Bitte sag mir, ob du sie für total irre hältst, oder ob du es dir vorstellen kannst, aber bitte sei ehrlich." Klar, was ist dir eingefallen?" „Du weißt, dass ich schon mal in Guinea gelebt habe. Du weißt, dass ich perfekt französisch spreche. Du weißt, dass ich Psychologie studieren möchte und hier erst mal keinen Studienplatz bekommen werde. Also brauche ich eine Übergangslösung. Ich würde gerne an einer Schule arbeiten, sozusagen als pädagogischer Mitarbeiter, Nachmittags- oder Hausaufgabenbetreuung. Ich habe Angst mich hier zu bewerben. Wenn mich wieder meine Vergangenheit einholt, halte ich das nicht aus. Was hältst du davon wenn ich mich an der deutschen Schule in Conakry bewerben würde, da ist doch auch eine Uni und du könntest dort studieren. Ich wäre mal völlig hier raus, könnte zu mir kommen, vielleicht mich selbst finden und ich wäre nicht allein. Du wärst in meiner Nähe." Pierre lächelte. „Viviane, das wäre wunderbar. Es würde mich sehr sehr freuen. Ich glaube auch, du hast Recht. Es würde dir guttun, mal wirklich weg zu sein und zur Vorbereitung deines Studiums wäre es ebenfalls sinnvoll." Viviane war aufgeregt. Sie ließ den Sand durch die Zehen rieseln. „Pierre, das ist unglaublich. Vor einer Stunde war ich am Ende und jetzt fühle ich mich wie neugeboren. Ich weiß wo es hingeht und mit dir an meiner Seite wird es mit Sicherheit gut." Die beiden saßen noch lange nach Mitternacht am Strand. Das Feuer war erloschen. Pierre spielte noch einige Lieder auf seiner Gitarre und Viviane hörte glücklich zu. Ihre Mutter war weniger begeistert, als sie von den Plänen ihrer Tochter hörte. Sie kannte Pierre nicht und war skeptisch. Doch sie wusste, wenn Viviane sich etwas in den Kopf gesetzt hatte, setzte sie es auch durch. Viviane schrieb die Bewerbung auch mit Hinweis, dass sie die Schule aus ihrer frühesten Kindheit kannte und dass sie schon dort gelebt hatte. Es dauerte nur drei Wochen bis sie eine Antwort bekam. Sie war positiv. Mit Beginn des neuen Schuljahres im nächsten Jahr konnte sie als pädagogische Hilfskraft anfangen. Man bot ihr ein möbliertes Zimmer an und ein kleines Gehalt. Für ein Leben in Guinea würde es reichen. Viviane war überglücklich. Jetzt wo sie wusste wohin der Weg sie führte, war sie bereit für eine Konfrontation mit ihrem Vater. Sie würde das Land nicht verlassen, ohne mit ihm zu sprechen, das war sie ihm schuldig. Viviane war aufgeregt. Nur noch wenige Schritte, dann würde sie ihrem Vater gegenüberstehen. Sechs Jahre hatten sie sich nicht gesehen. Sechs Jahre hatte sie immer nur über ihre Mutter erfahren wie es ihm ging. Würde er überhaupt mit ihr reden wollen? Er wusste nicht, dass sie kam. Sie hatte ihrer Mutter verboten, ihn einzuweihen. Ihre Mutter war Gott sei Dank dabei, alleine hätte sie sich nicht getraut. Sie betraten den Besucherraum. Markus war schon da. Er stand am Fenster und blickte sie ungläubig an. Karen hielt sich im Hintergrund, sie wollte den Moment der Begegnung nicht stören. Markus war unfähig zu sprechen. Tränen liefen über sein Gesicht. Langsam ging er auf seine Tochter zu. Er blieb vor ihr stehen und schaute sie fassungslos an. Viviane sah ihm ins Gesicht und lächelte. Auch sie weinte. „Papa", es war das einzige Wort was ihr über die Lippen kam. „Viviane, wie schön dich zu sehen." Dann brachen die Dämme. Die beiden fielen sich in die Arme und weinten bitterlich. Karen ließ sie gewähren. Sie wusste, in diesem Moment erfüllte sich ein Traum im Leben von Markus. Nachdem die beiden sich beruhigt hatten, kamen sie ins Gespräch. Sie sprachen nicht über Vergangenes sondern über die Zukunft. Viviane berichtete über ihren Plan nach Afrika zu gehen und Markus war, wie von Karen nicht anders erwartet, begeistert. „Mach das, Schatz, das ist was fürs Leben. Das finde ich total Klasse. Und Pierre, ist das dein Freund?" Viviane überlegte „Ja Papa er ist mein Freund, aber nur ein Freund." „Und der junge Mann will Medizin studie-

ren, da hat er sich aber auch ganz schön was vorgenommen."
„Ja das hat er, aber wenn du ihn kennenlernen würdest, hättest du keine Bedenken, er ist sehr ehrgeizig. Du musst mal sehen wie er hier die Oberstufe meistert, das ist echt gigantisch." Sie unterhielten sich noch lange über ihre Pläne und die Besuchszeit verging wie im Flug. Zum Abschied sagte ihr Vater: „Viviane, du hast mir heute das größte Geschenk in meinem Leben gemacht, ich hoffe du weißt das. Jetzt kann ich endlich mit dem alten Ballast abschließen, jetzt wo ich weiß, dass ich noch eine Rolle in deinem Leben spiele." „Ja, Papa, das tust du und von jetzt an, werde ich dich auch wieder an meinem Leben teilhaben lassen, versprochen." Die beiden umarmten sich noch einmal herzlich, dann war die Besuchszeit vorbei und Karen und Viviane verließen den Gefängnistrakt. Karen nahm Viviane an der Hand. „Danke, Viviane, du ahnst nicht, was das deinem Vater bedeutet hat."
Viviane hatte den Kontakt zu Til seit der schrecklichen Nacht gemieden. Fünf Wochen waren seitdem vergangen, in denen sie sich nicht gesehen hatte. Viviane war selten an der Bushalte gewesen und immer darauf bedacht, ihm aus dem Weg zu gehen. Seine Anrufe hatte sie zum Teil ignoriert, zum Teil beantwortet, aber immer mit Ausreden, um ihn nicht treffen zu müssen. Sie wusste, dass es so nicht weitergehen konnte. Sie musste sich ihm stellen, er konnte ja am allerwenigsten etwas für ihr seltsames Verhalten. Es war der Zufall, der sie zusammenführte. Viviane war beim Einkaufen und stand an der Kasse als er plötzlich hinter ihr auftauchte. „Grüß dich, Viviane"; sprach er sie an, „schön dich zu sehen:" „Erschrocken drehte sie sich um. „Oh hallo, Til." „Wollen wir reden?" Viviane nickte. „Ja, ich habe Zeit, gehen wir einen Kaffee trinken?" „Ja, komm, ich lad dich ein." Es war schwierig ins Gespräch zu kommen, aber letztendlich brachte es Til auf den Punkt. „Viviane, ich entschuldige mich bei dir und ich versichere dir, dass ich nicht böse auf dich bin. Ich hätte merken

müssen, dass du nicht bereit warst, oder ich hätte merken müssen, dass ich nicht der Richtige für dich war. Es tut mir Leid. Ich habe mich in dich verliebt, und ich wäre furchtbar gerne mit dir zusammen. Aber ich weiß, dass du nicht so empfindest und muss es akzeptieren. Bitte, lass uns aber trotzdem Freunde bleiben, bitte, bitte." „Ja Til, gerne. Ich mag dich wirklich, aber die Nacht mit dir war falsch. Es lag nicht an dir. Ich glaube, ich bin einfach noch nicht soweit. Mein Leben ist so verdammt kompliziert, da ist einfach kein Platz für Liebe, ich weiß gar nicht ob ich das empfinden kann." „Das wirst du Viviane, wenn der Richtige vor dir steht, wirst du bereit sein, da bin ich ganz sicher. Aber lass in Zukunft solche Experimente. Warte bis du es wirklich willst, dann wirst du merken wie schön Sex sein kann." Er schaute sie liebevoll an. „Du bist so ein tolles Mädchen und hast es verdient geliebt zu werden und zu lieben. Das wirst du schaffen. Nimm dir Zeit." Viviane lächelte zurück „Ja, Til, das werde ich. Ich bin so froh, dass du nicht sauer auf mich bist, ich muss dir ja vorgekommen sein wie die letzte frigide Tussi, aber ich musste einfach weg, es war zu viel." „Ich weiß, lass uns die Sache vergessen, dann kann sie unsere Freundschaft auch nicht mehr stören." „Ja, Til, so machen wir es und jetzt muss ich dir was erzählen. Viviane berichtete ihm begeistert von ihren Plänen. Til hörte interessiert zu. „Mann Viviane, das nenn ich mutig. Aber ich finde es total klasse, ich wäre auch gerne mal ein Jahr ins Ausland gegangen, aber leider hat sich die Gelegenheit nie ergeben. Mach das, das hört sich doch super an. Hast du denn das Geld für das Ticket?" „Zum Glück habe ich fast mein gesamtes Geld von meinem Sommerjob aufgehoben, das reicht für den Flug und für die ersten ein zwei Wochen. Vielleicht geben mir meine Großeltern noch was, dann ist alles kein Problem. Nach vier Wochen bekomme ich ja das erste Gehalt. Ach Til, ich glaube, das ist eine super Entscheidung. Ich freue mich riesig darauf." „Ja aber vorher musst du noch dein Abi-

tur machen. Ist in der Schule alles klar?" „Ja es läuft super. Es macht mir jetzt inzwischen sogar Spaß in die Schule zu gehen. Seit ich Pierre kenne und wir die Pausen und Freistunden miteinander verbringen, ist es dort viel schöner." „Ja, Pierre ist echt ein Netter, ich habe ihn bei der Flüchtlingsarbeit auch schon kennengelernt, der ist echt super sympathisch." „Ja, ich mag ihn auch sehr gerne und vor allen Dingen kann ich super mit ihm reden. Paul darf das gar nicht wissen, du kennst ihn ja, er hat was gegen Flüchtlinge und lässt sich auch nicht belehren." Til seufzte „Ja Paul, der ist auch nicht so ganz einfach. Ich hoffe nur, dass ihn sein neuer Chef jetzt bald fahren lässt, sonst tickt er noch aus..." „Kennst du schon seinen neuesten Plan? Er will jetzt ein Winterquartier für uns schaffen. Andis Oma hat so einen uralten Wohnwagen, den will er jetzt neben dem Schrottplatz abstellen, da würde keiner nach gucken und wir könnten uns auch im Winter gut treffen. Ich hab da ehrlich keine Lust drauf, in so einem verranzten Caravan zu sitzen, zumal die alle rauchen. Da wird mir jetzt schon schlecht. Aber du weißt ja wie er ist. Seine Ideen sind die besten und man muss sie teilen." Til lachte. „Das stimmt. Du passt irgendwie gar nicht zu der Bande, aber das weißt du wohl selbst." Ja, Til, das weiß ich selbst, aber andere Freunde habe ich nicht gefunden und ich bin froh, dass sie mich aufgenommen haben." Nachdenklich schaute Viviane vor sich hin.
Es war an einem frühen Montagmorgen im Dezember. Karen bereitete gerade das Frühstück vor. Das Telefon klingelte. Karen ging an den Apparat. „Karen, bitte komm ich glaube Kurt ist tot:" Ihre Schwiegermutter schluchzte und brachte die Worte kaum heraus. „Frieda, um Himmels Willen, was ist los?" „Ich bin heute Morgen aufgestanden und in die Küche gegangen um Kaffee zu kochen. Da lag er da, er atmet nicht mehr." „Gib mir eine Viertelstunde, ich bin gleich da. Hast du den Notarzt informiert?" „Ja, die Rettung ist unterwegs, aber ich glaube es ist zu spät." „Ich beeile mich, bin sofort da. Frie-

da, ich helfe dir. " Karen informierte Viviane und bat sie, sich um Naomi zu kümmern, dann schwang sie sich auf ihr Fahrrad und eilte zu ihren Schwiegereltern. Kurt lag auf dem Fußboden, so als würde er schlafen, aber wie Frieda vermutet hatte, war kein Leben mehr in ihm. Der Notarzt war da, aber auch er konnte nur den Tod des alten Mannes feststellen. „Es tut mir leid, Frau Schindler, so wie es aussieht hat ihr Mann einen Schlaganfall erlitten, hier kommt jede Hilfe zu spät." Der Notarzt drückte Frieda die Hand. „Brauchen Sie Hilfe? Wenn nicht würden wir uns verabschieden. Sie wissen, an wen Sie sich wenden müssen?" Frieda nickte abwesend. Hilfesuchend schaute sie zu Karen. Karen blickte sie an und nickte ihr wohlwollend zu. „Ja, Sie können fahren, wir informieren das Beerdigungsunternehmen. Ich kümmere mich um meine Schwiegermutter. Vielen Dank:" Der Notarzt verließ das Haus. Karen und Frieda blieben alleine zurück. „Karen, du weißt, dass das Leben mit Kurt nie leicht war, aber jetzt, jetzt ist er nicht mehr da und es ist schrecklich." Frieda weinte bitterlich. Karen nahm ihre Schwiegermutter in den Arm. Sie selbst verspürte keine Trauer, zu viel hatte Kurt ihrem Mann angetan, aber sie verstand die Gefühle der alten Frau.
„Komm, Frieda setz dich, lass uns jetzt in Ruhe die weiteren Schritte einleiten. Komm, trink etwas, ich mach dir einen Tee und bleibe bei dir, solange du mich brauchst. Sie griff zum Telefon und informierte Viviane. Diese hatte Naomi inzwischen zum Kindergarten gebracht und war auf dem Weg zur Schule. Auch sie war erschrocken über die Nachricht und traurig, nicht traurig über den Tod des Großvaters, aber traurig, da sie ahnte, dass ihre Großmutter jetzt litt. Karen kümmerte sich um alles Weitere. Sie wartete zusammen mit Frieda auf das Beerdigungsunternehmen und blieb bei ihr bis der Sarg des Ehemannes das Haus verlassen hatte. Danach saßen die beiden Frauen in der Küche und tranken einen Kaffee. Frieda hatte sich beruhigt, der erste Schock war überstanden.

„Karen, ich wusste, das irgendwann der Tag da ist, wo einer von uns geht. Immerhin war Kurt schon über 80. Aber es ist trotzdem ein Schock, ich fühle mich wie überfahren." „Das kann ich verstehen, Frieda, willst du mit zu uns kommen, du weißt, bei uns ist immer ein Platz für dich." „Nein, danke Karen, aber ich bleibe hier. Ich werde jetzt in Ruhe nachdenken und überlegen, was für ein Begräbnis Kurt sich gewünscht haben könnte. Wir haben ja nie darüber gesprochen, er war nie krank und dachte wahrscheinlich, dass er hundert Jahre alt wird. Es liegt also jetzt an mir zu entscheiden, wie er dieses Leben verlassen wird." „Ich bin sicher du wirst die richtige Entscheidung treffen, Frieda, niemand hat Kurt besser gekannt als du. Karen nahm ihre Schwiegermutter liebevoll in den Arm. „Melde dich, wenn du Hilfe brauchst und gib uns Bescheid wie du dich entschieden hast." „Das mache ich, Karen, und danke dass du da warst." „Das ist doch selbstverständlich, Frieda, pass gut auf dich auf."

Das Begräbnis fand drei Tage später auf dem Friedhof in Burg statt. Der Pastor hielt eine schöne Rede über diesen unbeugsamen Menschen und in Karen stieg Wut auf, die sie nur mühsam vertuschen konnte, als der Geistliche über Kurt als liebevollen, arbeitsamen und allseits beliebten Menschen sprach. Sie war nicht in der Lage eine Blume auf den Sarg zu werfen. Sie stand nur kurz am Grab und war froh, dass niemand ihre Gedanken lesen konnte. Sie hatte Markus über den Tod seines Vaters informiert. Auch er hatte äußerst gefasst reagiert. Trauer wollte sich nicht einstellen, nur seine Mutter tat ihm leid. Karen und Frieda ließen den Leichenschmaus über sich ergehen. Nachdem der Kuchen verzehrt war, gingen die alten Kumpanen von Kurt zum Bier über und stießen ausgiebig auf den Tod ihres Freundes an. Kurt hätte es gefallen. Frieda erholte sich relativ schnell von dem Schock des plötzlichen Todes ihres Mannes. In den folgenden Wochen besuchte sie häufig Karen und die Kinder. Sie erkundigte sich ausgiebig nach den Plänen der Familie, denn schon in wenigen Monaten stand die Haftentlassung von Markus bevor. „Karen, du hast es geschafft. Du kannst wirklich stolz auf dich sein, ihr habt es fast überstanden. Aus Viviane ist ein wundervolles Mädchen geworden. Ich bin so froh, dass du Markus nie aufgegeben hast, ihr zwei gehört auch wirklich zusammen. Du hast alles ertragen und dafür danke ich dir. Mein Sohn kann so stolz darauf sein, dass es dich gibt." „Danke Frieda, ich kann es auch nicht fassen, dass wir bald wieder eine Familie sind. Viviane wird zwar gehen, aber ich gönne es ihr, aber Markus und ich werden wieder zusammen leben und ich bin sicher, er wird auch Naomi ein guter Vater sein:" „Das wird er bestimmt, Karen. Ihr habt beide Fehler gemacht, wobei seiner der durchaus größere war, aber ihr habt noch so viel Zeit. Diese furchtbare Phase in eurem Leben werdet ihr nie vergessen, aber ich wünsche euch von ganzem Herzen, dass eure Zukunft schön wird." „Das wünschen wir uns auch, Frieda. Wir werden alles dafür tun. Wir hoffen, dass wir uns irgendwann unseren Traum erfüllen können, das kleine Musikgeschäft mit Musikschule, aber bis dahin ist es noch ein weiter Weg." „Vielleicht, Karen, ist er kürzer als du denkst, ich drücke euch auf jeden Fall die Daumen. Bitte sorge dafür, dass ich beim nächsten Besuchstermin mitkommen kann, ich möchte Markus unbedingt mal wieder sehen und mit ihm über den Tod seines Vaters reden." „Ja, Frieda, das mache ich. Übernächsten Mittwoch habe ich wieder Besuchsrecht. Ich sage der Verwaltung Bescheid, dass du mitkommst, das geht sicherlich klar."

Frieda und Karen waren mit dem Auto von Frieda unterwegs zur Justizvollzugsanstalt. Karen zählte inzwischen schon ihre Besuchstermine bis zur Entlassung von Markus. Noch 9-mal würde sie den Weg als Besucher antreten und dann war der Tag da, an dem sie ihren Mann mit nach Hause nehmen konnte.

240

Markus freute sich seine Mutter zu sehen. Er nahm sie herzlich in die Arme. „Mama, wie geht es dir? Kommst du klar?" „Ja, mein Sohn, alles gut. Du weißt, dass das Leben mit Kurt nie einfach war. Ich will ehrlich sein, sein Tod hat mich getroffen, aber auch befreit. Ich weiß, dass ich das so kurz nach seinem Tod nicht sagen sollte, aber warum sollte ich lügen, ich fühle mich befreit, und es geht mir gut." Frieda senkte beschämt den Kopf. „Er war ein Tyrann und meine Meinung zählte nie. Ich habe mich Jahre lang arrangiert. Jetzt kann ich aufstehen wann ich will, kann kochen was ich will, sogar fernsehen was ich möchte, alles Dinge die nie möglich waren und ich muss dir sagen, es gefällt mir. Warum soll ich dir was vormachen, ich weiß, wie du zu ihm standest. Ihr alle habt ihn gekannt. Es war nie einfach. „Ach Mama, du musst dich dafür nicht schämen. Ich freue mich doch für dich, wenn du das Leben jetzt noch ein wenig genießen kannst und nicht in Trauer versinkst." „Es ist ja noch nicht mal so, dass ich nicht traurig bin. Er hatte es nicht verdient, so aus dem Leben gerissen zu werden, aber ich merke, dass ich ohne ihn auch gut leben kann." Markus lächelte seine Mutter an. Er verstand ihren Zwiespalt, aber er verstand auch jedes Wort was sie sagte. „Aber jetzt setzt euch mal hin, ihr zwei und hört mir gut zu." Frieda schaute die beiden an. Markus und Karen nahmen nebeneinander Platz. „Ich habe mir etwas überlegt und ich dulde keinen Widerspruch." Die sonst so sanfte Frieda richtete sich auf und blickte die beiden an. „Markus, du weißt, dass du unser einziger Sohn bist und dass dir alles was wir haben einmal gehören wird. Nun bin ich schon alt und dein Vater tot. Zudem seid ihr in einer Situation, wo ihr am Anfang einer neuen Lebensphase steht und ihr habt Pläne. So wie ich finde gute Pläne, aber ihr habt kein Geld. Ich habe mir also überlegt, dass ich das ändern kann." Karen und Markus blickten sich erstaunt an. „Ich werde Haus und Hof verkaufen, da ich nicht glaube, dass du den Hof behalten willst. Ich denke, nach

allem was geschehen ist, wünschst du dir keine Zukunft auf der Insel. Ich werde dies jetzt tun. Ich habe mich beraten lassen, mit allen Ländereien, kann ich mit ca. 300000 Euro rechnen. Das ist so viel Geld, das ich in meinen letzten Jahren sicherlich nicht ausgeben kann. Ich habe mich informiert. Ich kaufe mir eine kleine Wohnung in dem neuen Komplex für Senioren. Da wird betreutes Wohnen angeboten. Noch brauche ich es nicht. Machen wir uns aber nichts vor, auch ich werde älter. Ihr seid dann nicht mehr in meiner Nähe, und ich werde irgendwann auf Hilfe angewiesen sein. Also sorge ich vor. Darüber hinaus behalte ich 50.000 Euro für die nächsten Jahre als Notgroschen. Wir haben auch noch etwas Erspartes und zusammen mit meiner Rente wird das schon bis zu meinem Ende reichen. Den Rest bekommt ihr und zwar direkt nach dem Verkauf, so dass ihr euer neues Leben planen könnt. Ich denke die Hälfte also 150.000 Euro kann ich euch geben." „Mama, das ist nicht dein Ernst"; Markus hatte Tränen in den Augen. „Doch, Markus, mein voller Ernst. Ihr habt in den vergangenen Jahren so viel gelitten durch deine Tat, für die letztendlich Kurt verantwortlich war, jetzt soll er auch dafür verantwortlich sein, dass ihr wieder auf die Füße kommt." Karen und Markus waren sprachlos. All ihre Sorgen und Nöte waren mit einem Mal vom Tisch. Mit 150.000 Euro konnten sie beruhigt in die Zukunft blicken. Alles war möglich. Eine schöne Wohnung zu mieten, das Geschäft zu eröffnen. Sie konnten es nicht fassen. „Nun schaut nicht so, ich bin weder senil noch betrunken. Ich meine es ernst. Und es gibt keine Widerrede. So wird es gemacht und basta." Markus schaute seine Mutter liebevoll an. Er lächelte. „Danke, Mama. Du weißt nicht, was das für uns bedeutet:" „Doch Markus, ich glaube ich ahne es und ich gönne es euch."
Im März begannen die Abiturprüfungen. Es lief. Viviane war ausgeglichen. Sie lernte viel, traf sich aber trotzdem ab und zu mit ihren Freunden. Der Wohnwagen stand tatsächlich am

Rande des Schrottplatzes und war da noch niemandem aufgefallen. Viviane fühlte sich wie erwartet nicht wohl an diesem Ort, aber ihren Freunden zuliebe, fand sie sich ab und zu dort ein. Paul hatte es tatsächlich geschafft. Sein Chef hatte ihm die ersten Touren innerhalb Deutschlands ermöglicht und war sehr zufrieden mit seinem neuen Fahrer. Ab Mai sollte es auf Europastrecken gehen und Paul war überglücklich „Ach nur in Deutschland rumkutschen, ist ja langweilig. Nach der Grenze beginnt die Welt. Der Chef hat gesagt ich darf Frankreich und Spanien fahren. Da ist das Wetter besser, ich freu mich einfach drauf. Aber das ist ja nichts gegen dich Viv, du bist ja bald im heißen Afrika. Wobei ich immer noch nicht verstehe, wie du dich mit diesem Neger zusammen tun konntest. So wie du aussiehst, kriegst du doch hier jeden Kerl auf deine Seite."

„Mensch, Paul, was soll das? Du weißt, dass ich nicht mit Pierre zusammen bin. Er ist ein Freund mehr nicht. Ein guter Freund. Ich fühle mich wohl mit ihm." „Ja klar, der macht ja auch Abitur und will Doktor werden. Das ist ja schon was anderes als mit uns hier abzuhängen. Ich dachte immer du gehörst zu uns." Viviane war getroffen. Die Freunde von der Bushalte waren ihr jahrelang treue Gefährten gewesen, sie wusste nicht, was sie ohne sie hätte anfangen sollen. Schade, dass ihnen das nicht bewusst war. Sie entgegnete Paul nichts, denn sie wusste, dass es keinen Sinn hatte. Wenn Paul einen Standpunkt hatte, da half keine Argumentation. „Hör zu Paul, bevor ich gehe, mache ich noch eine Abschiedsparty und zwar mit Pierre zusammen. Es liegt also an dir, ob du über deinen Schatten springen kannst" „Oh Mann, das ist eine echte Herausforderung. Aber Gott sei Dank habe ich ja noch ein paar Monate Zeit mich an den Gedanken zu gewöhnen. Ich denke, ich krieg das hin. Es tut mir ja schon leid, dass du gehst. Aber ehrlich gesagt finde ich es auch klasse für dich." Jetzt war es an Viviane erstaunt zu sein. Der laute Paul zeigte einmal Empathie. Das hatte sie so nicht erwartet.

Auch für Pierre lief das Abitur. Die beiden trafen sich häufiger zwischen den Prüfungen und richteten sich gegenseitig auf, wenn mal etwas nicht so gut gelaufen war. Es war eine interessante und spannende Zeit. Auch Markus und Karen waren nun intensiv damit beschäftigt ihre Zukunft zu planen. Karen hatte schon viele Exposés von Wohnungen mit zu Markus genommen, aber sie konnten und wollten sich nicht entscheiden. Ihr Plan war es jetzt nach der Entlassung bei Karen unterzukommen und von dort aus gemeinsam eine Wohnung zu suchen. Karen wollte sich ihr neues Zuhause mit ihrem Mann zusammen aussuchen, das hatte er verdient und darauf freute sie sich.

Frieda hatte ihr Haus verkauft und alles war nach ihren Wünschen gelaufen 310.000 Euro hatte sie für alles erhalten. Viviane und Karen hatten ihr beim Umzug in die neue Wohnung geholfen. Frieda fühlte sich wohl. Der Weg in die Stadt war jetzt ein kurzer, und sie genoss es mit ihren neuen Freundinnen einen Kaffee trinken zu gehen. „Weißt du Viviane, dass Oma, das während ihrer Ehe nie machen konnte. Ihre Hölle war deutlich länger als 10 Jahre." „Arme Oma, ich gönne es ihr so. Ich habe auch wirklich das Gefühl, dass es ihr so richtig gut geht, sie lebt richtig auf." „Ja, Viviane, das stimmt. Ich habe auch den Eindruck sie ist glücklich." Das einzige Problem, dass es gegeben hatte war Pepe. Frieda konnte den kleinen Kerl nicht mit in die neue Wohnung nehmen und Viviane hatte verzweifelt einen Platz gesucht. Markus und Karen hatten sich bereit erklärt nach ihrem Umzug den Hund bei sich aufzunehmen, aber bis dahin waren es noch ein paar Monate. Klaus und Eva hatten sich letztendlich bereit erklärt, den Hund zu übernehmen. Sie taten es nicht mit großer Freude, aber Viviane zuliebe.

Der Juni kam und mit ihm der Abschluss der Abiturprüfungen. Die Noten wurden verkündet und der Abiball stand an. Weder Pierre noch Viviane hatten sich angemeldet. Sie verabredeten sich und gingen zu Giovanni Pizza essen. Zur Feier des Tages bestellten sie sich eine Aperol Spritz und stießen an. „Auf die Zukunft, Viviane, und dass du die Entscheidung nach Afrika zu gehen nie bereust." „Das werde ich nicht, Pierre. Ich freue mich so sehr darauf, ich kann es kaum noch abwarten. Nächste Woche treffe ich mich noch einmal mit Papa, danach gebe ich den Kumpels noch einen aus und dann kann ich schon packen. Es ist unfassbar. Ich stehe vor einem absoluten Wendepunkt in meinem Leben. Ich bin total aufgeregt, aber auch wahnsinnig glücklich."

Der letzte Besuch bei ihrem Vater. Es war schön. Markus erkundigte sich ausgiebig nach Vivianes Plänen. Auch er war gelöst. Noch drei Wochen, dann war er wieder frei. Er hatte ein wenig Angst vor dem neuen Leben, aber er wusste mit Karen an seiner Seite würde es ihm gelingen wieder Fuß zu fassen. „Papa, ich wünsche euch das Allerbeste und ich freue mich schon jetzt darauf, euch in eurer neuen Heimat zu besuchen. Aber jetzt bin ich einfach nur gespannt auf mein Leben in Afrika. Wir bleiben in Kontakt, heute ist das ja alles kein Problem mehr mit Facebook und WhatsApp." Ihr Vater schaute sie verwundert an. Viviane lachte. „Das wirst du auch alles kennenlernen, und es nicht mehr missen wollen. Wir können uns Fotos und Videos schicken und bleiben in Kontakt." „Ich freue mich auch für dich Viviane. Ich weiß, dass du das Richtige tust. Ich wünsche dir ganz viel Spaß in deinem neuen Leben und vergiss nie, dass wir dich lieben, egal was passiert." Ich weiß, Papa, ich wünsche euch auch alles Gute. Jetzt fängt unser aller neues Leben an." Sie verabschiedeten sich herzlich und umarmten sich. Markus wollte seine Tochter gar nicht mehr los lassen, aber Karen schob sich zwischen die beiden und lachte. „Hey ihr zwei, ihr seht euch wieder. Diesmal ist es kein Abschied für 10 Jahre und wenn ihr euch wieder seht, dann ist es an einem angenehmeren Ort."

Der Tag des Abschieds war gekommen. Karen, Naomi und Viviane standen am Flughafen. Gerade war Pierre gekommen, ein übergroßer Rucksack hing über seiner Schulter. „Oh je, Pierre, der ist bestimm schwer. Komm lass uns zur Gepäckabgabe gehen, dann sind wir diesen Ballast schon mal los. Sie gaben ihre Koffer auf und blickten auf die Uhr. Viviane war nervös. „Kommt, wir haben noch viel Zeit, lasst uns noch einen Kaffee trinken gehen." „Ich will zu Macces"; mischte sich Naomi ein, „Chicken McNuggets will ich essen." „Seid ihr einverstanden, deiner Schwester diesen Wunsch zu erfüllen?" „Klar, komm, kleine Maus, du sollst deine Nuggets bekommen." Pierre und Viviane nahmen die Kleine in ihre Mitte und steuerten auf das Burgerrestaurant zu. Viviane konnte vor Aufregung nichts essen. Ihr Blick fiel immer wieder auf die Uhr. Endlich war es Zeit zur Abfertigung zu gehen. Vor den Gates hatten sich viele Menschen versammelt. Plötzlich entdeckte Viviane zwischen allen Menschen ihren Opa Klaus. Nicht nur er war da, sondern die ganze Familie. Eva, Nils und Frieda erwarteten sie ebenso. Auch Pepe war da. Der kleine Hund wirkte ängstlich zwischen all den Menschen. „Oh nein, wie schön, seid ihr alle gekommen um mir Auf Wiedersehen zu sagen?" „Nee, alberte Nils, „wir wollten uns mal den Flughafen ansehen. „Komm her, Schwesterherz, lass dich noch mal drücken. Echt mutig von dir in die Welt zu ziehen, ich bin echt stolz auf dich." Auch ihre Großeltern verabschiedeten sich herzlich und Viviane liefen die Tränen über das Gesicht. „Na, na, wer wird denn weinen, freu dich auf dein neues Leben, uns siehst du schon bald wieder, du weißt wie schnell ein Jahr vergeht." „Nein, Opa, die letzten 10 vergingen nicht schnell, es würde mich wundern, wenn es jetzt anders wäre." „Oh doch, Viviane, du wirst sehen, ab heute ändert sich alles." Eva nahm ihre Enkelin in den Arm. „Mach es gut, mein Schatz, und pass auf dich auf. Und hier, das ist für die erste Zeit, du kannst es sicherlich gebrauchen." Eva drückte Viviane einen Umschlag in die Hand. Auch Frieda steckte ihr einen Umschlag zu. „Hier nimm, ich will doch nicht, dass du weiter in Geldsorgen lebst, das musstest du lang genug." Oh, danke, danke, ihr seid die Besten. Bitte bleibt alle schön gesund. Ich bin bald wieder da." Eine Ansage mit dem Aufruf für ihren Flug schallte durch die Halle. „Los jetzt, Viviane, es ist soweit, macht euch durch den Zoll, der Flieger wartet nicht." Ihre Mutter näherte sich ihr. Auch sie hatte Tränen im Gesicht."Danke, Viviane, danke für alles, danke für die letzten 10 Jahre mit mir. Es war nie leicht für dich, aber wir haben es geschafft, sind nicht untergegangen, und ich glaube darauf können wir stolz sein." „Ja Mama, das stimmt. Ich wünsche dir und Papa auch alles Gute, ihr schafft das, ich denke an euch." Sie wandte sich ab und ging zur Zollkontrolle. Noch einmal drehte sich um und winkte ihrer Familie zu. Die letzten 10 Jahre waren mehr als hart gewesen, aber wie schön war es diese Menschen hier zu sehen. Pierre nahm sie an der Hand und zog sie mit sich. Es war schön seine Hand zu spüren. Viviane schaute ihn an. „Komm, Pierre, lass uns gehen. Ein neues Leben erwartet uns, und wir werden es erobern."

Nachwort

Es bleibt mir nichts anderes zu tun als Danke zu sagen. Danke an alle, die daran glaubten, dass es mir gelingen würde ein Buch zu schreiben. Danke an alle meine Probeleser, die mir mit ihrem Feedback die Sicherheit gegeben haben, dass dieses Buch lesenswert ist. Danke an Tessa, die sich für das Cover zur Verfügung gestellt hat.

Mein größter Dank geht aber an alle Leser, durch die das Schreiben eines Buches erst Sinn macht. Wenn es euch gefallen hat, oder auch nicht, schreibt mir doch bitte eure Meinung. Ich bin für alles offen, nur durch Kritik kann man sich weiter entwickeln. Hier meine Email NinaSaro@web.de. Ich freue mich über jeden Post.

Solltet ihr mehr Lust auf meine Bücher haben, so empfehle ich euch mein Erstlingswerk „Der Terror in mir". Dieses Buch ist nur als E-book erhältlich, da ich es im Selfpublishing veröffentlicht habe. Ihr könnt es bei epubli oder bei Amazon herunterladen.

DIE AUTORIN

Nina Saro, Jahrgang 1966, ließ sich nach dem Abitur zur Rechtsanwaltsgehilfin ausbilden. Als Ehefrau eines Offiziers der Bundeswehr in besonderer Funktion war ihr ein selbstbestimmtes Leben stets ein großes Anliegen. Vier Jahre lebte das Ehepaar in der französischen Idylle. Der Erziehung der gemeinsamen Kinder widmete sich Frau Saro mit Leidenschaft. Nach der Rückkehr aus dem Ausland erfüllte sich die pferdebegeisterte Familie den Traum eines eigenen Resthofes. Der Umgang mit Tieren, das Reiten und das Leben mit der Natur sind feste Säulen im Leben der Autorin. Dass noch mehr in ihr schlummerte, konnte sie 2012 mit ihrem ersten Buch „Der Terror in mir" (epublishing) beweisen. Im nun vorliegenden Folgewerk wirft die Autorin einen schonungslosen Blick hinter die Fassade einer vermeintlichen Vorzeigefamilie. Ein drittes Buch der Autorin, die in ihrer Freizeit sehr gerne wandert und ihre Familie kulinarisch verwöhnt, ist bereits in Arbeit.

DER VERLAG

VINDOBONA
VERLAG SEIT 1946

ein Verlag mit Geschichte

Bereits seit 1946 steht der Vindobona Verlag im Dienst seiner Bücher und Autoren. Ursprünglich im Bereich periodisch erscheinender Journale tätig, präsentiert sich der Verlag heute als kompetenter Partner für Neuautoren am deutschen, österreichischen und schweizerischen Buchmarkt. Engagement, Verlässlichkeit und Sachverstand – das sind die Grundpfeiler, auf denen der Verlag seit jeher sicher steht.

Sie möchten mit Ihrem Werk das vielseitige Verlagsprogramm bereichern? Der Vindobona Verlag garantiert Ihnen eine professionelle Prüfung Ihres Manuskriptes durch das Lektorat sowie eine zeitnahe Rückmeldung.

Genauere Informationen zum Verlag
finden Sie im Internet unter:

www.vindobonaverlag.com

.